ールド 25

終焉の巨神

川原 礫

イラスト／HIMA

デザイン／ビィピィ

「……僕を、どうするつもりなんですか」
《終焉神テスカトリポカ》
太陽神インティ内部から出現した
大巨人の超級エネミー。
シルバー・クロウ
新生《ネガ・ネビュラス》のメンバー。
加速世界で唯一の《飛行能力》を持つ。
本体は有田春雪（アリタハルユキ）。

「あなたの選択肢は二つしかなくなるわ
——私たちに協力するか、この場で全損するかよ」
《儚き永遠》《トランジェント・エタニティ》
ホワイト・コスモス
白のレギオン
《オシラトリ・ユニヴァース》の
レギオンマスターである白の王。

ニコ
新生《ネガ・ネビュラス》
サブマスター。
デュエルアバターは
《スカーレット・レイン》。
「僕も、一緒に背負うよ」

「重いモンは周りの奴に
どんどん預けりゃいい」
「それができるのが
いいレギオンってもんだろ？」

四《シ》埜《ノ》宮《ミヤ》 謡《ウタイ》
新生《ネガ・ネビュラス》の主要メンバー。
《四元素（エレメンツ）》の《火》を司る。
デュエルアバターは
《アーダー・メイデン》。

「この十年のあいだ……
私がどれほど寂しく感じていたか、解らないのですか！」
メタトロン
加速世界の四大ダンジョンの一つ
《芝公園地下大迷宮》の
最奥に潜む神獣級エネミーの本体。
シルバー・クロウを下僕扱いする。

「私はもう、
お前と離れるのは嫌です！」

デュエルアバター&エネミーリスト

純色のレギオン

黒のレギオン:ネガ・ネビュラス

暫定マスター:ブラック・ロータス(黒雪姫)
暫定サブマスター:スカーレット・レイン(上月由仁子)
幹部名:《四元素(エレメンツ)》
　風:スカイ・レイカー(倉崎楓子)
　火:アーダー・メイデン(四埜宮謡)
　水:アクア・カレント(氷見あきら)
　ライム・ベル(倉嶋千百合)
　シアン・パイル(黛 拓武)
　シルバー・クロウ(有田春雪)
　ショコラ・パペッター(奈胡志帆子)
　ミント・ミトン(三登聖実)
　プラム・フリッパー(由留木結芽)
　マゼンタ・シザー(小田切累)
　トリリード・テトラオキサイド
幹部名:《三獣士(トリプレックス)》
　第一位:ブラッド・レパード(掛居美早)
　第二位:カシス・ムース
　第三位:シスル・ポーキュパイン
ブレイズ・ハート
ピーチ・パラソル
オーカー・プリズン
マスタード・サルティシド
アッシュ・ローラー(日下部綸)
ブッシュ・ウータン
オリーブ・グラブ
(アッシュ・ローラー、ブッシュ・ウータン、オリーブ・グラブ:グレート・ウォールから一時移籍中)

青のレギオン:レオニーズ

マスター:ブルー・ナイト
幹部名:《二剣(デュアリス)》
　コバルト・ブレード(高野内琴)
　マンガン・ブレード(高野内雪)
フロスト・ホーン
トルマリン・シェル

緑のレギオン:グレート・ウォール

マスター:グリーン・グランデ
幹部名:《六層装甲(シックス・アーマー)》
　第一席:グラファイト・エッジ
　第二席:ビリジアン・デクリオン
　第三席:アイアン・パウンド
　第四席:リグナム・バイタ
　第五席:サンタン・シェイファー
　第六席:???
ジェイド・ジェイラー

黄のレギオン:クリプト・コズミック・サーカス

マスター:イエロー・レディオ
レモン・ピエレット
サックス・ローダー

紫のレギオン:オーロラ・オーバル

マスター:パープル・ソーン
幹部名:???
　アスター・ヴァイン

白のレギオン:オシラトリ・ユニヴァース

マスター:ホワイト・コスモス
幹部名:《七連矮星(セブン・ドワーフス)》
　第一位:プラチナム・キャバリアー
　第二位:スノー・フェアリー
　第三位:ローズ・ミレディ(越賀 莟)
　第四位:アイボリー・タワー
　第五位:???
　第六位:サイプレス・リーパー
　第七位:グレイシャー・ビヒモス
シャドウ・クローカー

その他のレギオン

加速研究会

ブラック・バイス
アルゴン・アレイ
ダスク・テイカー(能美征二)
ラスト・ジグソー
サルファ・ポット
ウルフラム・サーベラス(災禍の鎧マークII)

演算武術研究部

アルミナム・バルキリー(千明ちあき)
オレンジ・ラプター(祝 優子)
バイオレット・ダンサー(来摩胡桃)
アイリス・アリス(リーリャ・ウサチョヴァ)

所属不明

アボカド・アボイダ
ニッケル・ドール
サンド・ダクト
クリムゾン・キングボルト
ラグーン・ドルフィン(安里琉花)
コーラル・メロウ(糸洲真魚)
オーキッド・オラクル(若宮恵)
ブリキ・ライター
セントリア・セントリー(鈴川瀬利)

エネミー

四聖

大天使メタトロン(芝公園地下大迷宮)
アマテラス(東京駅地下迷宮)
???
???

《四方門》の四神

東門:セイリュウ
西門:ビャッコ
南門:スザク
北門:ゲンブ

《八神の社》の八神

???

封印エネミー

女神ニュクス(代々木公園地下大迷宮)

アクセル・ワールド 25
終焉の巨神

川原 礫
イラスト／HIMA
デザイン／ビィピィ

■黒雪姫（クロユキヒメ）＝梅郷中学の副生徒会長。清楚怜悧なお嬢様。その素性は謎に包まれている。学内アバターは自作プログラムの『黒揚羽蝶』。デュエルアバターは《黒の王》『ブラック・ロータス』（レベル９）。
■ハルユキ＝有田春雪（アリタ・ハルユキ）。梅郷中学二年。いじめられっ子で太り気味。ゲームは得意だが、内向的。学内アバターは『ピンクのブタ』。デュエルアバターは『シルバー・クロウ』（レベル６）。
■チユリ＝倉嶋千百合（クラシマ・チユリ）。ハルユキの幼馴染。お節介焼きな元気娘。学内アバターは『銀色の猫』。デュエルアバターは『ライム・ベル』（レベル５）。
■タクム＝黛拓武（マユズミ・タクム）。ハルユキ、チユリとは幼少期からの知り合い。剣道が得意。デュエルアバターは『シアン・パイル』（レベル６）。
■フーコ＝倉崎楓子（クラサキ・フウコ）。旧《ネガ・ネビュラス》に所属していたバーストリンカー。《四元素（エレメンツ）》の一人。《風》を司る。とある事情により隠匿生活をおくっていたが、黒雪姫とハルユキの説得により戦線に復帰する。ハルユキに《心意》システムを授けた。デュエルアバターは『スカイ・レイカー』（レベル８）。
■ういうい＝四埜宮謡（シノミヤ・ウタイ）。旧《ネガ・ネビュラス》に所属していたバーストリンカー。《四元素（エレメンツ）》の一人。《火》を司る。松乃木学園初等部四年生。高度な解呪コマンド《浄化》を扱えるだけでなく、遠距離攻撃も得意とする。デュエルアバターは『アーダー・メイデン』（レベル７）。
■カレントさん＝正式名称はアクア・カレント。本名は氷見（ヒミ）あきら。旧《ネガ・ネビュラス》に所属していたバーストリンカー。《四元素（エレメンツ）》の一人。《水》を司る。《唯一の一（ザ・ワン）》と呼ばれる、新米リンカーの護衛を請け負う《用心棒（バウンサー）》。
■グラファイト・エッジ＝本名は不明。旧《ネガ・ネビュラス》に所属していたバーストリンカー。《四元素（エレメンツ）》の一人。いまだその正体は謎に包まれている。

■ニューロリンカー＝脳と量子無線接続し、映像や音声など、あらゆる五感をサポートする携帯端末。
■ブレイン・バースト＝黒雪姫からハルユキに転送されたニューロリンカー内のアプリケーション。
■デュエルアバター＝ブレイン・バースト内で対戦する際に操るプレイヤーの仮想体。
■軍団＝レギオン。複数のデュエルアバターで形成される、占領エリア拡大と利権確保を目的とする集団のこと。主要なレギオンは７つあり、それぞれ《純色の七王》がレギオンマスターを担っている。
■通常対戦フィールド＝ブレイン・バーストのノーマルバトル（１対１格闘）を行うフィールドのこと。現実さながらのスペックを持つが、システムはあくまで一昔前の格闘ゲームレベルのもの。
■無制限中立フィールド＝レベル４以上のデュエルアバターのみが許可されるハイ・プレイヤー向けのフィールド。《通常対戦フィールド》とは段違いのゲームシステムが構築されており、その自由度は次世代ＶＲＭＭＯにも全くひけを取らない。

■運動命令系＝アバターを制御するために扱うシステム。通常はすべてこのシステムによってアバターは操作される。
■イメージ制御系＝自身が強く想像（イメージ）することによってアバターを操作するシステム。通常の《運動命令系》とはメカニズムが大きく異なり、扱えるものはごく少数。《心意》システムの要諦。
■心意（インカーネイト）システム＝ブレイン・バースト・プログラムのイメージ制御系に干渉し、ゲームの枠を超えた現象を引き起こす技術。《事象の上書き（オーバーライド）》とも言う。

■加速研究会＝謎のバーストリンカー集団。《ブレイン・バースト》をただの対戦ゲームとしては考えておらず、何事かを企む。《ブラック・バイス》、《ラスト・ジグソー》が所属している。
■災禍の鎧＝クロム・ディザスターと呼ばれる強化外装。装着すると、対象アバターのＨＰを吸い取る《体力吸収（ドレイン）》や、敵の攻撃を事前に演算・回避する《未来予測》など強力なアビリティが使用可能となる。しかしその所有者は、クロム・ディザスターに精神を汚染され、完全に支配される。
■スターキャスター＝クロム・ディザスターが持つ大剣のこと。禍々しい形状をしているが、本来の姿は、その名の通り、星のように輝く厳かな名剣である。

■ＩＳＳキット＝ＩＳモード練習（スタディ）キットの略。ＩＳモードとは《インカーネイト・システム・モード》のことで、このキットを使えば、どんなデュエルアバターでも《心意システム》が使用可能となる。使用中は、アバターのいずれかの部位に赤い《眼》が張り付き、《心意》の象徴である《過剰光（オーバーレイ）》が、黒いオーラとして放出される。

■《七の神器（セブン・アークス）》＝《加速世界》に７つある、最強の強化外装群のこと。内訳は、大剣《ジ・インパルス》、錫杖《ザ・テンペスト》、大盾《ザ・ストライフ》、宝冠・王笏《ザ・ルミナリー》、直刀《ジ・インフィニティ》、全身鎧《ザ・ディスティニー》、形状不明《ザ・フラクチュエーティング・ライト》。

■《心傷殻》＝デュエルアバターの礎となる《幼少期の傷》、その心の傷を包む殻のこと。その殻が並外れて強固で分厚い子供が、メタルカラーのデュエルアバターを生み出すという。

■《人造メタルカラー》＝対象者の心の傷から自然に生まれる特性ではなく、第三者によって《心傷殻》をより厚くさせ、人為的に誕生させたメタルカラーアバターのこと。

■《無限ＥＫ》＝無限エネミーキルの略。無制限中立フィールドに於いて、強力なエネミーによって対象のアバターが死亡し、一定時間経過後再び復活してもまたそのエネミーに殺される、その無限地獄に陥ってしまうこと。

accel World 25

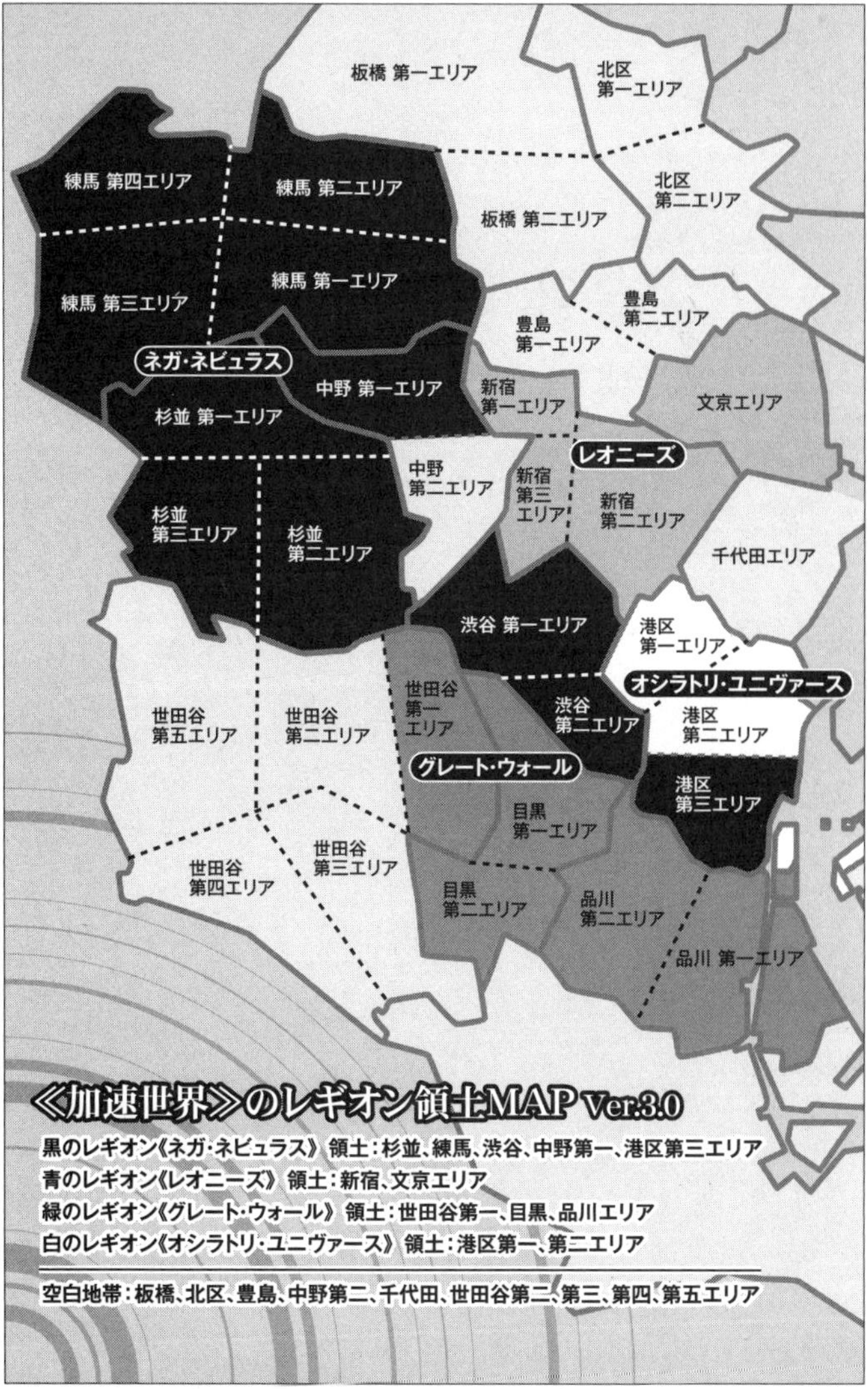

≪加速世界≫のレギオン領土MAP Ver.3.0

黒のレギオン《ネガ・ネビュラス》 領土：杉並、練馬、渋谷、中野第一、港区第三エリア
青のレギオン《レオニーズ》 領土：新宿、文京エリア
緑のレギオン《グレート・ウォール》 領土：世田谷第一、目黒、品川エリア
白のレギオン《オシラトリ・ユニヴァース》 領土：港区第一、第二エリア

空白地帯：板橋、北区、豊島、中野第二、千代田、世田谷第二、第三、第四、第五エリア

1

「久しぶりの再会なのに、すぐお別れを言わなきゃならないのが残念だわ。さようなら、我《わ》が友たち。さようなら、愛《いと》しき我《わ》が子。あなたたちは、最後まで立派に役目を果たしたわ」

夜空で羽ばたくペガサスの背から、白の王ホワイト・コスモスが発したその言葉は、まるで本心から別れを惜《お》しむかのように哀切《あいせつ》な響《ひび》きを帯びていた。

コスモスは、右手に握《にぎ》る王笏《セプトラム》――神器《じんき》《ザ・ルミナリー》を緩《ゆる》やかに持ち上げた。《月光》ステージに降り注ぐ清浄《せいじょう》な月明かりが銀色の杖《つえ》に反射し、小さな煌《きら》めきを生んだ。

一秒後、ザ・ルミナリーが、あたかも運命の糸を断《た》ち切《き》るかの如《ごと》く滑《なめ》らかに振り下ろされた。

地に伏《ふ》すバーストリンカーたちを睥睨《へいげい》する、身《み》の丈《たけ》百メートルもの大巨人《だいきょじん》――超級《ちょうきゅう》エネミー《終焉神《しゅうえんしん》テスカトリポカ》の左の掌《てのひら》に、真紅《しんく》の同心円が浮《う》かび上がった。

攻撃《こうげき》の前兆。

その威力《いりょく》は、恐《おそ》らく……いや間違《まちが》いなく、いままで加速世界で目撃《もくげき》したどんな技《わざ》をも遥《はる》かに上回るものとなるだろうとハルユキは確信した。しかし回避《かいひ》はできない。テスカトリポカの右《みぎ》掌《てのひら》に浮《う》かぶ黒い同心円から強烈《きょうれつ》な重力波が放たれ、六大レギオン合同で組織された《インティ攻略部隊《こうりやく》》の全員をじわじわと押《お》し潰《つぶ》しているからだ。

自分の装甲《そうこう》がひび割れていく音を聞きながらも、ハルユキの意識は前方数十メートルの場所に向けられていた。

テスカトリポカの赤い同心円に照準されているのは、ハルユキたちだけではない。帝城《ていじょう》に隣接《りんせつ》する北《きた》の丸公園《まるこうえん》の、もともと日本武道館《にほんぶどうかん》があった地点に、ほんの数秒前に出現したばかりの五人のバーストリンカーもまた攻撃範囲《こうげきはんい》に入っている。

紫《むらさき》の王、《紫電后《エンプレス・ボルテージ》》パープル・ソーン。

黄の王、《放射性惑乱《レディオアクティブ・ディスターバー》》イエロー・レディオ。

青の王、《剣聖《ヴァンキッシュ》》ブルー・ナイト。

緑の王、《絶対防御《インバルナラブル》》グリーン・グランデ。

そして黒の王、《絶対切断《ワールド・エンド》》ブラック・ロータス。

白のレギオンの参謀役《さんぼうやく》、アイボリー・タワー／ブラック・バイスの捨て身の作戦《インティ落とし》によってこの場所で即死《そくし》させられた五人の王たちは、五レギオン合同となるインティ攻略部隊《こうりやく》の決死の奮闘《ふんとう》によってついに蘇生《そせい》に成功した。だがそれも、ホワイト・コスモスの計略のうちだった。ハルユキの《オメガ流合切剣《りゅうがつさいけん》》によって両断されたインティの内部から出現したテスカトリポカを、突如《とつじょ》現れた白の王がザ・ルミナリーの能力《王権神授《ディヴァイン・ライト》》で支配してしまったのだ。

レギオンメンバーから「インティ討伐《とうばつ》成功」の速報を受け、全ての危険が除かれたと信じて無制限中立フィールドにダイブした王たちにとっては、まったく予想もできない事態だろう。それでも歴戦のレベル9er《ナイナー》ならば、〇・五秒で状況《じょうきょう》を把握《はあく》し、何らかの対応を取ることも可能だったはずだ。

しかし五人の王は、武道館跡《ぶどうかんあと》にできたクレーターの中央に密集して立ったまま微動《びどう》だにしない。

動けないのだ。攻略《こうりゃく》部隊の九十六人を地面に押しつけている絶対的圧力――テスカトリポカの重力波が王たちをも捕《と》らえている。目を凝《こ》らすと、五人の足許《あしもと》に黒いサークルが出現しているのが見える。腹ばいになっているので確認《かくにん》できないが、ハルユキの体の下にも同じものがあるのだろう。

規格外の圧力の中で、膝《ひざ》を屈《くっ》せずに立ち続けていられるのはさすが純色の王と言うべきだが、パワー型のブルー・ナイトやグリーン・グランデさえもそこが限界らしい。巨人《きょじん》が放つ重低音に混じって、王たちの関節が軋《きし》み、装甲《そうこう》に亀裂《きれつ》が入る音が聞こえる。

右手で総勢百一人ものバーストリンカーを無力化するいっぽうで、テスカトリポカは左手に輝《かがや》く赤いサークルを一つ、また一つと増やしていく。右手の黒い同心円が五重なのに、左手の赤い同心円がすでに七重にも達し、なおもチャージを続けていることに何か意味があるのか、ないのか。どちらにせよ、左手の攻撃《こうげき》が発動すれば、五人の王たちもハルユキたちも即死《そくし》する。

いや、攻略《こうりゃく》部隊には赤の王スカーレット・レインも参加しているのだから六人だ。決死の作戦で太陽神インティの破壊《はかい》を成《な》し遂《と》げたのに、ホワイト・コスモス以外の王と、六大レギオンの中核《ちゅうかく》メンバー全員が、再び無限ＥＫ状態に陥《おちい》ってしまう。

「だめ……絶対に、だめ……！」

ハルユキのすぐ右側で、悲痛な声が細く響《ひび》いた。

ネガ・ネビュラスの副長スカイ・レイカーだ。車椅子《くるまいす》の車輪を両手で掴《つか》み、上体を懸命《けんめい》に持ち上げようとしているが、華奢《きゃしゃ》な銀輪は荷重に耐《た》えられず無残にひしゃげていく。

スポークが折れる甲高《かんだか》い悲鳴を聞いた瞬間《しゅんかん》、ハルユキはレイカーが何を危惧《きぐ》しているのかを悟《さと》った。

六人の王が再び無限ＥＫ状態になること、ではない。

いま、終焉神《しゅうえんしん》テスカトリポカは、白の王ホワイト・コスモスの支配下にある。ならばテスカトリポカの戦果はそのまま白の王のものになる可能性が高い。ハルユキたちは一回殺されても幾《いく》ばくかのバーストポイントを奪《うば》われるだけだが、ニコや黒雪姫《クロユキヒメ》たち王は違《ちが》う。レベル９ｅｒ《ナイナー》は皆《みな》、加速世界で最も無慈悲《むじひ》なルールに縛《しば》られているのだ。同じレベル９バーストリンカーに倒《たお》されたら、その時点で全てのポイントを失い、ブレイン・バースト・プログラムを強制アンインストールされるというサドンデス・ルールに。

つまり、あと何秒後かにテスカトリポカが攻撃《こうげき》を実行すれば、ブルー・ナイトもパープル・

ソーンもイエロー・レディオもグリーン・グランデも、黒雪姫もニコもバーストリンカーではなくなってしまう。加速世界の記憶《きおく》も、積み重ねた絆《きずな》も、己《おのれ》の半身であるデュエルアバターまでも失ってしまう。

「だめだ……だめだ‼」

ハルユキも、鏡面ゴーグルの下からひび割れた声を絞《しぼ》り出した。

だめだ、やめろ、やめてくれ。遥《はる》かな高みに留《とど》まるホワイト・コスモスを見上げ、必死に念じる。だが白の王は、振り下ろしたザ・ルミナリーを微動《びどう》だにさせず、クレーターの底を照準し続けている。かつては——加速世界の黎明期《れいめいき》には肩《かた》を並べて戦ったはずの王たちと、自分の《子》である黒雪姫を全損させようとしているのに、超然《ちょうぜん》としたオーラはかすかにも揺《ゆ》らいでいない。

そう……恐《おそ》らくは、これが、これこそが、白の王の狙《ねら》いだったのだ。

《七連矮星《セブン・ドワーフス》》の第一位プラチナム・キャバリアーが駆《か》るペガサスに乗ってこの場に姿を現した時、彼女は言った。「これで必要な全てのカードが揃《そろ》った」と。すなわち、終焉神《しゅうえんしん》テスカトリポカと、六人の王。

考えてみれば、王たちを全損させる機会は以前にもあった。《インティ落とし》を決行した時、ザ・ルミナリーをブラック・バイスに預けるのではなく自分で装備していれば、ニコ以外の五人の王を無限ＥＫではなくサドンデスに追い込めたはずだ。そうしなかったのは、白のレギオン単独では不可能だったインティの破壊《はかい》を六大レギオンの合同チームに達成させるため。そしてその内部から現れる第二形態、テスカトリポカを支配するためだ。しかる後に、改めて五人の王を全損させる。

それによってホワイト・コスモスは、もはや誰《だれ》にも達成不可能と目されていた、《自分以外のレベル9er《ナイナー》を五人倒《たお》す》という条件をクリアできる。前人未踏《ぜんじんみとう》のレベル10に到達《とうたつ》できるのだ。

だがそれすらも、彼女にとっての最終到達点《とうたつてん》ではあるまい。

エネミーの頂点テスカトリポカと、バーストリンカーの頂点レベル10、そして負の心意力《しんいりょく》の精髄《せいずい》たる災禍《さいか》の鎧《よろい》マークⅡ。加速世界に於《お》ける究極の力を三つも揃《そろ》えて、コスモスは何かを成《な》し遂《と》げようとしている。ローズ・ミレディーが《白のレギオンの大義》と呼んだ何かを。

何であろうと、させるわけにはいかない。黒雪姫《クロユキヒメ》の、ニコの、他の王たちの犠牲《ぎせい》の上に成り立つ大義など絶対に認めることはできない。

脳が──いや思考用量子回路が焼き切れるほどに加速された知覚の中で、赤い同心円が一つ増え、八重となった。理由のない直感が、ハルユキにあと一つで終わりだと告げた。

最強の守護者である神獣級《レジエンドきゆう》エネミー、大天使メタトロンに助けを求めるという考えが脳裏《のうり》を過《よ》ぎる。現在彼女は傷ついた体を修復するために、旧東京《とうきょう》タワーの最上部にある《楓風庵《ふうふうあん》》で完全自閉モードに入っている。ハルユキがリンクを通して呼びかければ目覚めさせられるはずだが、万全《ばんぜん》ではない状態で格上の超級《ちょうきゅう》エネミーと対峙《たいじ》させることになるし、それ以前に四キロ近くも離《はな》れた旧東京《とうきょう》タワーからここまで数秒で移動するのは、いかなるメタトロンにも不可能だ。誰《だれ》かに頼《たよ》るのではなく、自分が何かをしなくてはならない。

ここで。

ここで立たなければ、ハルユキがバーストリンカーになったこと、レベル6に到達《とうたつ》したこと、数多《あまた》の試練に立ち向かってきたこと、全てが意味を失う。

「お……あ……あああああああああッ!!」

ハルユキは叫《さけ》んだ。

しかし、重力波に押さえ込まれたアバターはぴくりとも動かない。体を起こすことも、背中の翼《つばさ》を広げることも、右手をテスカトリポカに向けることさえできない。すでに心意《しんい》システムさえ使っているのに、不可視のくびきはわずかにも緩《ゆる》まない。

暗い血の色の大巨人《だいきょじん》が、本当に白の王の言うとおり超級《ちょうきゅう》エネミーにカテゴライズされるなら、それは加速世界の絶対者だということだ。かつて《矛盾存在《アノマリー》》グラファイト・エッジをして「システムの限界を超《こ》えなくては倒《たお》せない」と言わしめた四神と同等の――もしかしたら上回りさえするかもしれない超存在《スーパービーイング》。

システムの……限界。

その思考が、ハルユキの記憶《きおく》からかすかな声を甦《よみがえ》らせた。

——儂《わし》らが見ている光景をシステムが作っているのだとすれば、そこに介入《かいにゅう》の余地が生まれる。

そう言ったのは、ハルユキの剣の師範《しはん》、《剣鬼《ルースレス》》セントレア・セントリーだ。彼女のプレイヤーホームである《桜夢亭《おうむてい》》で修業《しゅぎょう》を始めた日、セントリーはオメガ流《りゅう》の奥義《おうぎ》を披露《ひろう》した。相対しているハルユキの視界から溶《と》けるように消滅《しょうめつ》し、シルバー・クロウの肩《かた》アーマーを切断してのけたのだ。ハルユキは装甲《そうこう》の断片《だんぺん》が足許《あしもと》に落ちるまで、斬《き》られたことにすら気づけなかった。

驚愕《きょうがく》するハルユキに、セントリーは何が起きたのかを説明した。

——BBシステムは戦闘時《せんとうじ》、一瞬先《いっしゅんさき》の未来を予測し、その映像を儂らに見せている。予測は恐《おそ》るべき精度で、間違《まち》うことは基本的にない。なぜならシステムは、儂らの意思……イメージ制御系《せいぎょけい》に伝わる信号をもとに予測を行っておるからな。

——この話のキモは、未来予測のからくりを理解すれば、それを意図的に外れさせることも可能ということなのじゃ。

セントリーはBBシステムがハルユキたちの視界に映し出す映像について話していたのだが、エネミーを動かしているのもまたBBシステムだ。バーストリンカーの攻撃《こうげき》に凄《すさ》まじいスピードで反応してくる上位エネミーが、その未来予測を利用していないはずがない。

テスカトリポカはいま、百一人のバーストリンカー全員をターゲットしている。右手の重力波が単なる範囲攻撃《はんいこうげき》ではなく、標的一人一人を個別に捕捉《ほそく》していることは、全員のアバターの下に出現している黒いサークルを見れば解《わか》る。

その照準から、ほんの一瞬《いっしゅん》でも消えることができれば。力で打ち破るのではなく、未来予測システムを誤作動させて、ハルユキがそこにいないと認識《にんしき》させられれば――。

桜夢亭での四ヶ月にも及《およ》ぶ修業《しゅぎょう》を経ても、ハルユキはオメガ流の奥義《おうぎ》を習得できなかった。だがセントリーが見せてくれた技《わざ》、伝えてくれた言葉の全ては脳裏《のうり》に焼き付いている。

――動かないとすら思わず、心を完全な無にする。己《おのれ》を消し去り、世界と合一する……それこそがオメガ流奥義《おうぎ》、《合《ごう》》の真訣《しんけつ》じゃ。

この状況《じょうきょう》で……あと数秒後に全ての終わりが訪《おとず》れるという絶対的危機の真っ只中《ただなか》で、無意識すら消し去るなどということができるだろうか。ハルユキが何より苦手なのは、自分の精神のコントロールなのに。

バーストリンカーになって九ヶ月も経《た》つというのに、領土戦はもちろん通常対戦の前でさえ心臓が口から飛び出しそうになるし、初対面のバーストリンカーと話す時は無様につっかえてしまう。ローズ・ミレディーこと越賀莟《コシカツボミ》は、ハルユキを「いまや加速世界に知らない者はいないほどのエースリンカー」と評してくれたが、そんな大層なものではまったくないのだ。多くの師や友、そして好敵手に恵《めぐ》まれてどうにかここまで生き延びることができただけで、自分一人で戦っていたならあっという間に全損していたに違《ちが》いないのだ……。

でも。たとえそうであっても。

ニコや黒雪姫《クロユキヒメ》の《死》が目前に迫《せま》っているこの状況《じょうきょう》で、自分の弱さを言い訳にして諦《あきら》めるなどということは絶対に、絶対に、絶対に許されない。

考えるのだ。限界まで加速された魂《たましい》が、たとえ焼き切れようとも。

オメガ流《りゅう》の奥義《おうぎ》《合《ごう》》は、心意技《しんいわざ》と同じようにイメージ制御系《せいぎょけい》を使うが、使い方は心意技の真逆なのだとセントレア・セントリーは言った。量子回路から出力されるイメージを完全に消し去り、世界の一部となる。

それと同じようなロジックを、かつて二代目赤の王スカーレット・レインことニコが教えてくれた。《零化現象《ゼロフィル》》——バーストリンカーが強烈《きょうれつ》な絶望や無力感に囚《とら》われると、負の心意《しんい》によってデュエルアバターに伝わる命令が消失し、動けなくなる。ハルユキも以前、《略奪者《りゃくだつしゃ》》ダスク・テイカーとの戦いの最中に闘志《とうし》を失い、零化しかけたことがあった。

だが、《合》と《零化現象》は似て非なるものだ。零化でゼロになるのはあくまでアバターを動かすための運動命令であり、量子回路すなわち魂《たましい》からは負の心意が大量に出力されている。《合》を成《な》し遂《と》げるためには、イメージ制御系《せいぎょけい》に伝わる信号を完全に消し去らねばならない。正の心意でも負の心意でもない、いわば無の心意。

どうすればそんなことができるのか。鍵《かぎ》は恐《おそ》らく、セントリーの説明にあった「世界と合一する」という言葉だ。広大無辺な加速世界全体に意識を広げることによって、イマジネーションを限りなく希釈《きしゃく》する。それはつまり、無限をイメージするということ。

　いままでハルユキが活動してきたのは基本的に東京都心部《とうきょうとしんぶ》の、杉並《すぎなみ》エリアから千代田《ちよだ》エリアまでのごく限られた範囲内《はんいない》でしかない。北海道《ほっかいどう》から沖縄《おきなわ》にまで広がっている加速世界を丸ごとイメージするのは、普通《ふつう》に考えれば不可能だ。

　しかしハルユキは、過去に何度か加速世界の全貌《ぜんぼう》を見たことがある。通常対戦フィールド《ロウ・レベル》でも無制限中立フィールド《ミーン・レベル》でもなく、ハイエスト・レベルから。無数のノードが天の川のように煌《きら》めく情報空間には、ハルユキたちが活動するブレイン・バースト２０３９のみならず、すでに閉鎖《クローズ》された《トライアル＃１》ことアクセル・アサルト２０３８、《トライアル＃３》ことコスモス・コラプト２０４０のフィールドまでもが重なって存在していた。あれこそが加速世界の全て。

　イメージするのだ。無限に広がる三重世界を。ほんの一瞬《いっしゅん》でいい……あらゆる危惧《きぐ》、焦燥《しょうそう》、恐怖《きょうふ》を心から消し去り、世界と溶《と》け合《あ》う。しかしハイエスト・レベルに行ってしまってはいけない。意識を極小の一点に集中させて世界の壁《かべ》を突《つ》き破《やぶ》るのではなく、遥《はる》か彼方《かなた》まで拡散させてシステムから消し去る。

　ＢＢ世界最北端《さいほくたん》のノードから、最南端《さいなんたん》のノードまで……そして頭上を覆《おお》うＡＡ世界から、足許《あしもと》に広がるＣＣ世界までを………

　――イメージ。

――――《合《ごう》》。

ハルユキは、視界全体が波紋《はもん》のように揺《ゆ》らぐのを知覚した。その波はシルバー・クロウのアバターを呑《の》み込み、微細《びさい》な粒子《りゅうし》へと分解し、空気と地面に溶《と》け込ませていく。もちろん実際に起きたことではない。ハルユキが……そしてBBシステムがそう感じたのだ。

視覚ではなく脳、いや魂《たましい》に世界のかたちが伝わってくる。すぐそばの帝城《ていじょう》や霞《かすみ》が関《せき》の官庁街《かんちょうがい》、新宿《しんじゅく》や渋谷《しぶや》の高層ビル街、二十三区全体から関東平野《かんとうへいや》全体、本州《ほんしゅう》、北海道《ほっかいどう》、四国《しこく》や九州《きゅうしゅう》……更《さら》にはBB世界に重なる二つの加速世界までも………いや、これは………？

その時、拡散していた意識が急激に引《ひ》き戻《もど》され、アバターも元に戻《もど》った。

現象が発生した時間は、一秒の半分の更《さら》に半分にも満たなかっただろう。しかしそれで充分《じゅうぶん》だった。テスカトリポカの重力波攻撃《こうげき》はほんの一瞬《いっしゅん》だけ照準をロストし、ハルユキの全身にのし掛《か》かる圧力が薄《うす》れた。立ち上がれるほどではない――が、片腕《かたうで》を動かすだけなら。

装甲《そうこう》がひび割れた右腕《みぎうで》を持ち上げ、可能な限り後方に引《ひ》き絞《しぼ》る。光のイメージを、まっすぐ伸ばした五指の先端《せんたん》に宿す。

シルバー・クロウの遠隔攻撃技《えんかくこうげきわざ》で最長の射程を持っているのは心意技《しんいわざ》《光線投槍《レーザー・ジャベリン》》だが、発射アクションに両手が必要なのでいまは使えないし命中精度も高くない。その次に長射程の《光線槍《レーザー・ランス》》は約三十メートル先まで届くが、テスカトリポカの顔は百メートル上空、重力波を発生させている右手でも五十メートル上空にある。そもそも、たとえ攻撃《こうげき》が届いたとしても超級《ちょうきゅう》エネミーにはそよ風が吹《ふ》いたようなものだろう。この状況《じょうきょう》にわずかなりとも影響《えいきょう》を及《およ》ぼせる、まったく新しい技《わざ》をいまここで編み出す必要がある。

最初に習得した《光線剣《レーザー・ソード》》を含《ふく》むハルユキの攻撃型《こうげきがた》心意技は全て、射程距離《きょり》拡張に属する技《わざ》だ。己《おのれ》の右手が光の剣、あるいは槍《やり》であると強くイメージすることで《事象の上書き《オーバーライド》》を起こし、素手《すで》では届かない目標にダメージを与《あた》える。遠隔技《えんかくわざ》なのに銃《じゅう》ではなく刀槍《とうそう》のイメージを用いる理由は、シルバー・クロウがたった一つの力に特化したデュエルアバターだからだ。

ダスク・テイカーとの決戦の前、ハルユキとタクムはニコに心意《しんい》システムの指南を仰《あお》いだ。彼女は射程距離《きょり》拡張の心意技《輻射拳《レイディアント・ビート》》と移動能力拡張の心意技《炎膜現象《パイロ・ブレーニング》》を実演した後に言った。

――スカーレット・レインの遠距離《えんきょり》火力はハリネズミのトゲなんだよ。その内側にいるあたし自身は、何の力もないひ弱なガキでしかない……だからあたしは、このアバター本体の攻撃《こうげき》力《りょく》や防御力《ぼうぎょりょく》を、心意によって強化することはできない。それこそが、心意システムの絶対的な限界なんだ。

ハルユキのアバター、シルバー・クロウは、《ここではないどこかに行きたい》という心の傷を具象化した姿だとハルユキ自身は考えている。ポテンシャルのほぼ全てを飛行アビリティに注《つ》ぎ込んで生まれた、拳足《けんそく》以外の武器を持たない純粋《じゅんすい》なスピード型であるがゆえに、心意技の基本四種のうち射程距離《きょり》拡張と移動能力拡張しか習得できない――つまり攻撃力《こうげきりょく》や防御力《ぼうぎょりょく》を強化する技《わざ》を具現化《インカーネイト》することはできないといままでは思い込んでいた。

だが、本当にそうだろうか。

加速研究会の主要メンバーであるアルゴン・アレイの《心傷殻理論《しんしょうかく》》によれば、アバターの鋳型《いがた》となっている心の傷が、自分自身にも見通せないほど厚くて硬《かた》い殻《から》に包まれている者がメタルカラーになるのだという。アルゴンの言葉を鵜《う》呑《の》みにするつもりはないが、その理屈《りくつ》が正しいなら、シルバー・クロウの金属装甲《そうこう》の中に本当は何があるのかはハルユキにも解《わか》らないということになる。

もし。

もしも、逃げたいという気持ち以外のものがアバターの中にあるのなら。

ハルユキの《親》であり剣を捧《ささ》げた主でもある黒雪姫《クロユキヒメ》は、一ヶ月前、心意《しんい》技《わざ》の第二段階について説明してくれた時に言った。

——正の心意《しんい》を生み出すには、《心の傷の反転》というプロセスがどうしても必要となる。加速世界ではデュエルアバターという形に複雑化《ソフィスティケート》、洗練化されている自分の傷と現実世界で正面から向き合い、受け止め、希望のイメージへと昇華《しょうか》する……。それは容易《たやす》いことではない。だが、キミならできるはずだ。独力で《イメージの何たるか》に気づいたキミなら、な。

その言葉に、ハルユキは自分を奮い立たせながら答えた。

——僕、頑張《がんば》ります。頑張《がんば》って、見つけます。僕の希望のイメージを。

その後に決行された帝城脱出作戦《ていじょうだっしゅつさくせん》に於《お》いて、ハルユキは四神スザクの猛追《もうつい》を振り切るために、心の傷を反転させた第二段階心意技《光速翼《ライト・スピード》》を編み出した。

しかし、もしも傷ではない何かが……反転させる必要のない《希望》が最初からシルバー・クロウの中にあったのなら。

メタルカラー・アバターの装甲《そうこう》は、直視できないほど辛《つら》いことから自分を守るための心の殻《から》……アルゴン・アレイのその主張は、全てが間違《まち》いではあるまい。だが本当にそれだけなのか？　自分一人だけを守るために、緑系アバターより高い防御力《ぼうぎょりょく》を持って生まれたのか？

《最初の百人《オリジネーター》》の一人であり、初代クロム・ディザスターとなったメタルカラー、クロム・ファルコン。彼はいつだってパートナーのサフラン・ブロッサムを守ることだけを考えていた。前人未踏《ぜんじんみとう》の帝城に侵入《しんにゅう》し、最強の武器である長剣《ちょうけん》《ジ・インフィニティ》か最強の防具である全身鎧《よろい》《ザ・ディスティニー》のどちらかを入手できるという状況《じょうきょう》に至った時、ファルコンは自分を強くするための剣ではなくサフランの弱点である防御力《ぼうぎょりょく》をカバーできる鎧《よろい》を選んだのだ。

彼が心意の暗黒面に墜《お》ちてしまったのも、加速研究会の奸計《かんけい》によって目の前でサフランを全損させられたからだ。クロム・ファルコンの黒銀の装甲《そうこう》の中には、大切な人を守りたいという気持ちが確かに存在した。

　同じ気持ちはハルユキの中にもある。いや、いつの頃《ころ》からか、自分よりも仲間を――黒雪姫やネガ・ネビュラスのメンバーだけではなく、友達になれた数多くのバーストリンカーたちをも守りたいという気持ちのほうが大きくなってきている。

もちろん、レギオンメンバーやライバルたちのほとんどがハルユキより強い。事実いままでは、守るより守ってもらった場面のほうが遥《はる》かに多いだろう。でも、それでも、いま望むのは守ることだけだ。黒雪姫《クロユキヒメ》とニコはもちろん、他の王たちも、しのぎを削《けず》ってきた他レギオンのメンバーたちも……テスカトリポカに殺されようとしている百人全員を守りたい。

ハルユキはアバターの中に熱いものが満ちるのを感じた。自らを焼《や》き焦《こ》がすような怒《いか》りの炎《ほのお》ではなく、静謐《せいひつ》で、純粋《じゅんすい》な光のエネルギー。その力は、新たに生成されたのではなく、自分の中の奥深《おくぶか》い場所にずっと存在していたのだとハルユキは感じた。そう……シルバー・クロウは生まれた時から硬《かた》い装甲《そうこう》の中に光を宿していたのだ。初期必殺技《ひっさつわざ》の《ヘッドバット》に光属性ダメージが付与《ふよ》されているのがその証左だ。

——僕の中の光……みんなを、守ってくれ……!!

魂《たましい》が引《ひ》き裂《さ》けるほどの強さで念じながら、ハルユキは掲《かか》げた右手に全ての光を集め、イマジネーションに乗せて放った。

「————《光殻防壁《ライト・シエル》》!!」

この時点で《合《ごう》》によるシステム欺瞞《ぎまん》効果は完全に消え去り、再びテスカトリポカの重力波

攻撃《こうげき》がハルユキを捕《と》らえようとした。

だが、シルバー・クロウの右手から音もなく広がった球形の光が、空間を歪《ゆが》ませるほどの超《ちょう》重力《じゅうりょく》を押《お》し戻《もど》した。純白に輝《かがや》く光の殻《から》は外部が透《す》けて見えるくらい薄《うす》いのに、軋《きし》みすらせずに拡大していく。半球の直径は十メートルを超《こ》え、二十メートルを超《こ》え、武道館跡《ぶどうかんあと》クレーターの中央に固まって立つ五人の王たちに近づいていく。

もう少し……もう少しで、ハルユキの光が黒雪姫《クロユキヒメ》に届く。

「と…………ど…………けぇぇぇっ…………」

限界まで前に伸ばした右手と、その彼方《かなた》に見えるブラック・ロータスの姿が、焦点《しょうてん》を失ってぼやけた。脳、いや思考用量子回路に過大な負荷《ふか》がかかり、動作が停止しかけているのだ。しかしここで心意《しんい》を止めるわけにはいかない。テスカトリポカの左手による攻撃《こうげき》が発動する前に王たちを拘束《こうそく》する重力を遮断《しゃだん》し、脱出《だっしゅつ》する機会を作らなくては。それができなければ、《合《ごう》》も《光殻防壁《ライト・シエル》》も無為《むい》に終わる。

ぼやけた視界がブラックアウトしていく。あらゆる感覚が遠ざかる。それでもハルユキは全力でイマジネーションを振《ふ》り絞《しぼ》り続けた。もう少し、あと三……いや二メートル……。

だがそこで、シルバー・クロウの右手に宿っていた過剰光《オーバーレイ》が不規則に瞬《また》き、消えた。

同時に光の殻《から》も極薄《ごくうす》のガラスのように儚《はかな》く砕《くだ》け、無数の微粒子《びりゅうし》となって飛び散った。

テスカトリポカの左手に浮《う》かぶ真紅《しんく》の同心円が、九重に到達《とうたつ》した。

円が外側から眩《まばゆ》く発光していく。途轍《とてつ》もない規模のエネルギーが急激に密度を高め、世界を震《ふる》わせる。終わりの時が訪《おとず》れる――――。

その時。

ハルユキの左右や後ろから、色とりどりの輝《かがや》きが発せられた。青の、赤の、黄色の、緑の、紫《むらさき》の効果光《ライトエフェクト》――あるいは過剰光。

無意味ではなかった。ハルユキが光の殻《から》を生成できたのはわずか一秒程度だったが、その時間を仲間たちは無駄《むだ》にしなかったのだ。いったん押《お》し戻《もど》された重力波が再び襲《おそ》ってくる直前、無数の技名《わざめい》が高らかに響《ひび》き渡《わた》った。

「《ライトニング・シアン・スパイク》‼」

「《シアリング・ノート》‼」

「《リモネン・ソルベント》‼」

「《イシリン・ストライク》‼」

「《チャージド・ヴァイン》‼」

「《ロケット・ストレート》‼」

「《カルネージ・キャノンボール》‼」

「《スーパールミナル・ストローク》‼」

「《レンジレス・シージオン》‼」

「《螺穿流《スパイラル》》!!」
「《炸裂風弾《ウインド・バレット》》!!」
「《輻射連拳《レイディアント・バースト》》!!」
「《天叢雲《ヘブンリイ・ストレイタス》》!!」

ハルユキがどうにか聞き取れたのはそこまでだったが、それ以外にも五十に迫《せま》るであろう声が同時に迸《ほとばし》った。膨大《ぼうだい》な遠隔型必殺技《えんかくがたひっさつわざ》、あるいは心意技《しんいわざ》が地上から放たれ、七色の虹《にじ》となって夜空へと駆《か》け上《のぼ》った。

瞠目《どうもく》すべきは、重力波が消えた瞬間《しゅんかん》に攻撃《こうげき》を行った反応の速さではない。

六大レギオンの主力バーストリンカーたちは、何の相談もしていないのに、全員がまったく同じ目標を狙《ねら》ったのだ。テスカトリポカの右手でも左手でも顔でもなく、巨人《きょじん》の頭のやや後方にホバリングするペガサスに乗った、白の王ホワイト・コスモスを。

華奢《きゃしゃ》に過ぎる外見からして、いかにレベル9といえどもコスモスの防御力《ぼうぎょりょく》は決して高くあるまい。五十もの必殺技《ひっさつわざ》や心意技が同時に命中すれば、耐《た》えることは絶対に不可能だ。それを証明するかのように、コスモスのすぐ後ろでペガサスの手綱《たづな》を握《にぎ》るプラチナム・キャバリアーが、背中にマウントされたカイトシールドに左手を伸ばした。だが間に合うタイミングではないし、仮に間に合っても盾《たて》一枚で防ぎ切れる攻撃《こうげき》ではない。

ホワイト・コスモスもそう判断したのだろう。振り下ろしていた神器《じんき》ザ・ルミナリーを素早《すばや》く跳《は》ね上げた。

その動きに呼応したテスカトリポカが、いままさに終焉《しゅうえん》の一撃《いちげき》を放とうとしていた左手を、巨体《きょたい》にそぐわないスピードで持ち上げた。無数の遠隔技《えんかくわざ》が束ねられた七色の虹《にじ》を、分厚い掌《てのひら》で受け止める。

閃光《せんこう》。

一瞬《いっしゅん》の後、恐《おそ》るべき規模の爆発《ばくはつ》が夜空を赤く染め上げた。

バーストリンカーたちの必殺技《ひっさつわざ》や心意技の威力《いりょく》だけではなく、テスカトリポカの左手にチャージされていた膨大《ぼうだい》なエネルギーまでもが暴発したらしい。光に少しだけ遅《おく》れて届いた衝撃波《しょうげきは》がステージの地面を激しく震《ふる》わせ、倒《たお》れたままのハルユキの装甲《そうこう》を軋《きし》ませた。

テスカトリポカの巨体《きょたい》がぐらりと傾《かたむ》く。ハルユキは反射的に「倒《たお》れる！」と叫《さけ》びかけたが、エネミーは右腕《みぎうで》を横に広げ、右足を一歩引いて踏《ふ》みとどまった。どれほどのダメージを与《あた》えられたのか確認《かくにん》したくとも、体力ゲージは百メートルもの高さにある頭部の上に小さく表示されていて、地上からでは何段あるのかすら見分けられない。

エネミーを転倒《てんとう》させることはできなかったが、右手が動いたことで、再び放たれようとしていた重力波も消えた。このチャンスを生かさねば、と思うが極限までイマジネーションを振《ふ》り絞《しぼ》った反動がまだ残っていて頭がまともに動かない。

突然《とつぜん》、誰《だれ》かがハルユキをぐいっと引っ張り起こした。

「クロウ、後は任せて！」

叫《さけ》んだのはタクムだ。逞《たくま》しい左腕《ひだりうで》でハルユキをしっかりと抱《だ》きかかえ、右腕《みぎうで》の杭打ち機《パイルドライバー》を高く掲《かか》げる。他のバーストリンカーたちも、誰《だれ》かの指示を待つことなく一斉《いっせい》に動き始める。

遠隔攻撃技《えんかくこうげきわざ》を持つ五十数人は、陣形《じんけい》を組みつつ次の同調攻撃《こうげき》に備える。残る近接型たちは、左右に分かれつつ前面に飛び出す。見事な連携《れんけい》行動だが、いまはもっと優先すべきことがある。

武道館跡《ぶどうかんあと》クレーターの中央に立つ五人の王たちは、至近距離《きょり》で重力波を浴び続けていたせいか、緑の王ですら装甲《そうこう》が酷《ひど》く破損し、すぐには動けないようだ。

「……先輩《せんぱい》たちを……守らないと！」

ハルユキが掠《かす》れ声《ごえ》を絞《しぼ》り出し、前方のクレーターに向けて一歩踏《ふ》み出そうとした、その時だった。

「兄《アニ》!!」

遠隔型《えんかくがた》集団の中ほどで誰《だれ》かが叫《さけ》んだ。この甘酸《あまず》っぱい高音は、黄のレギオンのレモン・ピエレットか。

その声に反応したのは、五王の最後方に隠《かく》れるように立っていた黄の王イエロー・レディオだった。

異様に細長い両腕《りょううで》をいっぱいに広げ、右腕《みぎうで》でブルー・ナイトとパープル・ソーンを、左腕《ひだりうで》でグリーン・グランデとブラック・ロータスを抱《かか》える。同時に技名《わざめい》発声。

「《道化師のとっておき《クラウンズ・ラスト・リゾート》》!!」

イエロー・レディオの全身から鮮《あざ》やかな黄色の光が迸《ほとばし》った。ただの効果光《ライトエフェクト》ではない。心意《しんい》技《わざ》の過剰光《オーバーレイ》――。

光は瞬時《しゅんじ》に毒々しい煙《けむり》へと変わった。ぼうん！　という音が響《ひび》き、五人の姿が見えなくなる。

直後、ハルユキの右前方、合同チームの中心部にも黄色い煙《けむり》が湧《わ》き起こった。それが夜風に吹《ふ》き散《ち》らされると、そこに立っていたのは五人の王たちだった。

「……テレポート⁉」

ハルユキの隣《となり》で、タクムが低い驚声《きょうせい》を漏《も》らした。

愕然《がくぜん》とするのも無理はない。対戦格闘《たいせんかくとう》ゲームであるブレイン・バーストに於《お》いて瞬間移動《テレポート》は強力すぎる力であり、ハルユキが知る限りではクロム・ファルコンの《フラッシュ・ブリンク》が唯一《ゆいいつ》のテレポート技《わざ》だが、あれも実際はデュエルアバターを粒子化《りゅうしか》して超高速直線移動するという擬似的《ぎじてき》な転移能力だった。

それでも、六代目クロム・ディザスターになっていた時のハルユキはフラッシュ・ブリンクで大暴れし、対抗《たいこう》できたのは加速研究会副会長ブラック・バイスの必殺技《ひっさつわざ》《六面圧縮《ヘキサヘドラル・コンプレッション》》だけだったのだ。それほどに強力な技《わざ》を、こう言ってはなんだが純色の王たちの中で、白の王の次に直接戦闘《せんとう》に向いていないと思われていた黄の王が隠《かく》し持《も》っていたとは。

クレーターの中央から王たちが出現した地点までは、五十メートル近くも離《はな》れている。これほどの長距離《ちょうきょり》テレポートが可能なら、そもそも太陽神インティが落下してきた時も、ブラック・バイスの閉鎖型《へいさがた》心意技《しんいわざ》《二十面絶界《イコサヘドラル・インシユレーション》》がインティに破壊《はかい》された瞬間《しゅんかん》に脱出《だっしゅつ》できたのではないか──。

という疑問がちらりと意識に浮《う》かんだが、しかしいまはそれを追及《ついきゅう》している時ではない。王たちを集団でガードすることには成功したが、危機的状況《じょうきょう》は継続《けいぞく》している。

傷ついた黒雪姫《クロユキヒメ》に駆《か》け寄《よ》りたいという衝動《しょうどう》を堪《こら》えながら、ハルユキは夜空を見上げた。

テスカトリポカは巨体《きょたい》を傾《かたむ》けたまま動かない。爆発《ばくはつ》の余光もようやく薄《うす》れ、多重攻撃《こうげき》を防いだ左手が煙《けむり》の中から現れる。

巨人《きょじん》の手は親指だけを残してほぼ消滅《しょうめつ》していた。つまり攻撃《こうげき》の威力《いりょく》の何割かは掌《てのひら》を貫通《かんつう》したということだ。ならば白の王も無傷ではあるまい。いや、プラチナム・キャバリアーともども死んだ可能性だってある。

そう考えながら、ハルユキは懸命《けんめい》に夜空を凝視《ぎょうし》した。

直後、周囲から低いどよめきが沸《わ》き起《お》こった。

純白の月を背景に、金色の光をまとう縦長の五角形が浮《う》かんでいる。あれは盾《たて》──プラチナム・キャバリアーのカイトシールドだ。しかし大きすぎる。キャバリアーと白の王のみならず、ペガサスさえも盾《たて》にほぼ隠《かく》れてしまっている。

と、カイトシールドが音もなく縮小し、ペガサスとその背に乗る二人のバーストリンカーを露《あら》わにした。遠いので細部までは見えないが、大きなダメージは受けていないようだ。

「……《はにかみ屋《バッシュフル》》の奴《やつ》、あんな技《わざ》を隠《かく》していたのか」

ハルユキのすぐ左側でそう呟《つぶや》いたのは青のレギオンのマンガン・ブレードだ。プラチナム・キャバリアーと何度も戦ったことがあるはずの彼女も、あの盾《たて》を巨大化《きょだいか》する技《わざ》は初見だということか。

「だが、テスカトリポカの左手は砕《くだ》いた。これでもう殲滅技《せんめつわざ》は出せないはずだ」

マンガンの隣《となり》に立つコバルト・ブレードが応じると、二人の前にいたアーダー・メイデンが一瞬《いっしゅん》だけ振り向いた。

「右手の重力攻撃《こうげき》だけでも脅威《きょうい》なのです。また右手を使う素振《そぶ》りを見せたら、すぐに破壊《はかい》できるよう準備しないと」

「そうだな……何度もクロウに守ってもらうわけにはいかんからな」

頷《うなず》いたマンガン・ブレードが、右手でハルユキの背中を軽く撫《な》でた。何度だって守りますよ、と答えたかったが全身が完全に脱力《だつりょく》してしまって口すら動かせない。タクムが支えてくれていなければ地面に倒《たお》れ込んでしまうだろう。もう一度《光殻防壁《ライト・シエル》》を展開するのはとても無理だ、と思ってしまってから、必要があれば何度だって使ってみせると自分に言い聞かせる。

その時、周囲のバーストリンカーたちに緊張《きんちょう》が走った。テスカトリポカが動き始めたのだ。

だが、傾《かたむ》いた巨体《きょたい》を立て直し、砕《くだ》かれた左手を下ろしただけで、再び静止する。

夜空に浮《う》かぶプラチナム・キャバリアーも、白の王も微動《びどう》だにしない。この戦場で動いているのは、緩《ゆる》やかに羽ばたくペガサスの翼《つばさ》だけ。

不意に、声が聞こえた。

「……素晴《すば》らしいわ」

この上なく無垢《むく》で清らかな甘《あま》い響《ひび》き。《儚き永遠《トランジエント・エタニティ》》ホワイト・コスモスの声。

本気で感嘆《かんたん》しているかのように、神器《じんき》ザ・ルミナリーを両手で胸にかき抱《いだ》いたまま、白の王は続けた。

「かつて、歴戦の猛者《もさ》たちがまったく抵抗《ていこう》できなかったテスカトリポカの《第五の月《トシュカトル》》を、一《いっ》瞬《しゅん》にせよ破るなんて」

その言葉に、ハルユキは強烈《きょうれつ》な違和感《いわかん》を覚えた。

テスカトリポカは、加速世界の開闢《かいびゃく》以来ただの一度も倒《たお》されたことがなかったという太陽神インティの中から出現した。つまり白の王を含《ふく》む、全てのバーストリンカーが初めて遭遇《そうぐう》するエネミーのはずだ。なのにいまの口ぶりでは、以前にハイランカーの集団がテスカトリポカと戦ったことがあるかのようではないか。

そもそも、白の王はなぜ終焉神《しゅうえんしん》テスカトリポカという固有名詞や、技名《わざめい》からその効果に至るまで知悉《ちしつ》しているのか？　オリジネーターである青の王や緑の王、更《さら》には四聖のメタトロンやアマテラスすら知らなかった、インティを倒《たお》すとテスカトリポカが現れるという情報をどこで入手したのだろう？

　タクムに抱《かか》えられながら、ぼんやりとそんな思考を巡《めぐ》らせていると。

「その余裕《よゆう》も、いまは虚勢《きょせい》に聞こえるぞ、コスモス」

　右側から、消耗《しょうもう》の色はあれどもなお鋭《するど》い闘志《とうし》に満ちた声が上がった。

　黒の王ブラック・ロータス――黒雪姫《クロユキヒメ》は、エッジが少しばかり欠けた右手の剣を持ち上げ、切っ先をぴたりと白の王に向けた。

「そのデカブツがいかに強かろうと、我々に同じ技《わざ》が二度通じるとは貴様も思っているまい。右手も破壊《はかい》して重力波攻撃《こうげき》さえ封《ふう》じてしまえば、あとは通常のエネミー狩《が》りと同じだ。いくらHPの絶対量が多くともダメージが徹《とお》るならインティより遥《はる》かにマシだからな……時間はかかるだろうが必ず倒《たお》すし、貴様とキャバリアーも逃がすつもりはないぞ！」

《子》であり実の妹でもある黒雪姫の苛烈《かれつ》な言葉を聞いても――。

　白の王は、まるで気配を乱すこともなく、穏《おだ》やかに答えた。

「そうやって前のめりになりすぎるのは悪い癖《くせ》よ、ロータス。インティの、いわば第二形態であるテスカトリポカが、インティより御《ぎょ》しやすいなんてことが本当にあると思う？　インティはザ・ルミナリーの荊冠《けいかん》一つでテイムできたのに、この子は六つも必要だったのよ？」

　確かに、テスカトリポカを支配する荊棘《けいきょく》のリングは、頭と両手首、胸、腹、腰《こし》の六ヶ所に食い込んでいる。単純に、テイムの難易度がインティの六倍高いということ――しかしそれは逆に言えば、六つの荊冠《けいかん》を命中させられれば超級《ちょうきゅう》エネミーですらテイム可能だということでもある。

　そう考えた途端《とたん》、ハルユキは頭の芯《しん》にバチッと火花が散るのを感じた。数分前の疑問が再び脳裏《のうり》に甦《よみがえ》る。

　加速世界に於《お》ける究極の力を三つも揃《そろ》えて、ホワイト・コスモスは何を成《な》し遂《と》げようとしているのか。

　帝城《ていじょう》。それ以外にない。四方門を守る難攻不落《なんこうふらく》の四神を倒《たお》し、帝城本殿《ほんでん》地下の最強エネミー八神をも討《う》ち滅《ほろ》ぼして、最後の神器《じんき》《ザ・フラクチュエーティング・ライト》を手に入れる。それこそが、全バーストリンカーにとっての究極の目標──。

　だとすれば。

　右手をタクムの肩《かた》にかけ、わずかに回復した気力をかき集めて自分の体を持ち上げながら、ハルユキはありったけの音量で叫《さけ》んだ。

「白の王!!」

　遥《はる》か上空で、コスモスがわずかに顔を動かす。不思議な色のアイレンズが、まっすぐにハルユキを射貫《いぬ》く。

　震《ふる》えそうになる両脚《りょうあし》に力を込め、ハルユキは体の底から言葉を振《ふ》り絞《しぼ》った。

「白の王、あなたの力が超級《ちょうきゅう》エネミーにも及《およ》ぶのなら……この場の全員と協力すれば、帝城の四神だって支配できるはずだ！　その方法じゃだめなんですか⁉　こんな血塗《ちぬ》られた道を選ぶんじゃなく、全部のレギオンが力を合わせて最後のミッションに挑《いど》む、そんな道はないんですか‼」

白の王は黒雪姫《クロユキヒメ》にとって、そしていまやハルユキにとっても許しがたい最大の敵……そうと解《わか》っていながら、言わずにはいられなかったのだ。

絶叫《ぜっきょう》にも似た問いかけの長い残響《ざんきょう》が消えても、しばらく誰《だれ》も声を発しようとしなかった。

仄白《ほのじろ》い月光に彩《いろど》られた静寂《せいじゃく》を破ったのは、白の王の囁《ささや》くようないらえだった。

「不思議ね」

何が、と思う間もなく言葉が続く。

「ずっとずっと昔……この世界とはまったく異なる仮想世界でも、似たような状況《じょうきょう》が発生したことがあった。多くの世界から集められたプレイヤーたちが、協力してクリアを目指すのか、それとも裏切られる前に殺すのかという選択《せんたく》を迫《せま》られたことがね。そこにも、あなたみたいな理想を掲《かか》げたプレイヤーがいたのよ、シルバー・クロウ。彼の言葉に共感した者たちも決して少なくなかったわ。でも、結局は……」

そこで口を閉ざすと、白の王は小さくかぶりを振った。

刹那《せつな》、純白のアバターを包む気配が変質したのをハルユキは感じた。ただただ清らかだった聖なるオーラから、全てを静止させる絶対零度《ぜったいれいど》のオーラへと。

「遅《おそ》すぎる。もう何もかも手遅《ておく》れなの」

凛冽《りんれつ》としたその声を聞いただけで、ハルユキは体の芯《しん》が凍《こお》りつくのを感じた。密接するタクムも、アバターを硬《かた》く強張《こわば》らせる。

気圧《けお》されてしまったバーストリンカーたちの金縛《かなしば》りを破ったのは、心熱を解き放つような黒《クロ》雪姫《ユキヒメ》の咆哮《ほうこう》だった。

「ならば、ここが貴様の終着点だ‼」

ギュアアッ！　という金属質の振動音《しんどうおん》とともに、黒の王の全身から青紫色《あおむらさきいろ》の過剰光《オーバーレイ》が迸《ほとばし》る。他の王たちもそれぞれの色のオーラを宿し、その熱はたちまち周囲のバーストリンカーたちへと伝播《でんぱ》していく。

──戦うしかないんだ。悲劇の連鎖《れんさ》を止めるために。

ハルユキも、心の中でそう念じると左拳《ひだりこぶし》を握《にぎ》り締《し》めた。まだ脱力感《だつりょくかん》は去らないが、心意技《しんいわざ》を一撃《いちげき》放つくらいの力は残っているはず。

やるべきことは解《わか》っている。テスカトリポカの左手を破壊《はかい》できたいま、残る最大の脅威《きょうい》は右手の重力波攻撃《こうげき》だ。いまは真下に向けられている右手が動き、掌《てのひら》を晒《さら》した瞬間《しゅんかん》、フルパワーの多重攻撃《こうげき》を叩《たた》き込む。たとえテスカトリポカがインティの六倍強力だろうと、ダメージを与《あた》えられるなら、黒雪姫が言っていたとおりいつかは倒《たお》せる道理だ。

戦場の空気が、帯電しているかのようにびりびりと震《ふる》える。百一人のオーラに呼応してか、

夜空に黒雲が湧《わ》き起《お》こり、生き物のように波打つ。

しかし——白の王は動かない。

こちらの集中が切れるのを待っているのか。だが並み居るバーストリンカーのほとんどは心《しん》意《い》システムに精通したハイランカーたちだ。イマジネーションを維持《いじ》するだけなら一時間でも二時間でも続けられるだろう。睨《にら》み合《あ》っているあいだに伝令役をポータルから離脱《りだつ》させ、増援《ぞうえん》を招集することもできる。

それに、コスモスとキャバリアーを乗せているペガサス……あのエネミーは無限に飛んでいられるのだろうか。シルバー・クロウの飛行アビリティは必殺技《ひっさつわざ》ゲージを消費するのだから、ペガサスにも飛行時間の制限が存在してもおかしくない。二人が地面に降りてくれれば、近接型のアバターたちも攻撃《こうげき》に加われる。膠着《こうちゃく》状態をひたすら引き延ばすことが、白の王を利するとは思えない。

ハルユキがそこまで考えた時だった。

不意に、足許《あしもと》の地面がかすかに震《ふる》えた気がした。

バーストリンカーたちの闘気《とうき》がフィールドまでをも揺《ゆ》り動《うご》かしたのか——と一瞬《いっしゅん》思ったが、すぐに違《ちが》うと打ち消す。何か大きなものが移動する、ドドド……という重々しい音が聞こえる。右からも左からも、前からも後ろからも。

これは。

「エネミー……」

　呟《つぶや》いたハルユキの隣《となり》で、マンガン・ブレードが張《は》り詰《つ》めた囁《ささや》き声《ごえ》を響《ひび》かせた。

「くそっ、インティの破壊後《はかいご》にあれだけの数を殲滅《せんめつ》したのだから当分は湧《わ》いてこないだろうと思っていたが……甘《あま》かったな」

　心意技《しんいわざ》はエネミーを呼ぶ。ハルユキもその常識を忘れていたわけではない。しかしマンガンが言ったとおり、太陽神インティを撃破《げきは》するための心意技が呼び集めてしまった二十以上もの大型エネミーを、通常技《つうじょうわざ》だけで全て倒《たお》したばかりなのだ。北《きた》の丸公園《まるこうえん》周辺のエネミーは残らず駆逐《くちく》され、次の変遷《へんせん》までは復活しないと思っていたのだが、テスカトリポカの左手を破壊《はかい》した時の多重心意攻撃《こうげき》が強力すぎて、更《さら》に遠方のエネミー群を引き寄せてしまったらしい。

　このままでは、四方八方から野獣級《ワイルドきゅう》や巨獣級《ビーストきゅう》といった大型エネミーが押《お》し寄《よ》せてきて、テスカトリポカの右手に集中していられなくなる。だが掌《てのひら》を晒《さら》していない状態の右手を攻撃《こうげき》して、左手と同様に破壊《はかい》できるという確証はない。

「……エネミーは、テイムされたエネミーもターゲットするはずよ」

　そう指摘《してき》したのは、ハルユキの右後方にいたスカイ・レイカーだった。半壊《はんかい》した車椅子《くるまいす》から立ち上がり、構えた両手に緑色のオーラを宿している。黒雪姫《クロユキヒメ》が《純粋《じゅんすい》な正の心意の使い手》と評した彼女の心意技は、《庇護風陣《ウインド・ヴエール》》や《旋回風路《スワール・スウエイ》》といった範囲防御《はんいぼうぎょ》に重きを置いたものだけなのだろうとハルユキは推測していたが、先刻テスカトリポカの左手を破壊《はかい》した時には

《炸裂風弾《ウインド・バレット》》という強力な範囲《はんい》攻撃《こうげき》心意《しんい》技《わざ》を使ってみせた。

　第一象限の心意技、すなわち《範囲《はんい》を対象とする正の力》の使い手が、《範囲《はんい》を対象とする負の力》たる第四象限の心意技を行使することは精神に過大な負荷《ふか》を生む。楓子《フウコ》と同じかそれ以上に正の心意《しんい》に特化した浄化《じょうか》能力者である謡《ウタイ》が、敵をマグマの沼《ぬま》に沈《しず》めて焼《や》き尽《つ》くすという恐《おそ》るべき心意技を披露《ひろう》した時は、負荷《ふか》に耐《た》えきれずに昏倒《こんとう》してしまったほどだ。しかし楓子はまったく消耗《しょうもう》を感じさせない毅然《きぜん》とした声で続けた。

「しかも上位のエネミーは、単純に近い敵ではなく最大の脅威《きょうい》と感じた敵を最初に狙《ねら》うはず。巨獣級《ビーストきゅう》がテスカトリポカに何体か向かっていったら、白の王だって無視はできない。その隙《すき》をついて右手を破壊《はかい》するしかないわ」

「よし、それで行こう」

　と応じたのは、いままで沈黙《ちんもく》を保っていた青の王ブルー・ナイトだ。七の神器《じんき》の一つ、大剣《ジ・インパルス》を両手で構え直し、ちらりと黒の王を見る。

「ロータス、シンクロ攻撃《こうげき》のタイミングはお前が指示してくれ。コスモスの動きは、お前がいちばん読めるだろう」

「……解《わか》った」

　黒雪姫《クロユキヒメ》が短く答えると、緑の王が十字《じゅうじ》盾《たて》《ザ・ストライフ》を少しだけ持ち上げ、紫《むらさき》の王が錫杖《しゃくじょう》《ザ・テンペスト》を垂直に立て、黄の王が奇術師の杖《マジックバトン》《ロタリーロッド》をくるりと回し、赤の王が拳銃《けんじゅう》《ピースメーカー》を抜いた。

フィールドの震動《しんどう》は激しさを増し、すでに地響《じひび》きと呼ぶべきレベルに達している。目を凝《こ》らすと、帝城《ていじょう》の壕《ほり》に沿って、巨大《きょだい》な――と言ってもテスカトリポカには遠く及《およ》ばないが――影《かげ》が幾《いく》つも突進《とっしん》してくるのが視認《しにん》できる。

恐《おそ》らくエネミーの半数はこちらをターゲットするはずだ。それに対処しつつ、黒雪姫の合図で即座《そくざ》にテスカトリポカへの多重攻撃《こうげき》を放てるよう備えなくてはならない。命令がなくとも、近接型、防御型《ぼうぎょがた》のアバターたちが集団の外周部へじりじりと移動していく。

六大レギオンのバーストリンカーたちがエネミーの攻撃《こうげき》を捌《さば》ききれず、統制を乱すのが先か。それとも白の王がテスカトリポカの被《ひ》ダメージを無視できなくなり、重力波攻撃《こうげき》を使おうとするのが先か。

それでこの戦いの――ひいては延々と続いてきた白のレギオン、そして加速研究会との闘争《とうそう》の結末が決まる。

「ハル、もう自分で立てるかい」

隣《となり》でタクムが限界まで低めた声で囁《ささや》いたので、ハルユキは小さく頷《うなず》いた。

「ああ、ありがとうタク、もう大丈夫《だいじょうぶ》だ」

「じゃあ、僕は防御《ぼうぎょ》に回るよ。そのほうが役に立てそうだし、もうゲージがないから」

確かに、タクムは数分前の一斉攻撃《いっせいこうげき》で遠隔型必殺技《えんかくがたひっさつわざ》《ライトニング・シアン・スパイク》を使ったが、あれはゲージの消費が激しいので乱発はできない。また、心意技《しんいわざ》《蒼刃剣《シアン・ブレード》》は強力だが完全な近接技《きんせつわざ》で、テスカトリポカの手には残念ながら届かない。

「……解《わか》った」

ハルユキは頷《うなず》くと、タクムから離《はな》れて背筋を伸ばした。ふらつきそうになるのを堪《こら》え、左腰《ひだりこし》のルシード・ブレードを鞘《さや》ごと外す。

「こいつを貸すよ。この戦いじゃ、オレはもう使わないから」

柄《つか》を向けて差し出すと、タクムは「でも」と言いかけたが、そこで口をつぐんだ。合理的に考えればそれが最善の選択《せんたく》だと悟《さと》ったのだろう。ハルユキの役目は《光線投槍《レーザー・ジャベリン》》で多重攻撃《こうげき》に加わるか、万が一の時にもう一度《光殻防壁《ライト・シエル》》を使うかで、もう剣の出番はない。いっぽうタクムは防御《ぼうぎょ》チームに加わるなら《蒼刃剣《シアン・ブレード》》を使うことはできない。せっかくテスカトリポカに向かっていったエネミーを引き寄せてしまうかもしれないからだ。

「ありがとう」

短く答え、タクムはルシード・ブレードを受け取ると右腰《みぎこし》にマウントした。大柄《おおがら》なシアン・パイルにはやや華奢《きゃしゃ》すぎる武器だが、タクムなら右腕《みぎうで》の杭打ち機《パイルドライバー》プラス左手の剣という変則的二刀流でも充分《じゅうぶん》に使いこなすだろう。

ぐっと頷《うなず》き、集団の外周部に走っていくタクムを見送ると、ハルユキは意識をテスカトリポカに——そして上空の白の王に集中させた。エネミーはタクムたちが絶対に撃退《げきたい》してくれる。

信じて、黒雪姫《クロユキヒメ》の指示を待つのだ。

地響《じひび》きが急激に高まる。殺到《さっとう》するエネミー群との距離《きょり》はもう百メートルもないだろう。だが白の王は動かない。ザ・ルミナリーを胸に抱《だ》いたまま、謎《なぞ》めいた沈黙《ちんもく》を続けている。

押《お》し寄《よ》せるエネミーたちが、二つに分かれた。一群はそのままバーストリンカーたちに襲《おそ》いかかり、もう一群はテスカトリポカの足めがけて突進《とっしん》する。エネミーと防御《ぼうぎょ》チーム、エネミーとテスカトリポカが接触《せっしょく》し、巨大《きょだい》な衝撃《しょうげき》が世界を揺《ゆ》るがす――。

刹那《せつな》。

白の王が、ザ・ルミナリーを凄《すさ》まじいスピードで振り下ろした。

黒雪姫が、左腕《ひだりうで》の剣に右腕《みぎうで》の剣をつがえながら叫《さけ》んだ。ハルユキも同じ構えを取り、両腕《りょううで》にありったけの過剰光《オーバーレイ》を宿した。

「用意‼」

テスカトリポカが右手を持ち上げ、白の王が《第五の月《トシュカトル》》と呼んだ重力波攻撃《こうげき》をチャージし始める――はずだった。黒い同心円が五重に到達《とうたつ》する前に、六人の王と何十人ものバーストリンカーたちの多重遠隔攻撃《えんかくこうげき》が右手を破壊《はかい》する、はずだったのだ。

しかし。

暗赤色の巨人《きょじん》は、右手ではなく、もちろん左手でもなく、胸の中央に黄色い円を浮《う》かび上がらせた。

直後、同じ色のサークルが、ハルユキの足許《あしもと》にも出現した。

「鴉《からす》さん!!」

「クロウ!!」

同時に叫《さけ》んだスカイ・レイカーとマンガン・ブレードが、左右からハルユキの腕《うで》を掴《つか》もうとした。しかし二つの手は金属装甲《そうこう》を掠《かす》めただけだった。突然《とつぜん》発生した引力が、ハルユキ一人を凄《すさ》まじい勢いで空中に吸い上げたのだ。

「うあっ……!?」

驚愕《きょうがく》の声を漏《も》らしつつも、ハルユキは背中の翼《つばさ》を広げようとした。だがその寸前、唸《うな》りを上げて近づいてきた巨大《きょだい》な手――テスカトリポカの右手に空中で鷲掴《わしづか》みにされてしまう。

恐《おそ》るべき圧力。全身の装甲《そうこう》が悲鳴を上げ、体力ゲージが大きく削《けず》れる。

握《にぎ》り潰《つぶ》されるという恐怖《きょうふ》を振《ふ》り払《はら》い、ハルユキは叫《さけ》んだ。

「先輩《せんぱい》!! 僕ごと撃《う》ってください!!」

ハルユキはここで死んでも、幾《いく》ばくかポイントを失うだけで一時間後に蘇生《そせい》できる。一人の犠牲《ぎせい》でテスカトリポカの右手を破壊《はかい》できるなら安いものだ。黒雪姫《クロユキヒメ》にもそれは理解できているはずず。

――だが。

黒雪姫がほんの一瞬《いっしゅん》だけ躊躇《ためら》ってしまったのを、ハルユキは不可視の繋《つな》がりを通して感じた。

ゆえに、次のアクションも、白の王のほうがわずかに早かった。

ザ・ルミナリーが目にも留まらぬスピードで振られると同時に、テスカトリポカがハルユキを掴《つか》む右手と破壊《はかい》された左手を胸の前でクロスさせた。何の予備動作だ、と思う間もなく巨人《きょじん》の足許《あしもと》の地面に、直径十メートル以上ありそうな赤い同心円が出現する。

円の中に入り込んでいるのは七、八体の巨獣級《ビーストきゅう》エネミーだけでバーストリンカーたちは充分《じゅうぶん》に離《はな》れている。それでもハルユキは無我夢中《むがむちゅう》で叫《さけ》ばずにいられなかった。

「みんな、防御《ぼうぎょ》して！」

直後、テスカトリポカの足裏から、紅蓮《ぐれん》の炎《ほのお》が噴《ふ》き出した。膨大《ぼうだい》な体力ゲージを持っているはずの大型エネミーたちがあっという間に燃え上がり、多様な悲鳴を撒《ま》き散《ち》らしつつ炭化していく。

何という威力《いりょく》の範囲《はんい》攻撃《こうげき》か。もしエネミーではなく近接型のバーストリンカーたちがテスカトリポカの足を囲んでいたら、一秒と持たずに全滅《ぜんめつ》していただろう。

――というハルユキの戦慄《せんりつ》に満ちた推測は、しかし、半分間違《まちが》っていた。

アバターは完全に固定されているのに、ぐぐっ、と重力が変動する。テスカトリポカの巨体《きょたい》が浮《う》き上がろうとしているのだ。足裏から噴《ふ》き出した炎《ほのお》は攻撃技《こうげきわざ》ではなく、全長百メートルの超大型《ちょうおおがた》エネミーを離陸《りりく》させるための噴射《ぶんしゃ》――。

突如《とつじょ》、地鳴りのような轟音《ごうおん》がハルユキの耳を聾《ろう》した。火炎噴射《かえんふんしゃ》が数倍に勢いを増したのだ。

地面に煙《けむり》と熱波が広がり、クレーターを横切ってバーストリンカーたちを呑《の》み込んでいく。防《ぼう》御技《ぎょわざ》の光が複数広がり、それも黒い煙《けむり》に覆《おお》われる。

ハルユキに視認《しにん》できたのはそこまでだった。

テスカトリポカはロケットの如《ごと》く猛然《もうぜん》と上昇《じょうしょう》し、地面がみるみる遠ざかっていく。顔を巡《めぐ》らせると、先導するように夜空を駆《か》けるペガサスが見える。

白の王は、決戦ではなく離脱《りだつ》を選んだのだ。

だが、なぜ。テスカトリポカが飛翔《ひしょう》の余剰《よじょう》エネルギーだけで十匹《じっぴき》近い巨獣級《ビーストきゅう》エネミーを即死《そくし》させられるほどの力を持っているなら、仮に右手を破壊《はかい》されてもバーストリンカーたちを言葉どおり蹴散《けち》らすことだってできたのではないか。

——どうして白の王はそうしなかったんだろう。あと、どうして僕を捕《つか》まえたまま殺さないんだろう……。

とそこまで考えてから、ハルユキはやっと自分が置かれた状況《じょうきょう》に気付いた。

生きていることに安堵《あんど》している場合ではない。ことと次第《しだい》によっては、北《きた》の丸公園《まるこうえん》で死んでいたほうがマシだったということも有り得る。

なぜなら、ハルユキはいま、拉致《らち》されつつあるのだ。

慌《あわ》てて遥《はる》か下方の地面を凝視《ぎょうし》するが、月光ステージ特有の神殿《しんでん》めいた建物が無限に連なっているだけで、どの方角に飛んでいるのかもすぐには判断できない。しかし、地形が流れていく勢いからして、相当なスピードが出ていることだけは解《わか》る。このまま一直線に飛べば、遠からず東京《とうきょう》から出てしまうだろう。

どうする。全身をがっちり拘束《こうそく》されていて脱出《だっしゅつ》は困難だし、白の王を攻撃《こうげき》することもできない。アルゴン・アレイのように目からレーザーを撃《う》てれば……と詮《せん》ないことを考えそうになり、必死に思考を立て直す。

いますべきなのは、現在位置を把握《はあく》し、いずれテスカトリポカが着地したらその場所をピンポイントで特定することだ。できるはず。バーストリンカーになってからずっと、東京近郊《きんこう》の地図を頭に叩《たた》き込んできたのだから。

恐怖《きょうふ》をぐっと呑《の》み下し、ハルユキは見開いた両目で眼下のフィールドを睨《にら》んだ。

2

結局のところ――。

ハルユキの、移動ルートを詳細《しょうさい》に把握《はあく》しようとする努力は、あまり意味のないものとなってしまった。

超級《ちょうきゅう》エネミー・終焉神《しゅうえんしん》テスカトリポカは、白の王ホワイト・コスモスと護衛のプラチナム・キャバリアーが乗るペガサスに先導され、北《きた》の丸公園《まるこうえん》から東へ、次いで南東へと飛んだ。銀座《ぎんざ》、晴海《はるみ》、有明《ありあけ》を飛《と》び越《こ》え、東京湾《とうきょうわん》に出ると徐々《じょじょ》に高度を下げ――最終的に着地したのは、かつて《中央防波堤埋立地《ちゅうおうぼうはていうめたてち》》と呼ばれ、現在は《令和島《れいわじま》》と呼称《こしょう》される巨大《きょだい》な人工島の南西エリアに一昨年オープンした大規模テーマパーク《東京《とうきょう》グランキャッスル》だったのだ。

ハルユキは遊びに来たことはないが、敷地《しきち》の中央に屹立《きつりつ》する巨大《きょだい》な西洋風の城は写真や映像で何度も目にしている。もちろん加速世界なので現実そのままの姿ではないが、月光ステージの建物はもともと異国の神殿風《しんでんふう》なのでさして大きく変化はしていないようだ。

テスカトリポカは、両足の裏から真紅《しんく》の炎《ほのお》を噴射《ふんしゃ》しながらまっすぐに降下し、城の前の広場に地響《じひび》きを立てて着地した。グランキャッスルの城――確か《ハイムヴェルト城》とかいう名前だったはずだ――は一番高い尖塔《せんとう》が八十メートルほどもあるが、テスカトリポカはそれより頭二つぶんも大きい。

　巨人《きょじん》の右手に握《にぎ》り締《し》められたまま、ハルユキは限界まで首を巡《めぐ》らせた。すると、やや遅《おく》れて降下してきたペガサスが、ハイムヴェルト城の正面に突き出したバルコニーに着地するのが見えた。

　まずプラチナム・キャバリアーが下馬し、うやうやしく右手を差し出す。その手に細い指先を触《ふ》れさせながら、白の王がふわりと床《ゆか》に降り立つ。

　二人がそのまま室内に立ち去ってくれることを期待したが、もちろんそうはならなかった。白の王が軽くザ・ルミナリーを振ると、テスカトリポカが胸に押しつけていた右手を伸ばし、ハルユキをバルコニーまで移動させた。

　エネミーの手が開いた瞬《しゅん》間《かん》に、全速飛行で逃げることを検討しなかったわけではない。だが逃げ切れる保証はないし、白の王はその気になればハルユキをこの場所で無限ＥＫ状態に陥《おとしい》れることだって可能なのだ。もちろん東京グランキャッスルは都心最大級のランドマークなので敷地《しきち》内《ない》のどこかにポータルが存在するはずだが、あちこち探し回る時間的余裕《よゆう》などあるはずもない。

　ゆえにハルユキは、テスカトリポカの右手が緩《ゆる》んだ時、アバターがそのまま下に滑《すべ》り落《お》ちるに任せた。両足が大理石のタイルに触《ふ》れたが、踏《ふ》ん張《ば》れずにそのままガシャッと尻餅《しりもち》をついてしまう。

へたり込むハルユキを、いかにも騎士《きし》らしい端正《たんせい》なデザインの兜《かぶと》越しに見下ろしたプラチナム・キャバリアーが、初めて遭遇《そうぐう》した時とまったく同じ、語尾《ごび》に気だるそうな余韻《よいん》を含《ふく》む口調で言った。

「立てないのかい……」

はい、と答えても手を貸してくれるとはまったく思えないので、首をぎこちなく左右に振る。

「いいえ、大丈夫《だいじょうぶ》です」

正直、桜夢亭《おうむてい》での四ヶ月にもわたる修業《しゅぎょう》からそのまま対インティ戦、対テスカトリポカ戦に突入《とつにゅう》したせいで過去最大級に消耗《しょうもう》している実感があるが、黒のレギオンの一員として情けない姿を晒《さら》すわけにはいかない。メイさんの膝枕《ひざまくら》で一時間も寝たんだからまだ動ける！　と自分に言い聞かせ、気合いで立ち上がる。

一瞬《いっしゅん》ふらつきかけたものの精いっぱい背筋を伸ばし、ハルユキは目の前のキャバリアーを、次いでその奥《おく》のホワイト・コスモスを見据《みす》えてから問いかけた。

「……僕を、どうするつもりなんですか」

答えたのは、騎士《きし》ではなく白いドレスの聖女だった。

「ふふ、噂《うわさ》以上にせっかちね。この状況《じょうきょう》で結論を急いで、全損させるとか洗脳するとか言われたらどうするつもりなの？」

「それは……逃げますけど……」

と答えるしかないのでそう答えると、キャバリアーが左手で剣の柄《つか》に軽く触《ふ》れた。

「なら……羽を切り落としておくか……」

「ええ⁉」

口調や気配からは本気なのか脅《おど》しなのかまったく判断できない。しかし幸い、剣が抜かれる前に白の王が再び発言した。

「大丈夫《だいじょうぶ》よ、その子は逃げないわ。なぜならここで、知りたくて知りたくてたまらない秘密を知ることができるんだから」

「ひ……秘密？」

鸚鵡《おうむ》返《がえ》しに呟《つぶや》いたハルユキに、白の王は微笑《ほほえ》みながら頷《うなず》きかけた。

「そうよ。オシラトリ・ユニヴァースと加速研究会が何を目指しているのか……レギオンを離《はな》れたローズ・ミレディーさえ知らない、この世界の真実を」

その言葉を聞いた途端《とたん》。

眼前の二人がまったく敵意を――それどころかハイランカーの情報圧すら表に出さないせいで、疲労《ひろう》と相まってほんの少しだけ弛緩《しかん》してしまっていた意識が、氷のように冷たくなるのをハルユキは自覚した。

目の前の、触《ふ》れただけで装甲《そうこう》が砕《くだ》けてしまいそうなほど華奢《きゃしゃ》で優美なアバターは、加速世界に数え切れないほどの悲劇をもたらしてきた存在なのだ。

サフラン・ブロッサムを無限EKで全損させ、クロム・ファルコンが初代クロム・ディザスターになってしまうきっかけを作り。

《子》であり実の妹でもある黒雪姫《クロユキヒメ》に偽《いつわ》りの情報を伝えて先代の赤の王レッド・ライダーを不意打ちで全損させ。

加速世界に大量のISSキットをばらまき、何十人ものバーストリンカーを心意《しんい》の暗黒面に落とし。

二代目赤の王スカーレット・レインを拉致《らち》し、強化外装《インビンシブル》を強奪《ごうだつ》して災禍《さいか》の鎧《よろい》マークⅡを生み出し。

オーキッド・オラクルこと若宮恵《ワカミヤメグミ》を道具のように扱《あつか》ったあげくに、無制限中立フィールドの東京《とうきょう》ミッドタウン・タワーに幽閉《ゆうへい》し。

そして、六大レギオンのバーストリンカーたちを太陽神インティと戦わせ、出現した終焉神《しゅうえんしん》テスカトリポカをテイムして、六人の王をいっぺんに全損させようとした。

これほどの非道、これほどの邪悪を正当化できる理由など存在するはずがない。ハルユキは、「そんな話に興味はない」と答え、いますぐ二人に戦いを挑《いど》まなくてはならないのだ。たとえ手も足も出ず負けるのだとしても。その結果、白の王の怒《いか》りを買って無限EKに追い込まれることになろうとも——。

無言で両拳《りょうこぶし》を力いっぱい握《にぎ》り締《し》めるハルユキを見て、ホワイト・コスモスは再び淡《あわ》い微笑《びしょう》を浮《う》かべ、囁《ささや》いた。

「短気を起こすのは、話を聞いてからでも遅《おそ》くないでしょう？」

「……あなたの話が真実だって、どうやって証明するんですか。自分の《子》でさえ嘘《うそ》で操《あやつ》ろうとしたあなたを、どうすれば信じられるっていうんです」

ひび割れた声でハルユキがそう応じた途端《とたん》、プラチナム・キャバリアーが今度こそ剣の柄《つか》を握《にぎ》った。だが白の王が小さく左手を動かすと、再び彫像《ちょうぞう》のように静止する。

ホワイト・コスモスは、右手に下げていたザ・ルミナリーを腰《こし》にマウントし、バルコニーの中央に置かれている白革《しろかわ》のロングソファーに座《すわ》った。ひらりと脚《あし》を組み——その仕草は、ハッとさせられるほど黒雪姫《クロユキヒメ》に似ていた——立ち尽くすハルユキを見上げる。

「ふふ……考えてみれば、シルバー・クロウ、あなたは私のたった一人の《孫》になるわけね。加速世界じゃ珍《めずら》しくもない話だけど、それなりの感慨《かんがい》は味わえるものね」

どこまでもクリアで、ソフトで、ニュートラルな口調で発せられたその言葉に、ハルユキは激しくかぶりを振ってから反駁《はんばく》した。

「関係ないです。黒の王はもうあなたのことを《親》とは思ってませんから、僕とあなたにも何の繫《つな》がりもない」

「ま、それはそうね」

機嫌《きげん》を損《そこ》ねた様子もなくあっさり頷《うなず》くと、コスモスは続けた。

「親子と言っても、コピー・インストールされるBBプログラムには単純なメタデータすら含《ふく》まれていないんだから、現実世界と違《ちが》って遺伝情報が引《ひ》き継《つ》がれるなんてことは一切《いっさい》ないわ。だから私も気まぐれであの子をバーストリンカーにしてみたんだけどね……」

「……気まぐれ……？」

──加速世界の《親子》はそんないい加減なものじゃない！

と叫《さけ》び返《かえ》したい衝動《しょうどう》を、ハルユキは懸命《けんめい》に抑《おさ》え込んだ。

白の王とは、バーストリンカーとしての価値観も視点も信条も何もかもが違《ちが》いすぎる。その隔絶《かくぜつ》は、千の言葉を重ねようともまるで埋《う》められないほど広く、深い。

代わりに、押し殺した声で告げる。

「やっぱり、僕はあなたが何を言おうと信じることはできません。それに、あなたが語ろうとしている《この世界の真実》が本当に真実なんだとしても……それを僕に教える理由なんか、あなたにはないでしょう？」

「それを言うなら、そもそもあなたをここまで連れてくる理由だってないと思わない？　私は、そうしようと思えばあの場にいたバーストリンカーたちを全員殺せたのよ。テスカトリポカの左手を破壊《はかい》されたのはちょっとだけ驚《おどろ》いたけど、そんなもの、あの化け物にとってはダメージのうちにも入らない」

「……嘘《うそ》だ」

ハルユキがそう呟《つぶや》くと、白の王は右手を持ち上げ、バルコニーの正面を指差した。

「ご覧なさい。ここからなら、テスカトリポカの体力ゲージが見えるでしょう」

「…………」

ぎこちなく振り向くと、血の色の巨人《きょじん》は変わらず広場の中央に直立していた。バルコニーからでも頭頂部までは四十メートル近く離《はな》れているが、頭上に浮《う》かぶゲージがぎりぎり視認《しにん》できる。その段数に気付いた途端《とたん》——。

「うあ……」

ハルユキは掠《かす》れ声《ごえ》を漏《も》らしてしまった。

十段。

神獣級《レジエンドきゅう》エネミー、四聖メタトロンで四段。超級《ちょうきゅう》エネミーの四神スザクやセイリュウですら五段だったのに、その二倍。

しかもゲージは、一段目がごくわずかに……多めに見積もっても一割程度しか削《けず》れていない。六大レギオンの精鋭《せいえい》たちが、必殺技《ひっさつわざ》のみならず心意技《しんいわざ》まで繰《く》り出して与《あた》えたダメージが、十段ゲージ全体の一パーセントにも満たないとは。

言葉を失うハルユキの背後で、白の王の声が静かに響《ひび》いた。

「あなたが破ってみせた右手の《第五の月《トシユカトル》》や、左手から放つ《第九の月《ミカイルイトントリ》》は、フルゲージ状態からでも使える基本技でしかないのよ。それでもあの威力《いりょく》なの。私たちの分析《ぶんせき》では、テスカトリポカの総合的戦闘力《せんとうりょく》は四聖と四神全ての合計より大きいわ」

「…………」

ありえない、という思考が直感に押《お》し潰《つぶ》される。のっぺりとした、ただ太いだけの柱めいた胴体《どうたい》から関節もない手足が生え、頭は単なる長楕円体《ちょうだえんたい》というデザインは四聖や四神と比べると果てしなくシンプルだが、それゆえに曰《いわ》く言いがたい異物感──加速世界の理《ことわり》から外れた存在であるという恐怖《きょうふ》を否応《いやおう》なく感じてしまう。

だが、四聖と四神を足したより強いという話が本当だとしたら、新たな疑問が浮《う》かんでくる。しかも二つ。

「……どうしてそんなものが存在するんですか。全プレイヤーが協力しても絶対勝てないモンスターなんて、ゲームにいていいはずがない」

強張《こわば》る体を振り向かせ、ハルユキが問いかけると、白の王はその質問を予期していたかのように軽く肩《かた》をすくめた。

「だから《終わりの神》なのよ。世界を閉じるためにのみ存在する蹂躙者《デバステイター》。クロウ、あなた、加速世界がどうやって作られたのかは聞かされてるの？」

「え……ええ、グラファイト・エッジさんから……」

いっとき白の王への敵意を抑《おさ》え、ハルユキは記憶《きおく》の奥底《おくそこ》に刻《きざ》み込まれている不思議な物語を語った。

「ずっと昔、とある仮想世界の中で戦争みたいなことがあって……二つの勢力が、その世界に閉じ込められたビーイングを巡《めぐ》って争ったんだってグラフさんは言ってました。一方の勢力はビーイングを解放しようとして、もう一方の勢力は破壊《はかい》しようとした。戦いの果てに、二人のリーダーが同時にその世界のシステム・コンソールに辿《たど》り着《つ》いて……リーダーAは管理者権限でビーイングを破壊《はかい》しようとしたけどそれは不可能だったので、代わりに誰《だれ》も触《ふ》れられないよう永久に封《ふう》じ込めようとした。世界の中心にでっかい要塞《ようさい》みたいなダンジョンを作って、そのいちばん奥《おく》にビーイングを封印《ふういん》して、そこを八体の守護モンスターに守らせて……ダンジョンそのものも四体の門番モンスターに守らせた。そのダンジョンがいまの帝城《ていじょう》で、守ってるモンスターが八神であり四神だ、って……」

　ハルユキが口を閉じると、白の王はゆっくり頷《うなず》いてから、「それで？」と囁《ささや》いた。

「それで……って……」

「リーダーは二人いたんでしょ？　あなたの、いえグラフの言うリーダーBは何をしたの？」

「ええと……」

　ハルユキは、帝城の中で聞いたグラファイト・エッジの言葉をそのままリピートした。

「彼は、希望を未来に託《たく》すことにした。いつか四体の門番モンスターを倒《たお》し、要塞《ようさい》に侵入《しんにゅう》し、八体の守護モンスターをも倒《たお》して、ビーイングを解き放てるほど強い戦士たちが現れると信じて。――グラフさんは、そう言ってました」

「……なるほど。なるほどね」

白の王が再び頷《うなず》くのを見て、ハルユキはふと、もしかすると白の王も知らない超重要情報をむざむざ明かしてしまったのでは……という不安に駆《か》られた。だが白の王は超然《ちょうぜん》とした気配を一切崩《いっさいくず》さず、逆にハルユキが予想だにしない言葉を返してきた。

「オリジネーター以上の古参なだけあって、かなりのところまで知ってるわね」

「オリジネーター以上の……？」

意味を理解できず、純白のフェイスマスクをまじまじと凝視《ぎょうし》してしまう。

オリジネーターは《最初の百人》の別称《べっしょう》だ。ブレイン・バースト２０３９の製作者、つまり先の話に出てきたリーダーＢから直接ＢＢプログラムを与《あた》えられた百人の子供たち。彼ら以上の古参プレイヤーなど存在するはずがない。

「どういう意味ですか……？」

問い返すハルユキの顔を、白の王はしばし無言で眺《なが》めてから淡《あわ》い笑《え》みを浮《う》かべた。

「もう、かなり核心《かくしん》に近いところに触《ふ》れちゃってるけど……このまま続けていいのかしら？　私の話は信じないんじゃなかった？」

「あ…………」

反射的に両手で自分の口を塞《ふさ》ぎそうになり、どうにか耐《た》える。なんで加速世界の話を始めてしまったのかと記憶《きおく》をさかのぼり、白の王が口にした《終わりの神》という言葉が気になったからだと悟《さと》る。

テスカトリポカはBB2039のゲームバランスを完全に破壊《はかい》するほど強い。その理由は、世界を閉じるために存在するエネミーだから。ホワイト・コスモスのその説明がそもそも虚偽《きょぎ》だという可能性は大いにあるが……しかし、知りたい。世界を閉じるという不吉《ふきつ》な言葉の意味を。

「…………聞いてから、信じるかどうか決めます」

結局まんまと操《あやつ》られてしまっていることを自覚しながらも、ハルユキはそう答えた。

するとホワイト・コスモスは、無言で右手を動かした。ほっそりした指が示したのは、白の王が座《すわ》るロングソファーのはす向かいに置かれた一人掛《が》けのソファーだ。プラチナム・キャバリアーが立ったままなのに自分が座《すわ》っていいものか、と躊躇《ためら》っていると、ずっと沈黙《ちんもく》していた騎士《きし》が声を発した。

「では僕は……《アリオン》を厩舎《きゅうしゃ》に戻《もど》してきます……」

主が軽く頷《うなず》くと、バルコニーの隅《すみ》で待機していたペガサスにまたがり、ハイムヴェルト城の裏手へと飛び去っていく。どうやらキャバリアーは馬に名前を付けているらしい……いや重要なのはそこではなく、無制限中立フィールドの東京《とうきょう》グランキャッスルが白のレギオンに拠点化《きょてんか》されているらしいことのほうだ。

視線を戻《もど》すと、白の王がまだ右手を持ち上げていたので、ハルユキは一人掛《が》けソファーへと移動した。何かあった時はすぐ飛び出せるよう浅めに腰掛《こしか》け、しばし逡巡《しゅんじゅん》してから訊《たず》ねる。

「……護衛の人がいなくなっちゃっていいんですか？　あなたは七王の中で、いちばん接近戦に向いてないと聞きました。僕が攻撃《こうげき》したらどうするんです……？」

「ん……そうね、剣を持ってたらほんの少しくらいは警戒《けいかい》したかもしれないわね。でも素手《すで》のあなたの攻撃《こうげき》が届くよりも、私が心意《しんい》であなたの腕《うで》をねじ切るほうが速いわ。別に首でもいいけど」

恐《おそ》ろしい台詞《せりふ》をさらりと口にすると、白の王はソファーの背もたれに深く寄りかかった。頭のシンプルながら流麗《りゅうれい》な宝冠《ほうかん》——神器《じんき》ザ・ルミナリーの本体——が月光を反射し、きらきらと冷たく輝《かがや》く。

ルシード・ブレードはタクムに貸したままなので、確かにハルユキの腰《こし》は空だ。しかし仮に剣を持っていても、斬撃《ざんげき》が届くとは……それ以前に鞘《さや》から抜けるとさえ思えない。心意力《しんいりょく》だけで腕《うで》や首をねじ切れるという言葉はにわかに信じがたいが、真偽《しんぎ》を試《ため》す気にはなれない。

「す……すみませんでした」

ぺこりと頭を下げてから、先刻中断してしまった質問を再び投げかける。

「それで……さっきの、グラフさんがオリジネーター以上の古参プレイヤーだって話ですけど……どういう意味なんですか？」

「ん？　ああ……彼は《同位体》だから」

「は……？　ど、同位体……？」

意味を理解できずぽかんとするハルユキに、白の王は軽く肩《かた》をすくめてみせた。

「この話、重要？　もっと知るべきことがあるんじゃないの？」

重要――だと思うが、確かに優先順位はテスカトリポカの存在理由のほうが高い。

「じゃあ……《終わりの神》の話を……」

視界右側の広場で静止する超巨大《ちょうきょだい》エネミーをちらりと見上げながら、ハルユキは言った。軽く頷《うなず》いたコスモスが、組んでいた右脚《みぎあし》を下ろす。極薄《ごくうす》のスカート型装甲《そうこう》の上で両手を重ね、やや上体を起こしてハルユキを見る。

「――いいわよ、教えてあげる」

そう告げた声は、抑揚《よくよう》も音程もいままでと何ら変わらないのに、温度がほんの少し下がったように感じられた。

「さっきあなたが語った加速世界の前史……秘匿《ひとく》された戦争と封印《ふういん》されたビーイングの物語はほぼ事実よ。ビーイングの解放を成《な》し遂《と》げられなかったリーダーBが、希望を未来に託《たく》した……その表現は間違《まちが》ってはいない。でも、問題はその後……。戦争から長い時間が経《た》ち、ついに稼働《かどう》を始めた三つの試作《トライアル》ゲームは、多くの子供たちを虜《とりこ》にした。シルバー・クロウ、あなたがブレイン・バースト２０３９を愛しているのと同様に、先発のアクセル・アサルト２０３８、後発のコスモス・コラプト２０４０にも、その世界とそこで生まれたものを愛するたくさんの子供たちがいたの」

いまはもうない二つのゲームの名前が白の王の口から発せられた瞬間《しゅんかん》、ハルユキは再び過去の記憶《きおく》が呼び起こされるのを意識した。

先月末の、梅郷中学校《うめさとちゅうがっこう》の文化祭当時に断行された五つのミッション――アクア・カレントの救出、メタトロン第一形態の攻略《こうりゃく》、ＩＳＳキット本体の破壊《はかい》、そして拉致《らち》された赤の王の奪還《だっかん》と災禍《さいか》の鎧《よろい》マークⅡの撃破《げきは》という長い戦いの最後に、ネガ・ネビュラスの加速ミーティングに観戦用ダミーアバターで突如《とつじょ》乱入してきた白の王は言ったのだ。

アクセル・アサルト２０３８とコスモス・コラプト２０４０。二つのゲーム世界が閉鎖《へいさ》されてしまった理由は、どちらの世界も偏《かたよ》りすぎていたからだ、と。ＡＡ２０３８は過剰《かじょう》な闘争《とうそう》に、ＣＣ２０４０は過剰《かじょう》な融和《ゆうわ》に満たされていた。それゆえに滅《ほろ》んだ……と。その言葉の真意は、いまに至るまで理解できていない。

「……あなたは、梅郷中《うめさとちゅう》の文化祭に乗り込んできた時に言ってましたよね。ＣＣ世界の過剰《かじょう》な融和《ゆうわ》や過剰《かじょう》な協調が生み出すのは加速ではなく停滞《ていたい》……ＣＣ世界の時間は停止してしまった、それゆえに滅《ほろ》んだ、って」

「よく憶《おぼ》えてるわね。まさしくそう言ったし、それは本当のことよ」

「グラフさんには、あなたの発言の大部分は他人を操《あやつ》るためのものだから真に受けるな、って警告されました」

「あら、そう」

白の王が苦笑《くしょう》する気配を感じながら、ハルユキは続けた。

「でも、少なくともAAとCCがもう稼働《かどう》してないのは事実ですよね。あなたがさっき言った《問題》っていうのはそのことですか？　僕たちと同じように、それぞれの世界を愛していた子供たちが全員ゲームプログラムを強制アンインストールされて、記憶《きおく》をなくしちゃったこと……？」

「ふふ……」

なぜかかすかに微笑《ほほえ》むと、ホワイト・コスモスはゆっくりと首を左右に振った。長い金色の髪《かみ》に遊ぶ月光が、空中に純白の粒子《りゅうし》を振りまく。

「あなたの洞察力《どうさつりょく》はなかなかのレベルだけど、いまのは残念ながら見当外れもいいところよ。強制アンインストールと記憶消去措置《きおくしょうきょそち》は、ポイント全損者に対する最大限の救済……想像してごらんなさい。あなたがこの世界から追い出されたとして、記憶《きおく》もBBプログラムも残ったままで、でも二度と加速も対戦もできない……そんなの真《ま》っ平御免《ぴらごめん》でしょう？」

ハルユキは反射的に「はい」と答えそうになったが、そこでぐっと奥歯《おくば》を噛《か》み締《し》めた。

自分のことだけ考えるなら、プログラムと一緒《いっしょ》に記憶《きおく》も全て消されるほうが楽かもしれない。だがその時は、いままで共に戦ってきた仲間たちのことも忘れてしまうのだ。黒雪姫《クロユキヒメ》やタクム、チユリ、楓子《フウコ》やあきらや謡《ウタイ》、ニコとパドさん、綸《リン》や志帆子《シホコ》たち……そしてメタトロンがどう思うかを想像すれば、軽々しく頷《うなず》くことはできない。

固まるハルユキを見て、コスモスはもう一度淡《あわ》い笑《え》みを滲《にじ》ませた。

「少しばかり意地悪な質問だったわね。あなたがそうやって迷うことまで否定はしないわ……でも、もし自分で選ぶことができるなら、ほぼ全てのポイント全損者は記《き》憶《おく》を消されるほうを望むと私は確信している。だって、加速世界での思い出と一緒《いっしょ》に、デュエルアバターの鋳型《いがた》となった心の傷まで消し去ることができるんだから」

「…………」

ハルユキの脳裏《のうり》に、BBプログラムを失ったダスク・テイカー／能美征二《ノウミセイジ》の屈託《くったく》ない笑顔《えがお》が浮《う》かんだ。底なしの憎悪《ぞうお》と支配欲に衝《つ》き動《うご》かされていた彼はいま、憑《つ》きものが落ちたかの如《ごと》く勉強や部活動を一生懸命頑張《いっしょうけんめいがんば》っているらしい。

《略奪者《りゃくだつしゃ》》だった時の能美が、いまの能美より幸せだったようにはとても見えない。だが、何らかの手段で全損状態から甦《よみがえ》ったセントレア・セントリー／鈴川瀬利《スズカワセリ》はハルユキに言った。『バーストリンカーでなくなってから、私はずっと空疎《くうそ》なものを抱《かか》えながら生きてきた。思い出そうとしているのに思い出せない……どうしても埋《う》められない空白が、いつも私の中にあった』と。

白の王は、全損者を苦しめるその感覚を知っているのか。それでもなお、記《き》憶《おく》消去が完全な救済だと言い切れるのか。

深く息を吸い、吐《は》いてから、ハルユキは訊《たず》ねた。

「それなら……、それならあなたはどうして《ネクロマンサー》なんて呼ばれてるんですか。どうして、あなたの基準では救われたはずの人を……ダスク・テイカーや、レッド・ライダーや、レギオンメンバーのオーキッド・オラクルさんまで加速世界に呼《よ》び戻《もど》して、また苦しみを与《あた》えようとするんですか」

ことによると白の王の怒《いか》りを買い、対話を打ち切られるか、あるいは心意《しんい》で攻撃《こうげき》されるかもしれないと覚悟《かくご》しての問いだった。だがコスモスは一切《いっさい》表情を変えることなく――と言ってもハルユキには最初から彼女の内心などまったく見通せていないのだが――頭を少しばかり左に傾《かたむ》けただけだった。

「まず、あなたの勘違《かんちが》いを修正しておくけど……《ネクロマンサー》っていう二つ名は、私の必殺技《ひっさつわざ》《リザレクト・バイ・コンパッション》が由来なのよ。あれは無制限中立《ミーン》フィールド《レベル》で死んだアバターの蘇生《そせい》待ち時間を短縮するだけで、当然だけど全損したバーストリンカーには効果を持たないわ」

「で……でも、あなたの配下のアルゴン・アレイが、ダスク・テイカーを召喚《しょうかん》する前に言ってました。白の王の《反魂《はんごん》》は生やさしいものじゃない、どんな悪魔《あくま》と契約《けいやく》したらあんな力が使えるのか……みたいなことを……」

「あら」

ハルユキの反論を聞いたコスモスは、グラファイト・エッジの言葉を聞かされた時より明瞭《めいりょう》な苦笑《くしょう》を浮かべた。

「アレイのお喋《しゃべ》り癖《ぐせ》は何年経《た》っても直らないわね。悪魔《あくま》と契約《けいやく》したくらいで本物の蘇生《そせい》能力が手に入るなら安いものよ……だいたいシルバー・クロウ、あなただって同じようなものじゃないの？」

「え……？」

「四聖メタトロンと契約《けいやく》したんでしょう？　あれをさんざん苦労して芝公園《しばこうえん》のダンジョンから引っ張り出したのは私なのに」

「そ……それは、ＩＳＳキット本体を置いていた東京《とうきょう》ミッドタウン・タワーを防衛させるためでしょう！」

人間とまったく同じ知性や感情を持つメタトロンを、道具のように扱《あつか》った白の王への怒《いか》りが湧《わ》き上がってきてハルユキは叫《さけ》んだ。

そう——メタトロンだけではない。ホワイト・コスモスと加速研究会は、自分たちが守り、導くべき新米《ニュービー》バーストリンカーであるウルフラム・サーベラスをも単なる手駒《てごま》として利用し、災禍《さいか》の鎧《よろい》マークⅡの依代《よりしろ》にしてしまった。サーベラスは、自分がハルユキを害することを防ぐためにバーストポイントをわざと残り10にまで減らし、ハルユキの手で全損させられようとさえしたのだ。

オーキッド・オラクルも、ローズ・ミレディーも、そしてブラック・ロータスも。白の王は、自分を信頼《しんらい》するバーストリンカーたちを次々と裏切り、道具として使い捨ててきた。どんな理由が、どんな必然性があろうとも、その行いは絶対に許されない。

心の中で改めてそう認識《にんしき》しながら、ハルユキは押し殺した声で言った。

「……メタトロンとは契約《けいやく》したんじゃない……友達になったんです。友達だからお互《たが》いに助け合うんです。それがおかしいことですか？」

「おかしくないわよ。いつか辛《つら》い思いをするだろうな、とは思うけど……まあ、それはいいわ。ともかく、私がさっき言った三つの試作《トライアル》ゲームにまつわる《問題》っていうのは、アクセル・アサルトとコスモス・コラプトのプレイヤーたちが全員記憶《きおく》を消去されたことじゃないわ。その前……ゲームが終わる時に何が起きたのか、よ」

「何が……起きたのか……？」

熾火《おきび》のようにくすぶる憤《いきどお》りを抑《おさ》えながら、ハルユキは繰《く》り返《かえ》した。

ハルユキ自身、ブレイン・バースト以前にプレイしていたオンラインゲームがサービス終了《しゅうりょう》してしまった経験は何度かある。理由は全て収益の悪化だったので、終了《しゅうりょう》直前にはアクティブプレイヤーの数も相当に減っていて、がらんとした街の広場に佇《たたず》みながらサーバークローズのカウントダウンを聞いた。それと同じことが二つの試作ゲームでも起きたのだろう、と思っていたのだが――。

続きを待つハルユキから視線を外した白の王は、城の前に静止するテスカトリポカを見上げ、わずかに両目を細めた。薄桃色《うすももいろ》とも薄水色《うすみずいろ》とも薄紫色《うすむらさきいろ》とも見えるアイレンズに何らかの感情が過《よ》ぎった気がしたが、すぐにそれは消え去り、元の超然《ちょうぜん》とした光が宿る。

顔の向きを戻《もど》すと、ホワイト・コスモスは言った。

「さっきあなたが……つまりグラフが《リーダーB》と呼んだ人物が加速世界の原型を作ってから、実際に試作《トライアル》ゲームの運用が始まるまでには十年もの時間がかかったの。理由はまず、《ソウル《S》・トランス《T》レーション《L》・テクノロジー《T》》を搭載《とうさい》した初の民生用デバイスであるニューロリンカーが発売され、生まれた直後にそれを装着することでＳＴＬＴに高い親和性を獲得《かくとく》した子供たちが育つのを待つため。そしてもう一つの理由は、ゲームを実際に管理するＡＩが実用レベルに達するのを待つため……」

「え、ＡＩ⁉　ブレイン・バーストは、ＡＩが管理してるんですか⁉」

思わず叫《さけ》んでしまってから、ハルユキはしばらく前にレギオンの仲間たちと交《か》わした会話を思い出した。

あれは——十日ほど前の日曜日、緑のレギオンとの模擬《もぎ》領土戦の前に、レギオンメンバーたちと渋谷《しぶや》ラヴィン・タワー上層階にあるプールに行った時のことだ。黒雪姫《クロユキヒメ》や楓子《フウコ》は同じ日に《宇宙》ステージが実装されると予想していて、理由は七月十四日が《ひまわりの日》という、日本初の気象衛星が打ち上げられた日に由来する記念日だからというものだった。予想は見事に当たり、宇宙ステージで行われた模擬《もぎ》領土戦にネガ・ネビュラスは見事勝利できたのだが、ひまわりの日と宇宙はちょっとこじつけが過ぎるのではないか、とハルユキは管理者に対して思わずにいられなかった。しかし管理者がＡＩだと言われると、その強引《ごういん》さがいかにもそれらしい……という気もする。

それに、そう、ハルユキが災禍《さいか》の鎧《よろい》を介《かい》して追体験したクロム・ファルコンの記憶《きおく》の中で、彼も同じことを考えていたはずだ。バーストリンカーたちが発見するシステムの穴、すなわち美味《おい》しい稼《かせ》ぎテクを、驚異的《きょういてき》なスピードで無効化していく管理者はもしかしたら人間ではなくＡＩなのかもしれない、と。事実、彼が帝城《ていじょう》に侵入《しんにゅう》した時に使った《短距離テレポート《フラッシュ・ブリンク》》の連続で濠《ほり》と壁《かべ》を越《こ》える》という技《わざ》は、壕《ほり》上空の重力が強化されてあっという間に使えなくなった。

ハルユキの驚《おどろ》きが納得《なっとく》に変わるのを待っていたかのように、白の王が口を開いた。

「私も管理者に会ったわけじゃないけど、まず間違《まちが》いないわ。さっき、北《きた》の丸公園《まるこうえん》であなたが邪魔《じゃま》をしなければ、私はレベル10になって管理者の正体を確かめられたんだけど」

「……何回だって邪魔《じゃま》しますよ」

硬《かた》い声で宣言してから、ハルユキは話題を戻《もど》した。

「ブレイン・バーストの管理者がＡＩだとして……それが、アクセル・アサルトとコスモス・コラプトが終わる時に何が起きたのかっていう話に、どう繋《つな》がるんですか？」

「この世界の管理者は、リーダーＡとＢがそうだったように、全能の神ではないということ。

そして、STLTを用いない従来型AIというのは、ひたすらに最適化《オプティマイズ》を追究する怪物《かいぶつ》だということ……」

謎《なぞ》めいた言葉を呟《つぶや》くと、白の王はほっそりした両手を持ち上げ、二つの透明《とうめい》な球体を摑《つか》むような形を作った。

「せめて、管理AIが全能の神ならまだましだった。そうであれば、世界を閉じるためには、ただ全プレイヤーのプログラムと記憶《きおく》を奪《うば》うだけでよかったんだから。でも、神ならぬ存在には、そこまでの権限はない。強制アンインストールと強制記憶《きおく》消去、これらの処理を行うためには、まず全プレイヤーのポイントをゼロにする必要がある。そこで……」

白の王の両手がゆっくりと近づき、不可視の球体を一つに融合《ゆうごう》させる。

「管理AIは、最初から世界にそのためのギミックを組み込んだの。己《おのれ》の代行者……全能ではないけれど隔絶《かくぜつ》した力を持つ処刑《しょけい》装置を」

「処刑《しょけい》……装置？」

禍々《まがまが》しい言葉を掠《かす》れ声《ごえ》で繰《く》り返《かえ》してから、ハルユキは再びテスカトリポカを見た。

異常なまでにディティールの少ない暗赤色の巨体《きょたい》は、確かに生物というより無機的な人造物のイメージが強い。だがそういうデザインのエネミーが他に全くいないというわけでもないし、そもそも——。

「……エネミーは全部そうなんじゃないんですか？　中にはノンアクティブなやつもいますけ

ど、たいていのエネミーは問答無用で攻撃《こうげき》してきますし……」

「でも、どんなエネミーも、絶対倒《たお》せないってわけじゃないでしょう？　帝城《ていじょう》の四神ですら、可能性くらいは感じられたはずよ。あなた、北《きた》の丸公園《まるこうえん》で言ってたじゃない。この場の全員と協力すれば、帝城の四神だって支配できるはずだ……とか」

「それは……そうですが……」

「でも、テスカトリポカは違《ちが》う。あれは加速世界のバーストリンカー全員が力を合わせても、十本ある体力ゲージを半分減らすことも叶《かな》わない。クロウ、あなた、テスカトリポカの《卵》である太陽神インティが、何の目的もなく、ただ闇雲《やみくも》に無制限中立《ミーン・レベル》フィールドを転がってたと思うの？」

「……違《ちが》うんですか？」

「エネミーも、種類によっては成長するのよ。バーストリンカーを、あるいは他のエネミーを倒《たお》せば倒《たお》すほど、ステータスが強化されていく。インティは加速世界の黎明期《れいめいき》から、内部時間で八千年にもわたって数え切れないほどのバーストリンカーやエネミーを焼《や》き尽《つ》くし、殻《から》の中のテスカトリポカを育て続けてきた。世界に終わりをもたらすため……終わりの時に、全てのバーストリンカーを消し去るために」

「…………………」

　白の王が口を閉じても、ハルユキはしばらく何も言えなかった。

ゲームを終わらせるにあたって、単にサーバーを止めるだけではプレイヤーに記憶《きおく》が残ってしまう。記憶《きおく》を消去するにはポイントを全損させる必要があり、ポイントを全損させるには何らかの手段で減らすしかない。そこまではどうにか理解できなくもないが、しかし。

「……その話には、少なくとも二つ、大きな矛盾《むじゅん》があると思うんですが……」

ハルユキが小声でそう言うと、コスモスはアイレンズを一度瞬《しばたた》かせた。

「どんな？」

「まず……テスカトリポカを作った管理AIは、リーダーB側の……つまり帝城《ていじょう》に封印《ふういん》されているビーイングを解放するためにこのゲームを作った側の存在なんですよね。だったら、絶対無敵のテスカトリポカで四神を倒《たお》して帝城に攻め込んで、目的を遂《と》げればいいと思うんですが……」

「それと？」

「それと、もう一つは、バーストリンカー全員が力を合わせても倒《たお》せないテスカトリポカを、どうしてあなたがテイムできたのかってことです。ある人が、テイムできるエネミーは、原則的に一対一で倒《たお》せる強さのやつまでだって言ってました。もしあなたが一人でテスカトリポカに勝てるなら、さっきの話と矛盾《むじゅん》しますよね」

「……なるほどね」

小さく二度頷《うなず》いた白の王は、珍《めずら》しく迷うような気配を滲《にじ》ませた。極限まで絞《しぼ》られたウエストの上で両腕《りょううで》を交差させ、右手の人差し指を繰《く》り返《かえ》し動かす。

「んん……それは最高レベルの核心的《かくしんてき》情報なのよね。まあ、ここまで来たら答えてもいいけど……聞いたら、あなたの選択肢《せんたくし》も二つしかなくなるわよ」

「……どんな選択肢《せんたくし》ですか？」

「もちろん、私たちに協力するか、この場で全損するかよ」

「…………」

咄嗟《とっさ》に何も言えず、ハルユキは全身を強張《こわば》らせた。

白のレギオンに――加速研究会に協力するなどあり得ないし、全損するわけにもいかない。だが、ここで話を切り上げられるのは生殺しもいいところだ。

たっぷり三秒以上も煩悶《はんもん》してから、ハルユキは二つの質問を取り下げるという妥協策《だきょうさく》を口にしようとした。だが。

白の王が突然《とつぜん》ぴくりと体を揺《ゆ》らし、次いで虚空《こくう》を見つめた。

「……残念だけど、続きはまた今度みたいね」

「え……ど、どうして……」

「あなたのライトキューブ……思考用量子回路がバックアップ処理を開始したわ。現実世界で、あなたのニューロリンカーが外されようとしているのよ」

「は……!?」

ハルユキ当人がまったく自覚できない処理を、どうして白の王が知覚できるのか。その前に、どうしてニューロリンカーが——と驚愕《きょうがく》しかけてから、むしろ当然のことだと思い直す。恐《おそ》らく、北《きた》の丸公園《まるこうえん》の最寄《もよ》りにあるポータルからバーストアウトした黒雪姫《クロユキヒメ》が、現実世界で目覚めるやいなやハルユキを強制切断させようとしているのだ。ホワイト・コスモスには待ち時間を無視して強制蘇生《そせい》させる必殺技《ひっさつわざ》《リザレクト・バイ・コンパッション》があるのだから、蘇生《そせい》と攻撃《こうげき》を繰《く》り返《かえ》せば短時間で大量のポイントを奪《うば》える。逆の立場なら、ハルユキも黒雪姫のニューロリンカーを最速で外しにかかるだろう。

実際に切断されるまであと何秒あるのかは不明だが、仲間たちのためにも、得られる限りの情報を得ておかないと——と慌《あわ》てるハルユキに、白の王が先んじて訊《き》いてきた。

「シルバー・クロウ、あなた、レギオンの誰《だれ》かとリアルで一緒《いっしょ》にダイブしてたの？」

「え？　え……ええ、黒雪姫先輩《せんぱい》と……」

反射的にそう答えた途端《とたん》、白の王が軽く上体を引いた。

「……ロータスと？　この時間に？　あなたたち、そういう関係なの？」

「そういうって…………あっ、ち、違《ちが》いますよ！」

慌《あわ》てて叫《さけ》んだ直後、ハルユキもようやく感じた。視野の中央だけが遠ざかっていくような減速感。

最後に聞こえたのは、白の王の落ち着いた言葉だった。

「一週間以内にまた連絡《れんらく》するわ。次に会う時までに、どうするのか決めておいて。それと……私が指定した日時以外に勝手にダイブしたら、一秒後に死ぬと思っていてね。もちろん、あなたの仲間も」

何かを答える前に、ハルユキの全感覚が暗闇《くらやみ》に閉ざされた。

瞼《まぶた》を開けても、目の前にあるものが何なのか、すぐには解《わか》らなかった。

ぼやけていた視界が徐々《じょじょ》にフォーカスされていき、それが人の――黒雪姫の顔だと認識《にんしき》できた、その瞬間《しゅんかん》。

「無事か、ハルユキ君！」

叫《さけ》び声《ごえ》とともに、右肩《みぎかた》がぐいぐい揺《ゆ》さぶられた。漆黒《しっこく》の瞳《ひとみ》が薄《うす》く濡《ぬ》れていることに気づき、思わず息を呑《の》んでから、何度も頷《うなず》く。

「は……はい、大丈夫《だいじょうぶ》です。すみません、心配かけて……」

掠《かす》れた声でそう答え、急いで起き上がろうとしたが起きられない。ロングTシャツ姿の黒雪姫が、ハルユキのお腹《なか》に馬乗りになっているからだ。

「あ、あの、先輩《せんぱい》……」

「本当に無事なんだな⁉　全損したわけではないんだな⁉」

「も、もちろんです。全損どころか、一回も死んでませんから」

それを聞くと、黒雪姫《クロユキヒメ》はようやく表情を少しだけ緩《ゆる》め、長く息を吐《は》いた。

「…………そうか」

至近距離《きより》で頷《うなず》き返《かえ》し、片脚《かたあし》を持ち上げてハルユキの左側に移動する。

有田家《アリタけ》のリビングルームは、照明が全て消えたままなのに仄《ほの》かに明るい。ハルユキが無制限中立フィールドに入ったのは午前一時三十分だったが、現在はもう五時を回り、窓の向こうの空が白み始めているのだ。

腹筋に力を入れ、今度こそ起き上がると、右側で新たな声が聞こえた。

「あの、これ、どうぞ」

見れば、正座した日下部《クサカベ》綸《リン》が両手でグラスを差し出している。途端《とたん》に喉《のど》の渇《かわ》きが襲《おそ》ってきて、

「ありがとう、いただきます」と礼を言ってから受け取る。

よく冷えた水を一息に飲み干した途端《とたん》、頭の芯《しん》にじんわりとした痺《しび》れが広がるのを感じた。

太陽神インティ攻略《こうりやく》作戦を開始した瞬間《しゅんかん》から、先刻黒雪姫にニューロリンカーを外されるまで、極度の緊張《きんちょう》に晒《さら》され続けていたことを自覚する。

空になったグラスを持ったまま、ハルユキはぺたんと座《すわ》り込んでいる黒雪姫に向き直り、改めて謝罪した。

「……すみません先輩《せんぱい》、あんなあっさり捕《つか》まっちゃって……」

「いや……。キミが謝《あやま》ることなど何もない。むしろ、謝《あやま》るべきは私のほうだ……。サドンデス

するところだった私を、いや六王を全員救ってくれたキミが拉致《らち》されるのを、ただ見ていることしかできなかったのだから……」

痛苦と悔恨《かいこん》に満ちたその言葉を聞いた途端《とたん》、ハルユキは身を乗り出していた。

「いえ……！　大事なのは、先輩《せんぱい》が無事にポータルから離脱《りだつ》することです。それが達成できるなら、僕がどうなろうと安い代償《だいしょう》です！」

「馬鹿を言うな！　ハルユキ君を犠牲《ぎせい》にしてまで助かるつもりなど私には毛頭ないぞ！」

正座した膝《ひざ》がぶつかるほどの至近距離《きょり》で言い合いを続けていると。

「……つまるところ、何があったわけ？」

という落ち着いた声が背後で響《ひび》いた。

反射的にびくっと背筋を伸ばし、中腰《ちゅうごし》になって振り向く。

ハルユキと黒雪姫、綸が座《すわ》っているラグマットの南側で、ソファーに深く腰掛《こしか》けているのは、長い髪《かみ》をポニーテールにまとめた、タンクトップにショートパンツ姿の女子だった。ハルユキにオメガ流合切剣《りゅうがつさいけん》を伝授してくれた《剣鬼《ルースレス》》セントレア・セントリーこと鈴川瀬利《スズカワセリ》だ。

瀬利は、無制限中立フィールドでの四ヶ月にも及《およ》ぶ修業《しゅぎょう》を終えるとハルユキを《桜夢亭《おうむてい》》に残して現実世界に戻《もど》ったので、インティ攻略《こうりゃく》作戦の顛末《てんまつ》を知らない。それは、黒雪姫への伝令役を務めてくれた綸も同じだ。二人には何があったのかを細大漏《も》らさず説明しなくてはならない。

「ええと……」

立ちながら頭の中で情報をまとめ、話し始めようとしたその瞬間《しゅんかん》。

「ム……」

またしても背後で声が上がったので、ハルユキは再度振り向いた。すると同じく立った黒雪《クロユキ》姫《ヒメ》が眉《まゆ》を寄せ、空中に指を走らせている。

「楓子《フウコ》と謡《ウタイ》、あきらからコールだ……いや、チユリ君とタクム君、それにニコ、レパード……ショコと累《ルイ》からも……」

つまり、レギオンメンバーのほぼ全員が黒雪姫に連絡《れんらく》してきたということだ。用件は恐《おそ》らくハルユキの安否確認《かくにん》なので、なら直接僕にコールしてくれれば……と考えてから、ニューロリンカーが黒雪姫の左手に握《にぎ》られたままであることに気付く。

「あの、先輩《せんぱい》、そしたらダイブチャットで僕からみんなに説明しますんで、うちのＶＲスペースに繋《つな》ぐよう伝えて貰《もら》えますか」

「ン……そうだな……」

ハルユキの提案に、いったんは首肯《しゅこう》しかけた黒雪姫だったが、すぐに大きくかぶりを振った。

「いや、キミはいますぐに充分《じゅうぶん》な休息を取るべきだ。説明はそのあとでいい……シルバー・クロウが無制限フィールドでどんな状況《じょうきょう》に置かれていようと、再びダイブしない限り危険はないんだからな」

確かに、脳だけでなく全身にずしりとした倦怠感《けんたいかん》がまとわりついている。だが考えてみればそれは奇妙《きみょう》なことだ。加速しているあいだ、ハルユキは自前の脳ではなく、メイン・ビジュアライザーの中にある専用量子回路を使って思考し、バーストアウトする瞬間《しゅんかん》に記憶《きおく》だけが同期されるのだから。現実世界に疲《つか》れまで持《も》ち越《こ》すのは理屈《りくつ》に合わない。

と、自分に言い聞かせようとしても瞼《まぶた》はどんどん重くなっていくので、ハルユキは瞬《まばた》きを繰《く》り返《かえ》してから答えた。

「じゃあ……すみませんけど、そうさせてもらいます……」

「しっかり休むんだぞ」

そう言うと、黒雪姫はハルユキのニューロリンカーを差し出した。両手で受け取ってから、綸《リン》に向き直る。

「綸さんも、今日はありがとう」

「次は、私も……一緒《いっしょ》に、戦う」

「うん、頼《たよ》りにしてる」

続いて瀬利《セリ》を見ると、ハルユキはぺこりと低頭した。

「あの……師範《しはん》、じゃなくて瀬利さん、そういうことなので細かい状況《じょうきょう》説明は後回しにさせてもらいますが、二つだけ……。瀬利さんとオメガ流《りゅう》の《極《きょく》》のおかげで、インティの本体を斬《き》れました」

「そう、よかった」

クールすぎる答えに思わず苦笑《くしょう》しそうになり、口許《くちもと》を引《ひ》き締《し》めてから続ける。

「それと……《合《ごう》》も、一瞬《いっしゅん》ですが使えた気がします」

今度は、瀬利《セリ》も表情をわずかだが動かした。仄《ほの》かな驚《おどろ》きと——そして微笑《ほほえ》み。何も言わずに二度頷《うなず》き、ソファーから立ち上がる。

「じゃあ、私は帰るわ。色々あったけど、楽しかった」

「ありがとうございました！」

もう一度頭を下げるハルユキの肩《かた》をぽんと叩《たた》き、床《ゆか》からリュックを拾い上げると、瀬利はリビングの扉《とびら》へと歩き始めた。だが黒雪姫《クロユキヒメ》がさっと左手を伸ばし、立ち止まらせる。

「剣鬼《ルースレス》……いや、セントリー……いや、瀬利」

二回言い直すと、黒雪姫はこほんと咳払《せきばら》いし、続けた。

「私からも厚く礼を言う。本当に世話になった……なりついでに言うが、瀬利、お前、うちのレギオンに入れ」

「えっ」

と声を上げたのは瀬利ではなくハルユキだった。セントレア・セントリーは孤高《ここう》の大剣豪《だいけんごう》、というイメージが強く頭に染《し》みついていて、ネガ・ネビュラスに勧誘《かんゆう》することなど思いつきもしなかったが、確かに加入してくれるならこれほど心強い存在もない。

固唾《かたず》を呑《の》んで見守っていると――。

「……黒雪《クロユキ》。私が昔、あらゆるレギオンからの誘《さそ》いを蹴飛《けと》ばし続けたこと、覚えていないわけじゃないでしょ？」

「無論。だが、かつてのお前は、《子》はもちろん弟子《でし》でさえも頑《かたく》なに作らなかったはずだ。主義を一つ枉《ま》げたなら、二つ枉《ま》げるも大きな違《ちが》いはあるまい」

黒雪姫らしくはあるが直截《ちょくせつ》すぎるその物言いに、瀬利が怒《おこ》るのではないかとハルユキは内心慌《あわ》てた。

瀬利は、自分よりいくらか背が低い黒雪姫の顔をじっと見つめ――言った。

「それもそうね。じゃ、入るわ」

「えあ!?」

思わず素《す》っ頓狂《とんきょう》な声を出してしまったハルユキに、瀬利と黒雪姫の視線が注がれる。

「なんじゃクロウ、儂《わし》がレギオンに入るのは嫌《いや》か？」

加速世界用の《のじゃ口調》で瀬利にそう訊《き》かれ、フルスピードで首を左右に振り動かす。

「い、いえいえいえそんなこと全然！　あの、すっ、すっごく嬉《うれ》しいです!!」

「ならばよい」

頷《うなず》き、再び黒雪姫を見る。

「私はいまグローバル接続を切ってるから、加入操作は直結でいい？」

「いいとも。ハルユキ君、頼《たの》む」

黒雪姫《クロユキヒメ》が左手を差し出してきたので、ハルユキはローテーブルに載《の》っているXSBケーブルを掴《つか》み、ダッシュで渡《わた》した。

二人のニューロリンカーが有線接続されると、黒雪姫が立ったまま「バースト・リンク」と呟《つぶや》く。両名が静止していたのは一瞬《いっしゅん》で、すぐにケーブルを外し始めたので、ハルユキはほっと息を吐《は》いた。加入操作のついでに対戦しちゃうのでは……と危惧《きぐ》したのだが、その場合は最低でも一秒は加速するはずだ。

黒雪姫と瀬利《セリ》は無言で右手を差し出し、ぐっと握手《あくしゅ》を交《か》わした。

加速世界への復帰に続いてネガ・ネビュラスへの加入も果たした古《いにしえ》の剣豪《けんごう》は、ハルユキと綸《リン》にも頷《うなず》き掛《か》けると、無言のまま颯爽《さっそう》とリビングのドアへ歩き始めた。

その背中に向かって、綸がおずおずと呼びかけた。

「あの……、鈴川《スズカワ》さん、その格好で……帰るんですか？」

ぴたりと立ち止まった瀬利は、タンクトップとショートパンツ姿の我《わ》が身《み》を見下ろすと、振り向いて言った。

「有田《アリタ》君、着替《きが》えるから洗面所を借りるわ」

3

冷静に考えれば、無制限中立フィールドから切断できたとしても、ハルユキ――シルバー・クロウの安全が確保されたわけではまったくない。ポータルから正常に離脱《りだつ》していないので、無制限中立フィールドにダイブすれば出現するのは東京《とうきょう》グランキャッスル、ハイムヴェルト城のバルコニーであり、恐《おそ》らく白の王に警告されたとおり、ダイブした瞬間《しゅんかん》目の前に立っているテスカトリポカの攻撃《こうげき》で即死《そくし》してしまうのだろう。そして、きっちり一時間ごとに同じことが繰《く》り返《かえ》される。

事実上の無限EK状態に置かれるのは、レベル4になって以来初めてのことだ。加速世界の本質である無制限中立フィールドに入れないのだ、と考えただけで呼吸が浅くなる。四方門に封印《ふういん》されていた当時の謡《ウタイ》やあきら、インティ落としに巻《ま》き込まれた黒雪姫《クロユキヒメ》の心の裡《うち》を慮《おもんぱか》ろうとしたことはあるが、あたかも周囲の酸素が希薄《きはく》になってしまったかのような息苦しさは想像を超《こ》えている。

それでも、瀬利《セリ》と綸《リン》、黒雪姫を玄関《げんかん》で見送ってから自分の部屋に戻《もど》り、ベッドに倒《たお》れ込んだ途端《とたん》、ハルユキはスイッチが切れたように眠《ねむ》りに落ちた。暖かくて柔《やわ》らかな暗闇《くらやみ》に包まれて、ひたすらに深く深く眠《ねむ》り続けた。

記憶《きおく》にはほぼ残らなかったが、寝ているあいだにハルユキは不思議な体験をした。

夢――なのだろう。地平線まで果てしなく続く、不毛な荒野《こうや》をひたすらに歩いている。全身は酷《ひど》く傷つき、一歩踏《ふ》み出すごとに鈍《にぶ》い痛みが走るが、足を止めることはできない。なぜなら後方で絶え間なく轟《とどろ》く、重々しい地響《じひび》きに追い立てられているからだ。

歩きながら、肩越《かたご》しに後ろを見る。

色のない荒野《こうや》の彼方《かなた》で、途方《とほう》もなく大きなものが動いている。全身に赤黒い炎《ほのお》をまとう巨人《きょじん》……大木のような足で踏《ふ》みしだき、岩塊《がんかい》のような拳《こぶし》を振り下ろすたび、地面で色とりどりの閃光《せんこう》が瞬《またた》き、かすかな悲鳴が上がる。

しばらく前まで肩《かた》を並べて戦っていた仲間たちが、巨人《きょじん》に蹂躙《じゅうりん》されているのだ。ハルユキはその戦場から一人逃げてきてしまった。戻《もど》らないと……と思っても、両足は止まろうとしない。少しでも前へ。少しでも遠くへと、乾《かわ》いた地面を蹴《け》り続ける。

絶え間なく届いていた戦闘音《せんとうおん》が少しずつまばらになり、やがて静寂《せいじゃく》が訪《おとず》れた。

おそるおそる振り向くと、巨人《きょじん》は完全に静止していた。

足許《あしもと》に、動くものは見えない。殺戮《さつりく》は終わったのだ。ハルユキが逃げ出した戦場で雄々《おお》しく戦った仲間たちは、一人残らず全滅《ぜんめつ》してしまった。

始まりの時から予定されていた終わりの時。世界の終焉《しゅうえん》。

彼方《かなた》で静止していた巨人《きょじん》が、ゆっくりと首を回してハルユキを見る。

無貌《むぼう》の頭部に白く浮《う》かぶ同心円模様が、まるで一つ目のようにぎらりと輝《かがや》く。

4

「―――――っ!!」

びくん、と自分の体が戦慄《わなな》いたその振動《しんどう》で、ハルユキは目を覚ました。

ベッドに横たわったまま、何度も瞬《まばた》きを繰《く》り返《かえ》す。ホームサーバーに制御《せいぎょ》されたエアコンが室内の温度と湿度《しつど》を完璧《かんぺき》にコントロールしているはずなのに、額と胸許《むなもと》にじっとりと汗《あせ》が滲《にじ》んでいる。

せわしなく脈打つ心臓が落ち着くのを待ちながら、どんな悪夢を見ていたのか思い出そうとしたのだが、頭の中には恐怖《きょうふ》と絶望、諦念《ていねん》の余韻《よいん》が苦い煙《けむり》のように漂《ただよ》っているだけで、それもすぐに消えてしまった。

詰《つ》めていた息を吐《は》き、体を起こす。ニューロリンカーを外したままなのでデスクの上の時計を見ると、デジタル数字は午前十時七分を示している。ベッドに入ったのが六時頃《ごろ》だったから、四時間しか寝ていない計算だ。

それでも、寝たりないという感覚はなかった。考えてみれば、セントレア・セントリーとの修業《しゅぎょう》の前に四時間ほど眠《ねむ》ったので、合計すれば八時間になる。黒雪姫《クロユキヒメ》はハルユキがしっかり眠《ねむ》れるようにレギオンのミーティングを午後三時に設定してくれたのだが、せっかく午前中に起きたのに二度寝《にどね》するのももったいない。

悪い夢は見たにせよ、しっかり眠《ねむ》ったおかげか無限ＥＫの焦燥感《しょうそうかん》は無視できるほど薄《うす》らいでいた。ベッドから降りたハルユキは、まずはシャワーを浴びるべく着替《きが》えを用意してから部屋を出た。

薄暗《うすぐら》い廊下《ろうか》を歩きながらニューロリンカーを装着すると、仮想デスクトップが立ち上がった途端《とたん》、ボイスコールの不在着信通知とメッセージやメールの着信通知が大量に流れていった。慌《あわ》ててチェックすると、ネガ・ネビュラスの仲間だけでなく、匿名《とくめい》メールアドレスで繋《つな》がっている他レギオンのメンバーからも大量に連絡《れんらく》が入っている。彼らの目の前でテスカトリポカに攫《さら》われてそれきりなのだから、状況《じょうきょう》を知りたいと思うのは当然だ。

たぶん黒雪姫《クロユキヒメ》や楓子《フウコ》やチユリが代わりに返信してくれたはずだ――と思いつつもハルユキは廊下《ろうか》に立ったままメールアプリを開いた。【連絡《れんらく》が遅《おそ》くなってすみません、僕はいまのところ無事です、詳細《しょうさい》な状況《じょうきょう》は追ってお知らせします】と打ち込み、連絡《れんらく》してきたバーストリンカー全員に一斉《いっせい》送信する。

再びリビングへと歩きながら、廊下《ろうか》の左側にある母親の寝室《しんしつ》のドアを見ると、在室／就寝中《しゅうしんちゅう》のホロタグが浮《う》かんだ。ハルユキが寝ているうちに帰宅したらしい。音がしないよう、そっと突き当たり右側のドアを開ける。

明るいリビングに入った途端《とたん》、今度はテーブルの上にメッセージ・ウインドウが出現した。

母親からの書き置きだ。近寄って読む。

【冷蔵庫にあったトルティーヤロール一つ頂いたわよ。明日の昼まで家にいるから、生徒会選挙のスピーチの草稿《そうこう》、できてたら見せてみなさい】

「……あー……」

と呟《つぶや》きながらウインドウを消し、キッチンに移動。冷えた麦茶を一杯《いっぱい》飲んでから、リビングを出て浴室へ。

熱いシャワーを頭から浴びながら、生徒会選挙について考える。

ハルユキは約二週間前、同じ二年C組のクラス委員長である生沢《イクザワ》真優《マユウ》から、彼女とタクムと一緒《いっしょ》に次期生徒会役員選挙に出馬しないかと誘《さそ》われた。

梅郷《うめさと》中学校《ちゅうがっこう》の生徒会選挙はやや特殊《とくしゅ》で、普通《ふつう》は生徒会長、副生徒会長、書記、会計の四役にそれぞれ候補者が立ち、投票も別個に行われるのだが、梅郷中では最初から四人がチームで立候補することになる。つまり、生徒会長にならんとする生徒のスタッフィング能力やマネージメント能力が選挙戦の段階から試《ため》されるわけだ。大手教育関連企業《きぎょう》が経営する学校ならではのルールと言える。

その意味では、真優がタクムを選んだのはよく解《わか》る。剣道部《けんどうぶ》の二年生エースで学業成績も優《ゆう》秀《しゅう》、加えて温厚篤実《おんこうとくじつ》で眉目秀麗《びもくしゅうれい》な彼なら、候補者として一点の瑕疵《かし》もない。翻《ひるがえ》ってハルユキは、成績そこそこ運動だめだめ弁舌《べんぜつ》もごもごのまんまるぽよーんである。真優に勧誘《かんゆう》された時は、どうして学年でいちばん適性がないであろう僕にと驚《おどろ》いたり怪《あや》しんだりしてしまったのだが、文化祭でクラス展示のARマッピング企画《きかく》をハルユキが独力でブラッシュアップしたことや、飼育委員会の委員長として活動していることなどを見ての人選だったらしい。

とは言え、さすがに生徒会役員は荷が重すぎる——それ以前に、たとえ立候補しても自分が足を引っ張ってチームごと落選してしまうだろうと考えたハルユキは、最初は断るつもりだった。だが、タクムや黒雪姫《クロユキヒメ》に相談して、考えを変えた。

直接のきっかけになったのは、黒雪姫がハルユキに投げかけた一つの問いだった。

——結果なき努力に意味があるのか……キミはいま、そう考えているんだろう。

そう、ハルユキは幼い頃《ころ》からずっと自分にそう言い続けてきた。何であれ、失敗して惨《みじ》めな思いをするくらいなら最初からしないほうがいいと思い続けてきた。だが、加速世界での多くの出会いや出来事を経て、その後ろ向きな考えは少しずつ変わってきている。

自分のために、誰《だれ》かのために頑張《がんば》る。ただ頑張《がんば》りたいから頑張《がんば》る。その積み重ねは、きっと無駄《むだ》じゃない。

だからハルユキは、終業式の前日、梅郷中《うめさとちゅう》の屋上で生沢真優《イクザワマユウ》にイエスと答えた。

引き受けたからには、真剣《しんけん》に取り組まねばならない。選挙運動が始まるのは二学期に入ってからだが、準備しておくべきことはたくさんある。母親の書き置きにあったスピーチの草稿《そうこう》も早めに用意したいし、何より四人目のチームメンバーを早急《さっきゅう》に決める必要がある。真優は当然自分でも探すだろうが、ハルユキに「これって人がいたら教えてね」とも言っていた。連絡《れんらく》が来た時に、せめて一人は名前を挙げたいが――。

などと考えつつ頭と体を洗い、泡《あわ》を流すとハルユキは浴室を出た。自室に戻《もど》り、時刻を確認《かくにん》してから制服を着る。書き置きアプリに、【委員会の仕事で学校に行ってきます、スピーチの原稿《げんこう》はもう少しかかりそう】とメッセージを残すと、再びキッチンへ。冷蔵庫を開けて、まだ三本残っているトルティーヤロールの皿から一本取る。

ついでに上段の隅《すみ》にある小さな保存容器も取り出し、反対側のシンクへ。トルティーヤロールをもぐもぐ齧《かじ》りながら、容器を開けた途端《とたん》――。

「……あっ！」

と小さく叫《さけ》んでしまい、トルティーヤロールが口から落ちそうになった。危《あや》ういところで咥《くわ》え直し、急いで食べながら容器の中を注視する。

湿《しめ》ったガーゼの上に並んでいるのは、長径七ミリほどの薄茶色《うすちゃいろ》の楕円体《だえんたい》――さくらんぼの種だ。今月の七日にニコと黒雪姫が有田家《アリタけ》を急襲《きゅうしゅう》してきて突発的《とっぱつてき》お泊《と》まり会が開催《かいさい》されたのだが、夕食後のデザートに母方の祖父が送ってくれたさくらんぼを出したところ、ニコが大いに気に入って、種を植えて育てようと言いだしたのだ。

食用さくらんぼ、すなわち桜桃《おうとう》の木は基本的に接《つ》ぎ木《き》で育てるもので、種から栽培《さいばい》するのは相当に難しい。発芽させるには《低温湿層処理《しっそうしょり》》というものが必要で、七月の外気温では絶対に不可能なので、洗っていったん乾《かわ》かした十二個の種を湿《しめ》らせたガーゼの上に並べて有田家《アリタけ》の冷蔵庫に保管し、ハルユキが毎日慎重《しんちょう》に水を足していたのだが——。

今日までの二週間、うんともすんとも言わなかった種たちのうち三つの側面から、一見ゴミのように見える極細《ごくぼそ》の根が数本ずつ顔を出している。真冬の寒さに二週間晒《さら》された種が目覚め、発根したのだ。

「おお……やったじゃん……」

と小声で呟《つぶや》いたが、実はここまでは数年前に試《ため》した時も成功している。当時は発根した種をベランダにあったポットに植えたのだが、土が古かったのか水をやり過ぎたのか、残念ながら発芽までは行かなかった。果たして今回はどうか——。

ハルユキは、別のミニ容器に新たなガーゼを敷《し》くと、発根した三つの種をそっと移動させて上からもガーゼを被《かぶ》せた。蓋《ふた》を閉め、しばし考えてから小型の断熱袋《だんねつぶくろ》に保《ほ》冷剤《れいざい》と一緒《いっしょ》に入れる。水筒《すいとう》に麦茶と氷を詰《つ》め、玄関《げんかん》に移動すると、ウォールフックからボディバッグを取って断熱袋《だんねつぶくろ》と水筒《すいとう》をしまう。バッグを斜《なな》めに掛《か》け、隣《となり》のフックに掛《か》かっていたキャップを被《かぶ》り、メッシュスニーカーを履《は》いて、ゆっくり玄関《げんかん》ドアを開ける。

途端《とたん》、まだ午前中なのに顔を炙《あぶ》るような熱気がむわっと押《お》し寄《よ》せてきた。普段《ふだん》ならこのままドアを閉め直したくなるが、楽しみなことが一つあるだけで夏の暑さも何するものぞと思える。

外廊下《そとろうか》に出たハルユキは、背後でオートロックの施《せ》錠音《じょうおん》が軽《かろ》やかに響《ひび》くのを聞きながら、エレベーターホールへと走った。

　なるべく日陰《ひかげ》を選んで歩いたのに、梅郷中学校《うめさとちゅうがっこう》の校門に着くころには、ハルユキのシャツは汗《あせ》でびっしょり濡《ぬ》れていた。

　校門の内側でいったん立ち止まり、ボディバッグからタオルを出して顔と首筋を拭《ふ》く。いくらか汗《あせ》が引くまで待って、第二校舎――別名旧校舎の裏手へと向かう。

　校舎の壁《かべ》と高い塀《へい》に挟《はさ》まれた通路を歩いていくと、前方にぽっかりと開けた空間が現れる。梅郷中の敷地《しきち》の角に人知れず存在する中庭、と言うより裏庭だ。二方向をコンクリートの塀《へい》、一方向を校舎の壁《かべ》に囲まれているにもかかわらず、不思議と日当たりがいい。

　裏庭のいちばん北には、板張りの小屋が建っている。縦横四メートル、高さが二メートル半。校舎と比べれば果てしなく小さいが、床面積《ゆかめんせき》は十六平方メートルある計算なので、ハルユキの自室より広い。

　ハルユキが近づいていくと、その小屋の前で地面の落ち葉を掃《は》いていた生徒が、足音に気付いて顔を上げた。

「あれっ、イインチョじゃん。今日って来る日だっけ？」

　と声を掛《か》けてきた女子生徒は井関玲那《イゼキレイナ》。ハルユキが委員長を務める梅郷中学校飼育委員会のメンバーである。

校舎内で見かける時はなかなかのギャル度を誇《ほこ》っている彼女も、緩《ゆる》くウェーブする髪《かみ》を後ろでまとめ、白い指定キャップを被《かぶ》って体操服を着ていると運動部系にも見えるから不思議なものだ。片手を持ち上げながら近づいたハルユキは、玲那《レイナ》の前で立ち止まって答えた。

「ううん、僕は昨日が当番だったから、次は明日なんだけど……暇《ひま》だったから来てみた」

こうしてつっかえずに話せるようになったのもそう昔のことではない。前は井関《イゼキ》さんすごい怖《こわ》かったのになぁ……とハルユキがこっそり感慨《かんがい》に浸《ひた》っていると、玲那が二回瞬《まばた》きしてから、何か思いついたようにニンマリ笑った。

「ヒマぁ？　イインチョ、あんだけオンナがいんだから夏休みにヒマなんかねーっしょ」

「オンッ………い、い、いないよそんなの!!」

「アハハ、そうやってテンパってるほうがイインチョらしいし」

玲那がからから笑った途端《とたん》、小屋の中からばさばさという音が聞こえた。

小屋の前面に張られた網越《あみご》しに中を覗《のぞ》くと、床《ゆか》に立てられた止まり木の上で、アフリカオオコノハズクのホウが翼《つばさ》を大きく動かしている。怒《おこ》ったり不安になったりしているわけではなく、ホウなりに歓迎《かんげい》しているのだ、ということも最近解《わか》るようになってきた。

梅郷中学校《うめさとちゅうがっこう》の飼育委員会は、このホウの世話をするために先月立ち上げられたばかりの組織で、ハルユキが委員長になったのも半ばアクシデント的な成り行きだ。名簿上《めいぼじょう》は玲那の他にも浜島《ハマジマ》という男子生徒が所属しているのだが、活動初日に顔を出したきり一度も姿を見せない。

本当は、委員長として何とかしなくてはいけないのかもしれないが、自分が浜島《ハマジマ》のクラスに乗り込んでいって口頭で職務《しょくむ》怠慢《たいまん》を咎《とが》める場面を想像しただけで背筋に冷《ひ》や汗《あせ》が滲《にじ》む。

当面は現行の態勢で頑張《がんば》ろう……とハルユキが前向きなのか後ろ向きなのか解《わか》らない決意を固めていると、玲那が左手で額の汗《あせ》を拭《ぬぐ》った。

「つーか、今年は暑さエグいわー。ホウはこんな暑くて平気なわけ？」

「うーん、アフリカ原産だからそこそこ暑さには強いらしいんだけど、さすがにちょっと心配になるよね……」

二人同時に、再び小屋の中を見る。止まり木のホウは、視線を感じたのか羽づくろいをやめ、オレンジ色の大きな目でハルユキたちを見返した。首をくりっと傾《かたむ》ける仕草が、「ごはん？」と言っているかのようなので、「ごめん、まだだよ」とテレパシーを送ってから玲那に視線を戻《もど》す。

「この小屋は広くて風が通るし、大きい水場もあるから、ホウの様子をこまめにチェックしていれば大丈夫《だいじょうぶ》じゃないかな……と思うけど、四埜宮《シノミヤ》さんが来たら改めて相談してみるよ。今日は何時ごろ来る予定なの？」

「十一時半って言ってたからもう来るんじゃね？」

「そっか。じゃあ僕も掃除《そうじ》手伝うよ」

「わりーね、イインチョ」

にかっと笑う玲那《レイナ》の額に再び汗《あせ》が宿っているのを見て、ハルユキはボディバッグから水筒《すいとう》を出すと差し出した。

「これ、麦茶だけど、良かったら飲んで。あ、コップ、まだ使ってないから」

「あはは、間接なんちゃらとか気にしねーし！」

ハルユキの肩《かた》をバシッと叩《たた》き、玲那は水筒《すいとう》を受け取ると「あんがと」とキャップを回し始めた。そそくさとその場を離《はな》れ、いつも荷物置き場に使っている旧校舎裏口の階段にボディバッグを置く。近くの用具入れを開け、デッキブラシとマルチノズルつきホースを取り出す。

飼育小屋脇《わき》の水道にホースを接続し、小屋に入ると、ホウに「掃除《そうじ》するよー」と声をかけてから、止まり木の周囲に敷《し》いてある厚手の耐水《たいすい》シートを剝《は》がす。水浴び用の大型バードバスと一緒《いっしょ》に小屋の外に出し、床《ゆか》に水を撒《ま》き始める。フンの大部分はシートが受け止めるのでほとんど汚《よご》れていないし、謡《ウタイ》も「床掃除《ゆかそうじ》は週一でいいですよ」と言っていたが、いつも綺麗《きれい》なほうがホウも気持ちいいはずだ。

流した水を、土埃《つちぼこり》や羽根と一緒《いっしょ》にデッキブラシで小屋の外に追い出していく。外から見れば大きい小屋ではないのだが、入ってみると四メートル四方は意外と広い。右手にブラシ、左手にホースを装備して、南北方向に往復し続ける。

一心に作業を続け、天然木の床全面《ゆかぜんめん》が焦《こ》げ茶色《ちゃいろ》に濡《ぬ》れた頃《ころ》、外で玲那の声が聞こえた。

「超《ちょう》イインチョ、おつかれーっ」

《超《ちょう》委員長》の姿は見えないが、ハルユキの視界にチャットウインドウが開く。

【UI＞　こんにちは、井関《イゼキ》さん】

そのテキストが見えたはずもないのに、止まり木の上でホウがわさわさ羽ばたいた。

「今度こそごはんだぞ」

フクロウに囁《ささや》きかけ、ブラシとホースを持って小屋を出る。

玲那の前に立っていたのは、白いワンピース型の制服を着た四埜宮《シノミヤ》謡だった。梅郷中学校《うめさとちゅうがっこう》の系列校、私立松乃木学園《まつのぎがくえん》初等部に通う彼女を井関玲那が超《ちょう》委員長と呼ぶのは、そもそも梅郷中の飼育委員会が設立されたのが謡の要請《ようせい》によるものだからだ。

謡は、熱中症《ねっちゅうしょう》対策の白い鍔広帽子《つばびろぼうし》を少し持ち上げ、小屋から出てきたハルユキを見て大きな瞳《ひとみ》を瞬《しばたた》かせた。

【UI＞　あれ、有田《アリタ》さんの当番は明日だと思いましたが】

「うん、そうなんだけどね……」

夏休み中も当然ホウの世話はしなくてはならないが、飼育委員は他校生の謡を入れても三人しかいないので、当番が三日に一度回ってくる――と思いきや実際にはハルユキと玲那が一日おき、謡は毎日世話をしに来ている。なぜなら、いまのところホウに餌《えさ》を食べさせられるのが謡だけだからだ。彼女が近くにいればハルユキの手からも食べてくれるのだが、それでは結局謡は休めない。ゆえにハルユキも、夏休み中は当番日でなくとも可能な限り世話をしに来ようと決めている。

という思考を隠《かく》しつつ、ハルユキは先刻と同じ言葉を口にした。

「暇《ひま》だったんで、手伝いに来たんだ」

【UI＞ そう、なのですか】

と一瞬《いっしゅん》でタイプした謡《ウタイ》が、ホロキーボードから離《はな》した両手を胸の前で握《にぎ》り合わせ、わずかに顔を曇《くも》らせた。

その理由を、少し遅《おく》れてハルユキは察した。

謡――アーダー・メイデンは、無制限中立フィールドの北《きた》の丸公園《まるこうえん》で、シルバー・クロウがテスカトリポカに連れ去られるところを目の当《まあ》たりにしている。その後、黒雪姫《クロユキヒメ》か楓子《フウコ》から、ハルユキは緊急《きんきゅう》切断できたのでさしあたって危険はないという連絡《れんらく》があったはずだが、具体的にどのような状態に置かれているのかはまだ知らないのだ。

ハルユキは、ブラシとホースを放り出して数歩前に出ると、謡の小さな両手を自分の両手で包《つつ》み込んだ。

「あの、メイ……四埜宮《シノミヤ》さん、僕は大丈夫《だいじょうぶ》だから。心配かけてごめん……でも、本当に大丈夫《だいじょうぶ》だから」

すると謡は、一瞬《いっしゅん》両目を見開いてから、少しばかり頬《ほお》を赤らめつつ頷《うなず》いた。何かを言おうとするかのように唇《くちびる》が震《ふる》えるが、声は出てこない。後天性の運動性失語症《しつごしょう》を患《わずら》う謡は現実世界では肉声で喋《しゃべ》れず、ブレイン・インプラント・チップ《BIC》を経由したチャットで会話しているのに、ハルユキに両手を握《にぎ》られているせいでタイプできないのだ。

「あっ……ご、ごめん！」

謝《あやま》りつつ手を離《はな》し、飛《と》び退《の》く。重ねて謝罪しようとしたのだが、謡は開いた両手でハルユキを制し、微笑《ほほえ》みながら頷《うなず》いた。ほっと息を吐《は》く間もなく、右後方から玲那《レイナ》の声が響《ひび》く。

「おいおいイインチョ、小学生にセクハラはいかんだろー」

「セ……し、してないよそんなの！」

にやにやしている玲那に全力で抗弁《こうべん》すると、ハルユキはブラシとホースを拾い上げた。もう一度謡を見やり、「詳《くわ》しいことはミーティングで説明するから」と念波を送って、小屋に引き返す。

小屋から出した耐水《たいすい》シートとバードバスを立水栓《りっすいせん》の前まで運び、シートを地面に広げてからマルチノズルをジェット水流に変えて、汚《よご》れを洗い流す。撥水《はっすい》コートされたシートはすぐ綺麗《きれい》になるので、そのまま日光に当てて乾《かわ》かす。続いてバードバスもスポンジで丁寧《ていねい》に洗う。

ハルユキがその作業をしている間に、玲那も落ち葉掃《は》きと草むしりを終えた。二人で道具を片付け、小屋の前に戻《もど》ると、謡が左腕《ひだりうで》に革《かわ》のファルコングローブを装着しているところだった。小屋の中では、今度こそご飯タイムを確信したホウが盛《さか》んに羽を打ち鳴らしている。

グローブの装着を終えた謡、餌《えさ》が入った大型容器を持った玲那、乾《かわ》いた耐水《たいすい》シートを抱《かか》えたハルユキが順に小屋に入ると、ホウが止まり木から飛び立った。縦横四メートルの小屋の中を時計回りに三周し、謡《ウタイ》が掲《かか》げた左腕《ひだりうで》にふわりと止まる。待ちきれないというように嘴《くちばし》を動かすフクロウの頭を、謡は右手の指先で優《やさ》しく撫《な》でる。

隣《となり》に立った玲那《レイナ》が保冷容器《ほれいようき》を開け、謡の胸の高さで保持した。中にはビニール袋《ぶくろ》に包まれた赤黒い生肉と、樹脂製《じゅしせい》のピンセットが入っている。謡が右手でピンセットを持ち、肉片《にくへん》を一つ挟《はさ》んで口許《くちもと》に近づけると、ホウが勢いよく食いついて丸呑《まるの》みにする。

ホウの餌《えさ》はマウスかヒヨコかウズラの生肉で、謡が丸ごと冷凍《れいとう》されたものを購入《こうにゅう》して自分で捌《さば》いている。今日は色合いや形状からしてウズラの肉らしい——ということくらいはハルユキにも解《わか》るようになってきたが、まだ捌《さば》ける気はまったくしない。以前、解凍《かいとう》しただけのマウスを小刀で細く裂《さ》くところを見せてもらったのだが、ハルユキは目を逸《そ》らさないようにするのが精いっぱいだった。謡に休みの日を作るには、その作業と給餌《きゅうじ》を一人でできるようにならなければいけないのだが——。

そんなことを考えながら餌《えさ》やりを見守っていると、不意に玲那が小声で言った。

「あのさ、超《ちょう》イインチョ……謡っち。あたしも、やってみていいかな」

謡が手を止め、玲那を見上げる。すぐに温かな笑《え》みを浮《う》かべ、大きく頷《うなず》く。

差し出されたピンセットを受け取ると、玲那は小ぶりな肉片《にくへん》をつまみ、慎重《しんちょう》な手つきでホウの口許《くちもと》に近づけた。

いままでは盛《さか》んな食欲を発揮していたホウが、さっと顔を逸《そ》らす。大きな目で玲那を見上げ、威嚇《いかく》するように全身の羽毛《うもう》を膨《ふく》らませる。

ホウは以前、どこかの家で飼われていたのだが無責任にも捨てられてしまい、松乃木学園《まつのぎがくえん》の庭にうずくまっていたところを謡に保護された。自分から逃げたのではない。改正動物愛護法によってほぼ全てのペットへの皮下封入《ふうにゅう》が義務づけられている個体識別用マイクロチップを、刃物《はもの》でえぐり取られた傷があったからだ。

以来ホウは、死にかけていた自分を助けてくれた謡以外の人間を信用しなくなってしまった。最近になってハルユキの手からも餌《えさ》を食べてくれるようになったが、それも謡の腕《うで》に止まっている時だけだ。

威嚇《いかく》を続けるホウを見て、玲那は「だめかー」と呟《つぶや》きながら餌《えさ》を容器に戻《もど》そうとした。だが謡がさっと右手を動かし、励《はげ》ますように玲那の背中に触《ふ》れる。左腕《ひだりうで》のホウを見つめ、唇《くちびる》をかすかに震《ふる》わせる。

どんなにかもどかしいだろう、とハルユキは改めて思った。こんな時も、謡はホウにも玲那にも言葉を掛《か》けられない。言葉の形に口を動かすことすらできないのだ。例外的に可能なのは、加速コマンドを無声音で唱えることだけ。

代わりにホウに語りかけたい――と思ったが、ハルユキは口を引き結び続けた。謡はいま、喋《しゃべ》れずとも懸命《けんめい》にホウとコミュニケートしようとしている。そこに割《わ》り込むような真似《まね》をするべきではない。

やがて――。

丸《ふく》く膨らんでいたホウの羽毛《うもう》が、ゆっくりと元《もと》に戻り始めた。前傾《ぜんけい》していた体も、少しずつまっすぐになる。何度も瞬《まばた》きをしながら、検分するように玲那《レイナ》の顔を見上げる。

玲那の背中に触《ふ》れたままだった謡《ウタイ》の手が、合図するように軽く動いた。玲那が、おずおずと右手を持ち上げ、再び肉片《にくへん》をホウに近づける。

今度は顔を逸《そ》らすことも、威嚇《いかく》することもなかったが、すぐに食べようともしない。玲那を、というより自分を試《ため》そうとするかのように、体を前後に揺《ゆ》らし続ける。その動きが突然《とつぜん》止まり、首を少し傾《かたむ》けると――ぱくっ、と肉をついばみ、呑《の》み込んだ。

謡が再び右手を動かす。玲那はハッとしたように背筋を伸ばすと、ピンセットに新しい肉を挟《はさ》んで差し出す。もう躊躇《ためら》う様子もなく、ホウが肉を咥《くわ》え取る。

よかった、と息を吐《は》き出しながら、ハルユキは玲那の横顔を見た。

すると、目尻《めじり》から頬《ほお》を伝う小さな雫《しずく》が見えた。逆光になっているが間違《まちが》いない……玲那は、微笑《ほほえ》みながら涙《なみだ》を零《こぼ》している。

声も出せずその光景に見入っていたハルユキは、不意に思った。

――井関《イゼキ》さんを誘《さそ》ってみよう。

生徒会選挙の立候補チームの、まだ決まっていない四人目。先に生沢真優《イクザワマユウ》に相談する必要が

あるし、玲那《レイナ》が引き受けてくれるかどうかも定《さだ》かでないが、それでもハルユキは玲那と一緒《いっしょ》に選挙戦を戦ってみたい……もし当選できたら、一緒《いっしょ》に生徒会活動をしたいと思ったのだ。

真優《マユウ》は以前、四人目をどうするかという話になった時、『有田《アリタ》くんや黛《マユズミ》くんみたいに尖《とが》ったところがある人がいい』と言った。驚《おどろ》いたハルユキが、『タクはともかく、僕には尖《とが》ったところなんてない』と応じると、真優は真顔で反駁《はんばく》した。

──誰《だれ》だって自分だけの何かを、人と違《ちが》うところを持ってる。でも、それを表に出すのは難しい。大事なのは、自分が好きなこと、自分にできることを、ちゃんとやれるかどうかだと思う。

井関《イゼキ》玲那は、自分を偽《いつわ》らない人だ。一緒《いっしょ》に飼育委員会で活動するようになってまだ一ヶ月しか経《た》っていないし、活動と無関係な話をしたこともほとんどないが、それだけは確信できる。

やがて、お腹《なか》がいっぱいになったホウが謡《ウタイ》の腕《うで》から飛び立ち、小屋の中を今度は反時計回りで飛んでから止まり木に戻《もど》った。そこで玲那はやっと自分が泣いていたことに気付いたのか、左拳《ひだりこぶし》で頰《ほお》を拭《ぬぐ》いながら謡とハルユキを見て、「へへへ」と照れくさそうに笑った。

午後一時。

全ての仕事を終えた三人は、冷たい麦茶を分け合って飲み干し、裏庭でそのまま解散した。

更衣室《こういしつ》に向かう玲那を見送ったハルユキが、いよいよ真夏らしくなってきた晴天を見上げて

「うへー」と思っていると――。

【UI＞　有田《アリタ》さん、本当に大丈夫《だいじょうぶ》なのですか？】

という文章が視界に浮《う》かび、ハルユキは慌《あわ》てて左に向き直った。

すると、謡が鍔広帽子《つばびろぼうし》の下からじっとハルユキを見上げていた。漆黒《しっこく》の瞳《ひとみ》には、案じるような光が宿っている。

「だ、大丈夫《だいじょうぶ》だよ、本当に。いまのとこ、一ポイントも減ってないから」

急いでそう答えたが、謡の顔は晴れない。両手の指が、素早《すばや》く空中を叩《たた》く。

【UI＞　でも、緊急《きんきゅう》切断したということは、監禁《かんきん》状態から脱出《だつしゅつ》できたわけではないんですよね？】

少し迷うように指を止め、再びタイプする。

【UI＞　フーねえから、詳細《しょうさい》は三時のミーティングで、と言われていますし……いま説明をお願いしても二度手間になってしまうことは解《わか》っているのですが、正直、不安で仕方ないのです。こうしているいまも、私たちに見えないところで、何か取り返しのつかないことが進行しているような気がして……】

「…………」

すぐには答えられず、ハルユキは軽く唇《くちびる》を噛《か》んだ。

二度手間などまったく問題ではない。謡が安心できるならこの場で詳《くわ》しく説明したいが――

実のところハルユキも、自分が置かれている状況《じょうきょう》を把握《はあく》しかねているのだ。

事実上の無限EK状態、それは間違《まちが》いない。だが問題は、なぜ白の王がハルユキを拉致《らち》し、多くのことを語って聞かせたのか、だ。何を知ろうとハルユキがネガ・ネビュラスと黒の王を裏切るわけがないのだから、そんなことをしても白の王には何の利益もない。全損させたいのなら、悠長《ゆうちょう》に話などせず、即座《そくざ》に殺すこともできたはずなのに。

軽く頭を振り、ハルユキは言った。

「四埜宮《シノミヤ》さん、心配かけてごめん。でも、白の王は僕を東京《とうきょう》グランキャッスルに連れていっただけで、そこで何かされたわけでもないし……脱出《だっしゅつ》できるかどうかはまだ解《わか》らないけど、差《さ》し迫《せま》った危険がないのは確かなんだ」

すると謡《ウタイ》は、きゅっと眉《まゆ》を寄せた。

【UI＞　東京《とうきょう》グランキャッスル、ですか？　なぜそんなところに？】

「さあ……どうやら全体がオシラトリの拠点《きょてん》になってるみたいだったけど……」

そう答えたハルユキが、空から見たグランキャッスルの全景を思い出そうとしていると——。

背後からたたっと小刻みな足音が聞こえて、玲那《レイナ》が忘れ物でも取りに来たのかと振り向いた、その途端《とたん》。

ずどーん！　と腹部に衝撃《しょうげき》が走り、ハルユキは「ぐえっ」と呻《うめ》いた。尻餅《しりもち》をつく寸前でどうにか踏《ふ》みとどまり、見下ろすと、胃のあたりに食い込んでいるのは、見事な赤毛を黒いリボンでツインテールに結《ゆ》った小さな頭だった。この色合いを見間違《みまちが》えるはずがない。うっすらと涙《なみだ》が宿っている。光の加減によって緑にも赤茶にも見える瞳《ひとみ》には、

「に……ニコ⁉」

呼びかけた途端《とたん》、頭が勢いよく上を向く。

「お兄ちゃん……あたし、すっごく心配したんだからねっ！」

「え、あ、う……」

久々の《天使モード》に直撃《ちょくげき》され、脳が動作停止しかけたハルユキに、ニコこと上月由仁子《コウヅキユニコ》はさらに三秒近くもうるうるした視線を浴びせてから――突然《とつぜん》、ニカッとまったく逆ベクトルの笑《え》みを浮《う》かべた。

体を離《はな》し、一歩下がって両手を腰《こし》に当てる。別人と思えるほどピッチの下がった声で、

「なんだ、案外元気そーじゃん」

「はー……………」

長々と息を吐《は》いてから、ハルユキは答えた。

「元気だし、アバターも無事だよ。ていうか……ニコ、なんでここに？」

「なんでって、アンタが連絡《れんらく》してきたんだろ」

肩《かた》をすくめてそう答えると、ニコは謡に歩み寄った。

「よっ、メイデン、今朝はお疲《つか》れ！」

【ＵＩ＞　はい、ニコさんもお疲《つか》れ様《さま》なのです】

「あのあとちゃんと寝れたか？　あたしはイマイチ寝不足《ねぶそく》でさー」

【ＵＩ＞　実は私もです。ほぼクーさんのせいですが】

「だよなー。無事っつわれても気になるよなあ」

チャットと肉声で会話をする二人を、ハルユキは少し離《はな》れたところからぼんやり眺《なが》めた。

謡《ウタイ》と同じく、ニコも学校の制服姿だ。白い半袖《はんそで》ブラウスに、紺色《こんいろ》のサスペンダースカート。

考えてみればこの二人には、共通点が色々とある。学年は違《ちが》えど小学生バーストリンカーで、高彩度《こうさいど》な《遠隔《えんかく》の赤》。対戦すれば高度な射撃戦《しゃげきせん》が繰《く》り広《ひろ》げられると思うが、ハルユキはニコと謡の一対一の通常対戦は見たことがない。

――まあ、メイさんはレベル７で、ニコはレベル９だもんな。いまさら普通《ふつう》の対戦とかする理由もないよな……。

などと考えていると、挨拶《あいさつ》を終えたニコがハルユキを見て言った。

「んじゃ、やるか！」

「え……やるって、何を？」

「おいおい、さっきも言ったけど、連絡《れんらく》してきたのはハルユキだろ！」

「え、あ、まあ、そうだけど……」

確かにハルユキは、家を出てから学校に着くまでのあいだに、ニコに【さくらんぼの種が発根したから学校に植えてみるね】というメールを送った。だがそれはあくまで――。

「あれはただの報告のつもりで、ニコを呼び出したわけじゃ……」

「アァ!? さくらんぼのタネ取って育てよーぜって言ったのあたしじゃん！　だったらあたしがいなきゃ始まんねーだろ！」

「そ、そうかなあ～……」

と呟《つぶや》きつつ謡を見たが、ネガ・ネビュラスの最年少メンバーにして最大級の良識を持つ少女は、にこっと微笑《ほほえ》んでエアタイプした。

【UI＞　経緯《けいい》がよく解《わか》りませんが、なんでも一緒《いっしょ》にやったほうが楽しいのです】

「だよな！　ほれ、とっとと植える場所決めようぜ！」

ニコにお腹《なか》をぽよぽよ押され、もはや頷《うなず》くしかないハルユキだった。

保冷容器《ほれいようき》に並んだ三つの種を見たニコが、嬉《うれ》しそうに「おー、根っこ出てるじゃん」と声を上げる傍《かたわ》らで、ハルユキは種を植える場所を探した。

ネットで調べたところ、野菜の種を発芽させるにはセルトレイという凹《へこ》みがたくさん並んだパネルと成分調整済みの専用培土《ばいど》を使うのが一般的《いっぱんてき》らしいが、苗《なえ》を大量生産するわけではないし、野菜用の培土《ばいど》がさくらんぼの種に適合するかどうかも解《わか》らない。今回はテストプレイ……ではなくテストプラントと割り切って、ひとまず植えてみるしかないだろう。

あれこれ考えつつ地面を見回していると、視界にチャット窓が浮《う》かんだ。

【ＵＩ＞　有田《アリタ》さん、ここはどうでしょう？】

顔を上げると、謡《ウタイ》が飼育小屋の南西側、コンクリート塀《べい》の根元あたりを指差していた。小走りに近寄ると、塀《へい》の根元には、いままでまったく気付かなかったが自然石のブロックを並べた花壇《かだん》らしきものがいくつか造成されている。一つの大きさは、幅《はば》八十センチの奥行《おくゆ》き五十センチほど。かなりの大きさなのに目に入らなかったのは、表面が雑草に覆《おお》われてしまっているからだ。

花壇《かだん》の前に立ち、空を仰《あお》ぐ。すぐ西が塀《へい》なので午後は日差しが遮《さえぎ》られるが、朝から昼頃までは日当たりも良さそうだ。考えてみればこの季節、一日中陽光に晒《さら》されていると土の温度が上がりすぎてしまう気もする。

「うん、いいんじゃないかな。草取りをしないとだけど」

「そんなの手分けすればすぐだろ！」

と、いつの間にか隣《となり》にいたニコが叫《さけ》び、しゃがみ込むと両手で雑草を抜き始めた。僕以上にせっかちだよなー、と思いながらハルユキも作業に加わる。謡もニコの反対側で、手際《てぎわ》よく草を根から抜いていく。

数分で、花壇《かだん》は黒い土を露《あら》わにした。湿《しめ》り気《け》も団粒化《だんりゅうか》の具合もなかなか良さそうだ。十五センチほど間隔《かんかく》を取って三つ穴を開け、右を見る。

「じゃ、ニコが種を植えてよ」

「せっかく三人いるんだから、いっこずつ植えようぜ」

ニッと笑いながらそう言うと、ニコは保冷容器《ほれいようき》から種を一つ取り、いちばん右側の穴にそっと落とした。ハルユキが真ん中の穴に、謡が左の穴に種を植え、ふんわりと土を被《かぶ》せる。

用具入れからじょうろを出してきて、花壇《かだん》全体をたっぷりと湿《しめ》らせると、土と水の匂《にお》いが濃《のう》密《みつ》に漂《ただよ》った。加速世界にも《原始林》や《草原》といった木属性ステージは色々あるが、土地の命そのもののようなこの匂《にお》いまでは再現されていない。

ハルユキは、無言で濡《ぬ》れた土を眺《なが》めているニコの横顔をちらりと見てから、小声で言った。

「……ニコ、水を差すようだけど、さくらんぼの種の発芽は本当に難しいんだ。根が出たのも十二個中三個だけだったんだし、今回はテストと思ってたほうが……」

「……わーってるよ」

ニコがぽつりと零《こぼ》した呟《つぶや》きを受け止めるかのように。

【UI＞　でしたら、三人で心意《しんい》を込めましょう】

というテキストが視界に浮《う》かんだ。

驚《おどろ》いて左を見ると、謡がにっこり笑って指を動かした。

【UI＞　ハイランカー三人の心意が合わされば、きっと芽が出るのです】

「い……いや、僕、まだレベル6だし……」

「ケンソンすんなって」

笑いを含《ふく》んだニコの声に、首を右に動かす。途端《とたん》、脇腹《わきばら》をぶにっとつつかれる。

「ハルユキの心意《しんい》パワーはもう王クラス……いや、王は言い過ぎか。デカレギオンの幹部集団クラスはあんだろ」

幹部集団──と言えばプロミネンスの《三獣士《トリプレックス》》やグレート・ウォールの《六層装甲《シックス・アーマー》》、それにネガ・ネビュラスの《四元素《エレメンツ》》のことだ。その誰《だれ》もがハルユキにとっては雲の上の存在であり、心意力《しんいりょく》比べはもちろんノーマルな対戦でもまともな勝負ができる気さえしない。

「あるわけないよ……ないけど……」

ぶんぶん首を横に振ってから、ハルユキは続けた。

「でも、芽が出たら僕も嬉《うれ》しいから……一生懸命《いっしょうけんめい》心意を込めるよ」

「よっしゃ」

ニコが、ハルユキの脇腹《わきばら》から離《はな》した左手を差し出してくる。右手で握《にぎ》り返し、謡《ウタイ》が伸ばしてきた右手を左手で握《にぎ》る。

二人と手を繋《つな》いだハルユキは、花壇《かだん》の前で目を閉じ、一心に念じた。小さな種から芽が出て、すくすくと育って、立派な桜桃《おうとう》の木になって……いつか実をつけるその日にも、こうして二人と一緒《いっしょ》にいられますようにと、心から願った。

飼育小屋に来るのは初めてのニコがホウに挨拶《あいさつ》している間に、ハルユキは飼育委員会の日報ファイルを開き、活動内容を記入すると——もちろんニコの急襲《きゅうしゅう》には触《ふ》れなかったが——学内ネットにアップロードした。

荷物をまとめ、前庭まで移動する。時刻は午後一時四十分——レギオンの全体ミーティングまではあと一時間二十分ある。

「そういえば……ニコはどうやってここまで来たの？　パドさんのバイク？」

ハルユキが訊《たず》ねると、赤の王はひょいと肩《かた》を上下させた。

「うんにゃ、バス。パドは店に出てっからさ……レギオン・ミーティングには休憩《きゅうけい》時間を合わせるって言ってたけど」

「そっか……」

赤のレギオンのナンバー2、《血まみれ仔猫《ブラッディ・キティ》》ブラッド・レパードこと掛居美早《カケイミハヤ》は、練馬区《ねりまく》桜台《さくらだい》に店舗《てんぽ》を構える洋菓子《ようがし》の名店《パティスリー・ラ・プラージュ》で見習いパティシエール兼《けん》ウェイトレスをしている。通っている高校は夏休みでも、お店が閉まるのは定休日だけだ。ハルユキは以前、メイド風の制服を着たままの美早にバイクで送迎《そうげい》してもらったことがあるが、休憩《きゅうけい》時間でもそうそう店を抜け出すわけにはいかないのだろう。

「だったら、帰りもバスだね。バス停まで送るよ」

そう言ったハルユキに、ニコが不満そうな顔を向けてくる。

「あれ、ハルユキん家行《チ》っちゃだめなのか？　あたしそのつもりで寮《りょう》のシステムに外泊《がいはく》許可証ぶっこんできたんだけど」

「うえ⁉　また何も言わずにそんな……。明日の昼まで、母さんが家にいるんだよ……」

「あー……」

ニコが微妙《びみょう》な表情で黙《だま》り込む。さすがに、会ったこともないハルユキ母がいるところに乗り込むのはハードルが高いのだろう。それにハルユキも、ニコとの関係をどう説明していいのか解《わか》らない。

二人がウーンと考え込んでいると、謡《ウタイ》が軽く首を傾《かたむ》けてから空中を叩《たた》いた。

【UI＞　でしたら、ニコさんは私の家に泊《と》まりますか？】

「「え？」」

ニコとハルユキの口から、同じ間投詞が発せられる。ぱちぱちと瞬《まばた》きしたニコが、首をすくめながら訊《たず》ねる。

「い……いやでも、メイデンちもオヤゴサンがいるんだろ？」

【UI＞　いえ、祖父と父と母と兄は地方公演中でしばらく帰りません。家にいるのはばあやだけなので、友達が泊《と》まると説明すれば大丈夫《だいじょうぶ》です】

「そ、そっか……」

何度かリアルで交流する機会はあったので、すでに謡が能楽師の家の子であることは知っているのだろう。しかしそれでも気後《きおく》れは消えないらしく、何やらもじもじしているニコを謡はしばらく見守っていたが、やがてハルユキを見上げて――。

【UI＞ せっかくですし、有田《アリタ》さんも一緒《いっしょ》にどうですか？】

「ふえ!?　ぼ、僕も!?」

【UI＞ お母様には、飼育委員会の合宿をすると説明したらいかがでしょう。実際、ホウさんのことでご相談もありますし】

滑《なめ》らかに綴《つづ》られるテキストを見て、ハルユキは本気で感心してしまった。確かにそれなら嘘《うそ》にはならないし、遊びにいく感も大幅《おおはば》に低減できる。さすがは臨機《りんき》応変活殺《おうへんかっさつ》自在《じざい》な楓子《フウコ》師匠《ししょう》のパートナーだなあ、と思いながら頷《うなず》く。

「うん、それなら大丈夫《だいじょうぶ》そうだけど……でも、ほんとにいいの？」

【UI＞ もちろんなのです。ニコさんもそのほうが嬉《うれ》しいでしょうし】

と謡が入力した途端《とたん》、なぜかニコはハルユキの背中をバシーンとひっぱたいた。

「そっ、そんなんじゃねーって！　あたしはただ、人数多いほうが楽しいかなって……いいよもう、そうと決まったらさっさと行こうぜ！」

赤いリュックを背負い直したニコが、足早に校門へと歩き始める。ハルユキと謡は一瞬《いっしゅん》笑《え》みを交《か》わしてから、ぴこぴこ揺《ゆ》れるツインテールを追いかけた。

5

「ほれ、ハラに力を入れる！」

まんまるぽよーんなお腹《なか》をぺちんと叩《たた》かれ、ハルユキは「はひっ」と声を上げつつ腹筋に力を込めた。

背中から回された紐《ひも》が、臍《へそ》のすぐ下あたりでちょうちょ結びにされる。ハルユキが両手で持っていた布がぴんと引かれ、腰《こし》の前に垂らされる。

「これでできあがり。どうだい、褌《ふんどし》は気合いが入るだろ？」

立ち上がりながらそう言ったのは、六十代半ばと思《おぼ》しき女性。塩見《シオミ》さんという、四埜宮《シノミヤ》家の《ばあや》だ。鶴《つる》のようにすらりとした長身に、銀色がかった灰色の着物がよく似合っている。

いっぽうハルユキは、裸《はだか》に白い褌《ふんどし》を締めただけ。

謡《ウタイ》、ニコと一緒《いっしょ》に杉並区大宮《すぎなみくおおみや》にある四埜宮家を訪《おとず》れたハルユキは、謡の勧《すす》めで最初にお風呂《ふろ》を使わせてもらった。もちろん最後でいいと言ったものの、三人の中で汗《あせ》だくなのはハルユキだけだったので断り切れなかったのだ。

まるで高級旅館のような総檜造《そうひのきづく》りの浴室で気分良く汗《あせ》を流したハルユキは、脱衣所《だついじょ》ではたと困ってしまった。ホウの世話を終えたらまっすぐ家に帰るつもりだったので、着替《きが》えを持っていない。やむなく湿《しめ》った下着と制服を再び身につけようとしたところ、どちらも消滅《しょうめつ》していた。えーっと慌《あわ》てた時、脱衣所《だついじょ》の外から女性の声で、棚《たな》に用意してある着替《きが》えを使うようにと指示されたというわけだ。

問題は、その着替《きが》えが浴衣《ゆかた》だったこと。

正確には、下着が生まれて初めて触《ふ》れる褌《ふんどし》だったことだ。

とりあえずニューロリンカーで褌《ふんどし》の締《し》め方を検索《けんさく》し、見よう見まねで装着してみたのだが、その途端《とたん》に「失礼しますよ」と入ってきた塩見さんに「ユルユルじゃないか」と駄目出《だめだ》しされ、有無《うむ》を言わせず紐《ひも》を締《し》め直されてしまったというわけだ。

脳のキャパシティを超《こ》えた状況《じょうきょう》にハルユキが呆然《ぼうぜん》としていると、塩見さんは藍染《あいぞ》めの浴衣《ゆかた》と芥子色《からしいろ》の兵児帯《へこおび》も手際《てぎわ》よく着付けをしてくれた。

「あ……ありがとうございます」

礼を言うハルユキの肩《かた》を、骨張った手がぽんと叩《たた》く。

「これからも、謡嬢《じょう》ちゃんと仲良くしとくれよ」

続けて何かを言おうとしたようだが、塩見さんは閉じた口に温かい微笑《ほほえ》みを浮《う》かべ、脱衣所《だついじょ》を出ていった。

ドライヤーで髪《かみ》をざっと乾《かわ》かし、長い廊下《ろうか》を歩いて謡の部屋に戻《もど》ると、謡とニコはハルユキの浴衣姿《ゆかたすがた》をあだこうだと講評してから一緒《いっしょ》に汗《あせ》を流しにいった。時刻は午後二時二十三分。

女子のお風呂《ふろ》は長いものだ、と以前チユリが言っていた気がするが、三時のミーティングまでには戻《もど》るだろう。

謡《ウタイ》の自室に入るのは二度目だ。畳《たたみじ》敷きに砂壁《すなかべ》の純和室だが、さすがにエアコンは設置されている。小さな座卓《ざたく》の周りには、上等そうな座布団《ざぶとん》。前回は三分でギブアップしてしまったので、「今度こそ」と思いながら正座する。

道すがら、母親に飼育委員会で合宿をするむねメールしておいたが、まだ就寝中《しゅうしんちゅう》らしく返事はない。珍《めずら》しく明日の昼まで家にいると書き置きにあったので、顔を見ることはできるにしても、生徒会選挙のスピーチ草稿《そうこう》を準備するのは無理そうだ……と考えてから思い直す。せっかく添削《てんさく》してくれると言うのだから、その気持ちを無駄《むだ》にしたくない。

正座したまま、仮想デスクトップにエディターアプリを立ち上げる。ホロキーボードに指を置き、点滅《てんめつ》するカーソルを見つめる。だが、最初のひと言が出てこない。

生徒会選挙のスピーチについて相談した時、母親は言った。なんでも言いたいことを言えばいいのだ、と。

それに対して、言いたいことが見つからないのだとハルユキが答えると、ならあんたは何のために役員になるのかと問われた。あれこれ長々と考えてから、ハルユキは胸《むね》の奥《おく》にある素直《すなお》な気持ちを吐露《とろ》した。

――僕は、ただ、何かをしたいと思ったんだ。いままでの自分にできなかった、何かを。

すると母親は、淡《あわ》く微笑《ほほえ》みながらハルユキを諭《さと》した。

――じゃあ、それを伝えればいいわ。演説でいちばん大事なのは、聞いている人の心にどれだけ届くかよ。ご大層なマニフェストをただ並べても、聞き手の耳を滑《すべ》っていくだけだわ。

「……心にどれだけ届くか……」

呟《つぶや》き、指を動かす。Bのキーに触《ふ》れ、少し躊躇《ためら》ってから押す。次のキー、その次のキー。友達へのメールなら、謡には遠く及《およ》ばないにせよブラインド・タッチで高速タイプできるのだが、いまは分厚い手袋《てぶくろ》をしているかのように動きがぎこちない。

それでも、十秒かけて打ち込んだ一文を、ハルユキはじっと見つめた。

【僕は、自分が嫌《きら》いです】

途端《とたん》、これを聞いた生徒たちの大半が思うであろう、「なら好きになれるよう努力しろよ」という声が脳裏《のうり》に響《ひび》いてバックスペースキーに手が伸びる。だが、文章を消し去る寸前でなんとか堪《た》え、次の文章を打ち込む。

【嫌《きら》いすぎて、自分のことを見るのも考えるのもいやで、昔からずっと目を背《そむ》けてきました。どこにいても、何をしていても、目立たないように、話しかけられないようにって、そんなことばかり考えていました】

本当に、こんなことを全校生徒に聞いてほしいのか。痛々しい告白で皆《みな》を不快にするくらいなら、聞き心地《ごこち》のいいマニフェストを並べたほうがいいのではないか。だが、言葉はハルユキの中から次々に溢《あふ》れ出してくる。

【そんな僕を、気遣《きづか》ってくれる友達もいました。でも僕は、友達のことさえ信じられなかった。差し出された手を払《はら》いのけたことも、酷《ひど》い言葉を投げつけて逃げてしまったこともあります。正直、こうして皆《みな》さんの前で演説しているいまも、芯《しん》のところはぜんぜん変わっていません。いますぐ走って逃げたいし、自分に生徒会役員が務まるとも思えない。それでも……】

──それでも。

──それでも、変わりたいと思った。思えたんだ。

分岐点《ぶんきてん》がどこだったのかは定《さだ》かでない。黒雪姫《クロユキヒメ》にBBプログラムをもらった瞬間《しゅんかん》、初めて加速世界の空を飛んだ瞬間《しゅんかん》、ダスク・テイカーとの激闘《げきとう》に勝利した瞬間《しゅんかん》、災禍《さいか》の鎧《よろい》の支配を打ち破った瞬間《しゅんかん》、飼育小屋の掃除《そうじ》をやり遂《と》げた瞬間《しゅんかん》、クラス展示の改修を買って出た瞬間《しゅんかん》、あるいは生徒会選挙への誘《さそ》いを承諾《しょうだく》した瞬間《しゅんかん》……。

たぶん、明確な分岐点《ぶんきてん》などというものはないのだろう。

多くの出会いと多くの出来事、多くの悲しいことと嬉《うれ》しいことが、少しずつ、少しずつハルユキを変えた。自分と向き合いたい、自分を信じたいという気持ちが、硬《かた》く凍《こお》り付《つ》いた種が芽《め》吹《ぶ》くようにゆっくりと大きくなって、丸めていた背中を伸ばしてくれた。

たとえ、テスカトリポカの無限EKから脱出《だっしゅつ》できなくても。

東京《とうきょう》グランキャッスルでポイント全損し、バーストリンカーでなくなるのだとしても。

この気持ちだけはなくさない。加速世界の記憶《きおく》を失い、ただの有田春雪《アリタハルユキ》に戻《もど》っても、下だけ向いて歩くようなことは絶対にしない。

いつしかキーボードの上で両手を握《にぎ》り締《し》め、生徒会役員候補ではなくバーストリンカーとしての覚悟《かくご》を噛《か》み締《し》めていると――。

「お待たせーっ！」

という声とともに引き戸がスパーンと開いて、ハルユキはびくっと両手を浮《う》かせた。

勢いよく入ってきたのはもちろんニコと謡《ウタイ》だが、二人ともハルユキと同じく浴衣《ゆかた》に着替《きが》えている。ニコが赤地に白い牡丹《ぼたん》の柄《がら》、謡が白地に青い朝顔の柄《がら》。ハルユキがほえーっと見とれていると、髪《かみ》をお団子に結《ゆ》ったニコが唇《くちびる》を尖《とが》らせる。

「おいハルユキ、なんか言うことねーの？」

「へ？　あ……ふ、二人ともよく似合ってるよ」

「それをサラッと言えればなぁ」

やれやれとばかりに首を振るニコの隣《となり》で、謡が笑顔《えがお》で指を動かした。

【UI＞　そこが有田さんのいいところだと思うのです】

「コイツを甘《あま》やかしたらダメだぜメイデン……じゃなかった、うい」

どうやら入浴しているあいだに、ニコは謡を《うい》と呼ぶことになったらしい。仲良くなってくれてよかったよかった……と思っていると、ニコに髪《かみ》の毛《け》を軽く引っ張られる。

「にやにやしてねーで、そろそろダイブの準備しようぜ」

「え……あ、もう三分前か」

二人には見えないエディターアプリをセーブし、謡《ウタイ》を見る。

「四埜宮《シノミヤ》さん、誰《だれ》のVRに集まるか決まってるの？」

【UI＞　はい、サッちんから、インティ攻略《こうりゃく》会議の時と同じくフーねえがホストになると連《れん》絡《らく》がありました】

「え……あ、ほんとだ」

いつの間にか、仮想デスクトップの通知エリアに着信アイコンが点灯している。スピーチ原《げん》稿《こう》に集中していて、黒雪姫《クロユキヒメ》の一斉《いっせい》送信メッセージを見逃《みのが》していたらしい。いちおう内容を確認《かくにん》してから、自分が座《すわ》っている座布団《ざぶとん》を見る。

「えっと……加速ミーティングじゃないから、座《すわ》ったままだとダイブ中に体が倒《たお》れるかもだね……」

【UI＞　そうですね、少しお待ちください】

そうタイプすると、謡は押し入れを開け、中からタオルケットらしき布を出した。

【UI＞　座布団《ざぶとん》が枕代《まくらが》わりですみませんが、座卓《ざたく》を片付けて横になりましょう】

「エッ」

「いまさら照れるような仲じゃねーだろ。ほら、時間がねーぞ！」

ニコに再び髪《かみ》を引っ張られ、ハルユキは慌《あわ》てて立ち上がった。座卓《ざたく》を持ち上げ、謡《ウタイ》が指定した壁際《かべぎわ》に移動させる。できたスペースに、ニコ、謡、ハルユキの順で横たわる。

謡が用意したタオルケットを横向きにして全員のお腹《なか》に掛《か》け、準備完了《かんりょう》。残り時間ジャスト十秒。

「おい、ハル」

謡の向こうからニコに呼びかけられ、ハルユキは右側を見た。

「どんな状況《じょうきょう》でも、ぜってーあたしらが助け出してやっかんな。心配しねーで、ありのままを話せよ」

「……うん」

と応じる時間しか残っていなかった。三時二秒前、ハルユキとニコはボイスコマンドで、謡はデスクトップ操作で、意識を仮想世界に飛ばした。

「「ダイレクト・リンク！」」

6

桃色《ももいろ》ブタアバターに変身したハルユキは、楓子《フウコ》のＶＲスペースにダイブした瞬間《しゅんかん》、前回同様に悲鳴を上げてしまった。

「ひ、ひえええええっ！」

空を泳ぐ巨大《きょだい》クジラ――名前は《タラッサ》――の上に出現することは予想していたのだが、ハルユキが着地したのは背中に乗っている板張りのデッキの端《はし》ぎりぎりの、あと一歩ずれたら虚空《こくう》に転落必至な場所だったのだ。

両手をぶんぶん振り回してバランスを取ろうとするハルユキの尖《とが》ったブタ耳を、後ろから伸びてきた手がむんずと掴《つか》む。そのまま空中に持ち上げられ、柔《やわ》らかいクッションにすぽっと包まれる。

「大丈夫《だいじょうぶ》ですよ鴉《からす》さん。落っこちても百メートル下でまた背中にテレポートする設定になっていますから」

という声に首を回すと、ハルユキを抱《だ》きかかえているのはこのＶＲスペースのホストである楓子だった。前回同様、白ブラウスに縁《ふち》なし眼鏡の教師スタイルだ。ということは、ハルユキの背中を包んでいるのはクッションではなく――。

いやいやこれはVRVRVR、と脳内で念じながらハルユキは答えた。

「な、なんでそんな設定なんですか……最初から落っこちないように、デッキの端《はし》っこに透明《とうめい》な障壁《しょうへき》を作っておけば……」

「わたし昔から、3Dゲームの《見えない壁《かべ》》って嫌《きら》いなのよね」

「ま……まあそれは、僕もですが……」

楓子《フウコ》の胸に抱《だ》かれたまま、そんな会話を交《か》わしていると——。

「ふうん、気持ちよさそうだな、ハルユキ君」

「え、ええ、そりゃもう……って、ふわっ」

声の主を見た途端《とたん》、びくんと全身を竦《すく》ませてしまう。

楓子の右前方に立っていたのは、いつもの黒揚羽《くろあげは》ドレスに身を包んだ黒雪姫《クロユキヒメ》だった。畳《たた》んだ日傘《ひがさ》を両手で剣のように地面に突き、極冷気クロユキスマイル一歩手前といった感じの微笑《びしょう》を浮《う》かべている。

「あら、サッちゃんも抱《だ》っこしたい？」

楓子に問われた黒雪姫は、ふんと顔を逸《そ》らせた。

「私のアバターはフーコのほどクッション性がないからな。抱《だ》っこされても気持ちよくあるまい」

「え……アバターなんだから、好きにカスタマイズできるのでは……」

とハルユキが発言した瞬間《しゅんかん》、神速で伸ばされた左手の親指と人差し指が、ブタ鼻を左右からムギュウウウと挟《はさ》む。

「おいハルユキ君、アバターの胸部を生身の自分より盛《も》る行為《こうい》がどれだけ空《むな》しいか、男子だとて想像できないわけではあるまい？」

「ふ、ふあい……」

鼻を圧迫《あっぱく》されたまま小刻みに頷《うなず》いていると、周囲からくすくすと笑い声が上がった。

見れば、同時にダイブした謡《ウタイ》とニコの隣《となり》に、プチ・パケ組の志帆子《シホコ》・聖実《サトミ》・結芽《ユメ》とチユリ、綸《リン》が笑顔《えがお》で並び、いつもクールな累《ルイ》、パドさん、カワウソアバターのあきらまでもが口許《くちもと》を綻《ほころ》ばせている。

やや顔を赤らめた黒雪姫がブタ鼻から手を離《はな》すと、楓子はハルユキを抱《だ》いたままタラッサの背中の前方に移動し、そこに設置してあった教卓《きょうたく》のような机の上にハルユキを下ろした。

そうしているあいだにも、VR空間には次々と新たなアバターが出現する。黒スーツを着たシカ頭の男性は元プロミネンス《三獣士《トリプレックス》》の一人カシス・ムース、赤ドレスにヤマアラシ頭の女性が同じくシスル・ポーキュパイン、赤いボレロにミニスカートの、アイドルのように可憐《かれん》な女の子はブレイズ・ハート。

古めかしいロボットのアバターはタクム、平安貴族のような直衣《のうし》に烏帽子《えぼし》の仮面アバターはトリリード、そして最後に出現したのは……身長一メートルほどの、青い長着《ながぎ》と黒袴《くろばかま》を身につけた動物型アバターだった。細長い体はあきらのカワウソに似ているが、鼻面《はなづら》がややシュッとしているのでイタチかもしれない。

誰《だれ》だっけ……？　とハルユキが首を捻《ひね》っていると。

長着《ながぎ》のたもとを揺《ゆ》らして教卓《きょうたく》に歩み寄ってきたイタチは、ハルユキを見上げて右側のヒゲをにやりと持ち上げた。

「ほう、それがおぬしのＶＲアバターか。なかなかカワイイではないか」

「し……師範《しはん》！」

と思わず叫《さけ》んでしまったが、そのつもりで見れば長着《ながぎ》の少し紫《むらさき》がかった青は矢車菊《セントレア》の色だ。

ネガ・ネビュラスの最新メンバーである鈴川瀬利《スズカワセリ》は、空飛ぶクジラの背中に出現するのは初めてのはずなのに、まったく慌《あわ》てる様子もなく振り向き、並び立つ一同を端《はし》から端《はし》まで見渡《みわた》した。

「おいクロウ、紹介《しょうかい》してくれんのか？」

「あ……は、はい。ええと、レインとパドさん以外のプロミネンスの人たちと、あとリードは初めてだと思うけど……今日レギオンに加入してくれた、セントレア・セントリーさんです」

どええ⁉　という声とともにカシス・ムースとシスル・ポーキュパインが全力で飛び退《との》き、平らなデッキを踏《ふ》み外《はず》した。クジラの滑《なめ》らかな側面を二人が転がり落ちていくのを見ながら、ハルユキは心の中で「南無《なむ》……」と呟《つぶや》いた。

プロミネンスの二人が復活するまで待って、二日ぶりのレギオン・ミーティングが開催《かいさい》された。

黒雪姫《クロユキヒメ》の短い挨拶《あいさつ》に続いて、さっそくハルユキに発言権が渡《わた》された。加速ミーティングではないので、使える時間は限られている。シルバー・クロウが置かれている状況《じょうきょう》と、白の王に聞かされた話を、極力コンパクトかつ正確に伝えねばならない。

一瞬《いっしゅん》目を閉じ、頭の中を整理してから、ハルユキは教卓《きょうたく》の上で話し始めた。

七分後。

どうにか全ての説明を終えたハルユキは、最後にひとつ付け加えた。

「……ええと、ここまで話しておいてなんですけど……加速世界とテスカトリポカにまつわる白の王の話は、一部または全部が虚偽《きょぎ》である可能性があります。僕たちを操《あやつ》るための偽《にせ》情報かもしれないってことを頭に置いて、議論する必要があるかと……」

「ン……まったくその通りだな」

進み出てきた黒雪姫が、「クロウ、お疲《つか》れ様《さま》」とハルユキを小声でねぎらってから、くるりと振り向く。

「ホワイト・コスモスが、何の目論見《もくろみ》もなくタダで情報を開示するはずがない。彼女の発言の大部分は他人を操《あやつ》るためのものだと思っておくべきだが……いっぽうで、現時点で我々が得ている情報との、明らかな矛盾《むじゅん》も見当たらないな……」

その言葉に、楓子《フウコ》やパドさんが小さく頷《うなず》く。

テスカトリポカは、世界を終わらせるための処刑《しょけい》装置。あの巨人《きょじん》の隔絶《かくぜつ》した力を我《わ》が身《み》で味わった者ならば、白の王の言葉をはったりだと言い切ることはできまい。

黙《だま》り込むメンバーの緊張《きんちょう》をほぐそうとするかのように、のんびりとした声を響《ひび》かせたのは、ただ一人作戦に参加していなかったセントレア・セントリーだった。

「テスカトリポカか……。あの燃える玉っころの中に、そんなモノがおったとはなあ」

和装のイタチは、教卓《きょうたく》の前までてくてく進み出ると、腕組《うでぐ》みして続けた。

「じゃがまあ、出てきてしまったモノはどうしようもあるまい？　そいつが何のために存在するのかなど、この際二の次よ。いまやらねばならぬのは、加速世界の謎《なぞ》を解くことではなく、攫《さら》われたクロウを取り返すことじゃろう」

「……確かにそうだなー」

と真っ先に答えたのは、元プロミネンスのブレイズ・ハートだった。

加速世界で二、三番手だというアイドルグループ、《ヘリオスフェア》のメンバーである彼女は、可愛《かわい》らしい外見に反して猛烈《もうれつ》な熱血ソウルの持ち主で、レギオン間の休戦協定を破って杉並《すぎなみ》エリアに攻《せ》め込んできたこともある。

一昨日のミーティングでも、黒雪姫《クロユキヒメ》に対して「あんたがレッド・ライダーを全損させたことを許したわけじゃない」と宣言していたので、心の中ではネガ・ネビュラスとプロミネンスが合併《がっぺい》したことへのわだかまりを残しているのだろうに、それを態度に出すことなくブレイズは言葉を続けた。

「あたしたちの最終目標は、白の王と手下どもをぶっ飛ばして、オシラトリと加速研究会がこれ以上加速世界を引っかき回せないようにすることと、いままでやってきた悪事のツケを払《はら》わせることだ。そのためにシルバー・クロウは絶対必要だからなー。さくっと助け出して、次のステージに進むんだよ！」

「だな！」

ばしっと掌《てのひら》に拳《こぶし》を打ち付けたニコが、王子様コスチュームのアバターを一歩進ませる。

「あのデカブツがどんなに強かろうと、通常対戦や領土戦に持ち込めるわけじゃねえ。クロウさえ戻《もど》ってくりゃあ、六……じゃねぇ、五レギオン総動員で白の領土を攻《せ》めまくってレギオン崩壊《ほうかい》に持ち込める。っつーことで、こっからはクロウ救出に絞《しぼ》って考えよーぜ！」

さすがは王と思わせる、聞く者を鼓舞《こぶ》するようなその言葉に、参加者たちから「おう！」や「よーし！」という声が上がった。

それが収まった途端《とたん》、メンバーの後方から落ち着いた声が響《ひび》いた。

「となれば、基本方針は一つですね」

立ち上がったのはタクムだ。冷静さの中にも熱いものを秘めた口調で、意見を述べる。

「テスカトリポカを正攻法《せいこうほう》で破壊《はかい》するのは困難です。一つ間違《まちが》えれば、クロウの他にも誰《だれ》かが……もしかしたら何人もが無限EKになりかねない。でも、あれが本質的に危険なのは、白のレギオンにとっても同じはず」

そこまで黙《だま》って聞いていた猫耳《ねこみみ》アバターのチユリが、「そっか！」と声を上げた。

「テイムを解除させちゃえばいいんだ！　そしたらテスカトリポカは白の王の命令も聞かなくなるから、クロウが脱出《だっしゅつ》する隙《すき》もできるはずよね！」

「うん、そのとおり。ただ……」

声のトーンを落としたタクムに代わって、隣《となり》に立つトリリードが発言した。

「テイムを解除するには、テスカトリポカを拘束《こうそく》する《ザ・ルミナリー》の荊冠《けいかん》を破壊《はかい》しなくてはならない。しかし今回は荊冠が六個もあるうえに、インティの時と同じく火炎《かえん》無効、物理無効の強化が施《ほどこ》されていると考えるべき……ということですね」

それを聞き、参加者たちが低くざわめく。

確かに、荊冠を破壊《はかい》できればテスカトリポカは白の王の命令を受け付けなくなる。しかも、これまでの例からすると、ザ・ルミナリーの支配から解放されたエネミーは最短でも三秒程度の行動不能状態に陥《おちい》る。ハルユキがフルスピードで飛べば、重力攻撃《こうげき》の射程圏内《けんない》から逃《のが》れるには充分《じゅうぶん》な時間だ。

だが、リードが指摘《してき》したとおり、《鍛冶屋《かじや》》によって強化された荊冠の破壊《はかい》は容易ではない。

インティの時は、それができないからこそハルユキはオメガ流《りゅう》で本体を斬《き》ったのだ。物理も炎《ほのお》も弾《はじ》く荊冠を、どうすれば破壊《はかい》できるのか。

「……電撃《でんげき》も、冷気も、確実とは言えないわね」

教卓《きょうたく》の右側に立つ教師姿の楓子《フウコ》がそう言うと、何人かが深く頷《うなず》いた。

「だったら、答えは一つよ。心意技《しんいわざ》を使うしかないわ。インティの時は、心意《しんい》で荊冠を斬《き》ろうにも近づいただけで強化外装もしくは使い手自身が燃《も》え尽《つ》きてしまうからその手は使えなかったけれど、テスカトリポカにはダメージフィールドはない。超高速で接近し、一撃《いちげき》で荊冠を破《は》壊《かい》することができれば……」

「じゃが、レイカーよ」

教卓《きょうたく》にぴょんと飛び乗ってきたイタチが、長着《ながぎ》の懐《ふところ》からミニサイズの煙管《キセル》を取り出し、剣のように軽く振った。

「物理無効属性のオブジェクトを心意で斬《き》るのも、言うほど簡単ではないぞ。しかも話を聞く限り、六個ある荊冠とやらを全て同時に斬《き》らねばならないのじゃろう？　それほどの剣の使い手を、六人も集められるか？」

「一人はここにいるぞ」

すかさずそう言い、日《ひ》傘《がさ》をデッキに音高く突き立てた黒雪姫《クロユキヒメ》を、皆《みな》がじっと見つめる。

「だ……だめですよ先輩《せんぱい》！」

という ハルユキの叫《さけ》び声《ごえ》に、同じ意味の声が幾《いく》つも重なった。最後に楓子《フウコ》が、諭《さと》すように言《い》い含《ふく》める。

「ロータス、今回のインティ攻略《こうりゃく》作戦はそもそも、あなたを無限ＥＫ状態から解放するためのものだったのよ。そのあなたがまた無限ＥＫになったりしたら堂々巡《どうどうめぐ》りじゃないの」

「ならなければいいんだろう？　テスカトリポカの重力波攻撃《こうげき》はもう見た、同じ技《わざ》は二度喰《く》らわん」

「だ――――め！　六人のアタッカーは王以外から選びます！」

「むう……」

いまだ納得《なっとく》しかねる様子の黒雪姫《クロユキヒメ》の手を、巫女《みこ》アバターの謡《ウタイ》がぽんぽんと優《やさ》しく叩《たた》く。最年少メンバーになだめられては、さしもの黒雪姫も納得《なっとく》するしかないだろう。ほっとするハルユキの耳に、太い男性の声が届く。

「となると、《剣聖《ヴァンキッシュ》》……青の王も勘定《かんじょう》に入れられないな」

発言者は、巨大《きよだい》な角を伸ばしたシカ頭のカシス・ムースだ。黒光りする革靴《かわぐつ》でデッキの上をコツコツ左右に歩きながら続ける。

「プロミで一番の剣使《けんつか》いは《静穏剣《トランキル》》ことラベンダー・ダウナーだが……物理無効を斬《き》れるほどの心意《しんい》を使えるかどうかは定《さだ》かでないな。他のレギオンだと、真っ先に思いつくのはレオニの《二剣《デュアリス》》、グレウォのビリジアン・デクリオン、オシラトリのプラチナム・キャバリアー……は当然除外か。あとは……」

腕組《うでぐ》みをして唸《うな》るカシス・ムースの前に、ヤマアラシ頭のシスル・ポーキュパインが割《わ》り込んだ。

「つーか、目の前に三人もいるし！」

まず指が向けられたのは、陶器《とうき》めいた質感の仮面をつけた平安貴族アバター、トリリード・テトラオキサイドだ。言われてみればそのとおり。神器《じんき》たる《ジ・インフィニティ》と心意技《しんいわざ》《天叢雲《ヘブンリイ・ストレイタス》》を持つトリリードは、二つ名こそまだないが、ハルユキの知る限り最強の剣《けん》使《つか》いの一人だ。

続いてシスルが指差したのは――。

荊冠破壊《けいかんは》《かい》作戦を提唱した当人、タクムだった。

「え……えっ？」

ぎょっとした様子のタクムに、シスルは超《ちょう》ハイトーンの早口でまくし立てた。

「オレ、今朝の作戦の時バッチリ見たし。クロウから剣借りたパイルの業前《わざまえ》、激ヤバだったし！アンタ普段《ふだん》は杭打ち機《パイルドライバー》でガッシュンガッシュンやってるけど、本職は剣使《けんつか》いだろ！」

――そういえば、ルシード・ブレードをタクムに貸したままだった。あれはいったいどうなるんだろう。

などと考えるハルユキの耳に、タクムの慌《あわ》てた声が届く。

「い、いえ、僕の本職は杭使《くいつか》いで……心意技《しんいわざ》も、剣を出すのが限界ですから……」

「そこまでできりゃ充分《じゅうぶん》だし！」

ズバッと言い切ると、シスルは続いてハルユキの隣《となり》に立つイタチアバターを指差した。

「んで、アンタ！　《剣鬼《ルースレス》》、《阿修羅《アスラ》》、《オメガウェポン》ことセントレア・セントリー！　いままでどこにいたんだとか、いつの間にネガビュに入ったんだとか、訊《き》きたいことは山ほどあっけど、剣の腕《うで》なら確実に加速世界トップクラスっしょ。つまり、ここにいる三人プラス、コバマガとデクリオンできっちり六人だし！」

おお～という声とともにプチ・パケ組やチユリ、綸《リン》が拍手《はくしゅ》した。確かにその面々ならやってくれるはず……とハルユキも思ったのだが。

「まあ待て」

右手で煙管《キセル》をくるりと回すと、瀬利《セリ》は銀色の火皿でリードとタクムを順に指した。

「そこの小僧《こぞう》たちの腕《うで》は、後で儂《わし》が見てやるが……二剣《デュアリス》とデクリオンは少々不安じゃな」

「ほう？　なぜだ？」

黒雪姫《クロユキヒメ》に問われ、イタチは軽く肩《かた》をすくめる。

「コバマガはブルー・ナイトの《無限流《ムゲンりゅう》》の使い手じゃろ？　儂が知る限り、ナイトは心意技に関しては慎重派《しんちょうは》じゃ。弟子《でし》に心意《しんい》の指導はしていても、第一段階までに留《とど》めている可能性が高いぞ」

「……そうかもな。ナイトは心意の暗黒面をことのほか嫌《きら》っているからな……」

黒雪姫の言葉に、楓子《フウコ》やあきらも頷《うなず》く。

続けて瀬利は、グレート・ウォール《六層装甲《シックス・アーマー》》の第二席についても忌憚《きたん》のない意見を述べた。

「次にデクリオン……確かに奴《やつ》はなかなかの剣使《けんつか》いにして、心意技のレベルもそれなりじゃ。しかし今回の任務とは少々相性《あいしょう》が悪い。なぜなら奴《やつ》の剣技《けんぎ》は、グリーン・グランデめと同じくカウンターが基本じゃからな」

「あー……」

と楓子が呟《つぶや》く。頷《うなず》いた瀬利が、説明を重ねる。

「デクリオンの剣技《けんぎ》は、左手のバックラーが起点なのじゃ。受けて斬《き》る、受けて斬《き》る、それでリズムを作ってとどめの一撃《いちげき》を放つ。初手でフルパワーの斬撃《ざんげき》を放ったところなぞ、儂は見たことがないぞ」

多くの強者が集っているこの場でも最古参かもしれないセントリーにそう言われては、誰《だれ》も反論できない。皆《みな》が黙《だま》り込み、風の音だけがかすかに響《ひび》く。

やがて、謡《ウタイ》が静かに声を発した。

「けれど……他にどなたか、適任な方がいるのでしょうか？」

すると瀬利は、尖《とが》った鼻面《はなづら》を左に向けた。

「さっきそこのシカ頭が名前を出した、ラベンダー・ダウナー。赤のレギオンに入っていたとは知らなんだが……四人目のアタッカーは《静穏剣《トランキル》》で良かろう」

「な、何だと？　コバマガやデクリオン以上の使い手だというのか、あのおとなしくて控《ひか》え目《め》なラヴィーが？」

驚《おどろ》きの声を上げるカシス・ムースに、瀬利《セリ》はにやりと笑いかけた。

「なんじゃおぬし、惚《ほ》れとるのか？」

「ちっ、違《ちが》うのだ！」

「まあどうでもいいが。——儂《わし》の知っているラベンダーと同一人物ならば、コバマガとは一つ次元が違《ちが》うはずだ。近々引き合わせてくれ。——で、五人目だが」

瀬利の瞳《ひとみ》が、自分の右側に立つ楓子《フウコ》に向けられる。

「昔、オーロラ・オーバルにいたあのネジ小僧《こぞう》……《史上最強の名前を持つ男《ストロンゲスト・ネーム》》はまだ生きておるのか？」

その問いに、楓子は軽く眉《まゆ》をひそめた。

「ストロンゲストって……クリキン？　えーと、しばらく前にロータスから名前を聞いた気がするけど……」

一同の視線を集めた黒雪姫《クロユキヒメ》は、同じく微妙《びみょう》な表情で頷《うなず》いた。

「ああ……半年ほど前に会ったぞ。てっきりどこぞで全損してしまったものと思っていたが、家の事情で東京《とうきょう》から遠く離《はな》れた場所に引《ひ》っ越《こ》ししていたらしい」

「なるほど、《引《ひ》っ越《こ》し引退》か。通常対戦もエネミー狩《が》りも実質、東京《とうきょう》二十三区とその周辺でしかできんからな……。普《ふ》通《つう》はポイントを徐々《じょじょ》に使い果たし、全損してしまうものじゃが、クリキンはまだ健在だったんじゃな？」

「うむ。同居しているイトコだかハトコだかを《子》にして、その子にも《子》を作らせて、三人で地道にエネミー狩《が》りをしていたようだ」

「ははは、しぶといな。まったく奴《やつ》らしい」

愉快《ゆかい》そうに笑う瀬利に、ハルユキはおずおずと問いかけた。

「あの……クリキンさんって、どんな人なんですか？　《ストロンゲスト・ネーム》っていう二つ名は、どこかで聞いたような気もするんですが……」

すると、瀬利ではなくその奥《おく》に立つ楓子が微笑《ほほえ》みながら答えた。

「鴉《からす》さん、プロミネンスとの合併《がっぺい》会議の時、似たような二つ名の人と戦ったでしょう？」

「え……あっ、《ストロンガー・ネーム》！　アイオダイン・ステライザーさん！」

思わず叫《さけ》んでしまってから、三日前の記《き》憶《おく》を再生する。

「そっか、あの時、楓子師《し》匠《しょう》が言ってましたよね。アイオダインさんは昔、別の二つ名を他のバーストリンカーと取り合って、負けて……負けたから《ストロンガー》になったんだ、って。取り合った二つ名が《ストロンゲスト・ネーム》で……戦った相手が、クリキンさんっていう人……？」

ハルユキの推測を、楓子《フウコ》と瀬利《セリ》が同時に首肯《しゅこう》した。しかしすぐに、ミーティング参加者の中から疑問の声が飛ぶ。

「でも、クリキンって名前、全然ストロングゲストっぽくないんですけど〜」

発言したのはプチ・パケ組の由留木結芽《ユルキユメ》——プラム・フリッパーだ。右に立つ三登聖実《ミトサトミ》——ミント・ミトンと左に立つ奈胡志帆子《ナゴシホコ》——ショコラ・パペッターもこくこく頷《うなず》く。

途端《とたん》、古参リンカーたちから笑い声が上がった。それが収まると、三人の隣《となり》にいたパドさんが解説した。

「クリキンはあだ名。フルネームは《クリムゾン・キングボルト》」

——かっこいい。そして強そうだ。確かに名前の最強感は、アイオダイン・ステライザーといい勝負かもしれない。

ハルユキが納得《なっとく》していると、参加者の前列中央からまたしても「でもさぁ」と声が上がった。王子様コスチュームのニコだ。ショートブーツを鳴らして二歩前に出ると、じっと卓上《たくじょう》の瀬利を見つめる。

「あたし、そのクリキンって奴《やつ》、名前だけなら聞いたことあんだよな。なんでも、あたしの前に加速世界で《遠距離火力最強《えんきょりかりょくさいきょう》》の看板ハッてたんだって？　その真偽《しんぎ》はおいとくとしても、火力最強ってことはつまりドンパチ系なんだろ？　剣なんか使えんのか？」

「そう、そこだ」

　ハルユキから見て教卓《きょうたく》の左側に立っていた黒雪姫《クロユキヒメ》も、同じ疑問を口にする。

「私はクリキンと共闘《きょうとう》したことも対戦したことも何度となくあるが、単体でもロボになっても遠距離《えんきょり》火力全振《ぜんふ》りだったぞ。剣を使うところなど一度も見たことがない。セントリー、お前、誰《だれ》かと勘違《かんちが》いしているのではないか？」

「ろ、ロボ……？」

　というハルユキの疑問には答えず、瀬利は黒雪姫に煙管《キセル》を向けた。

「おいロータス、こんな口調じゃからって儂《わし》を年寄り扱《あつか》いするでない。勘違《かんちが》いなぞであるものか……クリキンはな、悩《なや》んでおったのじゃ」

「な、悩《なや》んでいた？　あのお気楽ネジ男が？」

「バーストリンカーである限り、誰《だれ》しも心に秘めたる悩《なや》みはあろうが」

　重々しい口調で指摘《してき》された黒雪姫は、唇《くちびる》を引き結んで目を伏《ふ》せた。

　確かに瀬利の言うとおりだ。デュエルアバターは心の傷を鋳型《いがた》として生まれる。それゆえ、バーストリンカーは加速するたび、自分の弱いところ、醜《みにく》いところと向き合うことを強《し》いられる。どんなに格好良く、あるいは美しいアバターの持ち主であってもそれは例外ではない。

　黙《だま》り込む一同に向けて、瀬利は静かに語りかけた。

「クリキンは、大変な苦労をして無制限フィールドの儂の家を探し当て、門の前で儂が現れるのを延々待ち続けたのじゃ。ようやく会えた儂《わし》に、奴《やつ》は心の裡《うち》を明かした。──クリキンはな、ロボとなった時の自分に、ずっと《欠落》を感じていたのじゃ」

「欠落……？　あれほどの凄《すさ》まじい火力があるのにか？」

「然《しか》り。曰《いわ》く……ジャパニーズスーパーロボットのメイン武器は、どでかい剣であるべきだと。レーザーやミサイルやカノン砲《ほう》をどれだけ装備していようと、巨大剣《きょだいけん》がなくては恥《は》ずかしくてスーパー系を名乗れんと。そう言って、奴《やつ》は男泣きに泣いたよ」

「…………………」

再び、全員が沈黙《ちんもく》した。

たっぷり五秒ほども経過してから、黒雪姫《クロユキヒメ》が楓子《フウコ》を見た。

「レイカー、南西はどっちの方向だ？」

「え？　ええと……タラッサは真西に飛ぶよう設定してあるから、あっち……かしらね」

「ありがとう」

楓子が指差した方向に体を向けた黒雪姫は、すうぅっと息を吸い込み、全身を思い切り反らせて──。

「くっっっっだらな！　アホかクリキン！　く────っだらなぁ────────っ!!」

と叫《さけ》んだ。

瀬利《セリ》の話で全員が脱力感《だつりょくかん》のあまり立っていられなくなったので、楓子がＶＲに人数分の椅子《いす》を生成し、ついでに飲み物も配ってからミーティングが再開された。

教卓《きょうたく》の縁《ふち》にハルユキと並んで座《すわ》った瀬利は、イタチサイズの湯呑《ゆの》みから番茶を一口すすり、クリムゾン・キングボルト伝説の続きを語った。

「まあそういうわけでな、儂もクッソくだらねーと思ったので弟子入《でしい》りは全力で拒否《きょひ》したが、火器を心意《しんい》で剣に変える術《すべ》だけは伝授してやったんじゃ。強化外装の形状変化は、第一段階の攻撃威力《こうげきいりょく》拡張に属する心意技《しんいわざ》じゃから、時間と努力を惜《お》しまねば独力でも習得できる可能性はあるしな。とは言え、まあ無理じゃろと思っていたが……数ヶ月後、クリキンは再び儂の家を訪《おとず》れ、身につけた心意技を披露《ひろう》した。ロボの全武装を一振りの馬鹿でかい剣に変え、《魔都《まと》》ステージの激硬《ゲキカタ》ビルを一撃《いちげき》で真っ二つに斬《き》りおった。直後、エネルギーゲージを使い果たして動けなくなったところを、心意の匂《にお》いに寄ってきたエネミーにぼっこぼこにされておったが……ともあれ、あの威力《いりょく》ならルミナリーの荊冠《けいかん》も斬《き》れるじゃろう。無制限中立フィールドなら、時間さえかければ安全確実にロボ化できるしな……。というわけで、五人目のアタッカーはクリキンでよかろう」

瀬利の長い語りが終わると、今度は黒雪姫も真剣《しんけん》な顔で頷《うなず》いた。

「なるほど……《魔都》のビルが斬《き》れるなら、確かに望みがありそうだ。だが、残念ながら、奴《やつ》の引《ひ》っ越《こ》し先は沖縄《おきなわ》なんだ。ちょっとメールで呼びつけるというわけにはいかない」

それを聞いた一同から、一様にため息が零《こぼ》れる。

二〇四〇年代に入ってから、各国の主要都市を結ぶ国際線では大気圏外《たいきけんがい》を超音速で飛行するスペースプレーンの導入が進んでいるが、東京《とうきょう》～那覇《なは》間を含《ふく》む国内線はまだ従来のジェット機しか飛んでいない。さっと検索《けんさく》してみたところ、フライトは二時間半、料金はＬＣＣでも往復二万円弱――黒雪姫《クロユキヒメ》の言うとおり、気軽に呼び出せる距離《きょり》でも金額でもない。

と、そこまで考えてから、ハルユキは三ヶ月前のダスク・テイカーとの激戦を思い出した。あの時、黒雪姫は修学旅行で沖縄《おきなわ》に行っていたのだが、無制限中立フィールド内を移動するという思いもよらぬ方法で最後の決戦に加勢してくれた。黒雪姫がクリムゾン・キングボルトと再会したのも、修学旅行の最中に違《ちが》いない。ならば、同じ手段が使えないだろうか。

「あの……クリキンさんに、無制限中立フィールドを東京まで移動してもらうというのはどうでしょう……？」

ハルユキがおずおずと提案すると、まだ教卓《きょうたく》の脇《わき》に立ったままの黒雪姫が「うーん」と唸《うな》った。

「私も同じことを考えたが……沖縄からだとどうにかして海を渡《わた》る必要があるし、九州《きゅうしゅう》に着けたとしても、東京まで歩いたら何日どころか何ヶ月もかかってしまうしな……」

「キャバリアーのように、空を飛べるエネミーをテイムしてもらうのはどう？」

楓子《フウコ》の意見に、黒雪姫は再び唸《うな》る。

「沖縄エリアにも騎乗《きじょう》可能な飛行型エネミーはいるんだが、テイムするにはレアな強化外装が必要だ。私が一つ持っているので、こちらで飛行エネミーを用意して迎《むか》えに行く手もあるにはあるが、往復で三十時間はかかるし、道中で鳥型エネミーが襲《おそ》ってくる。ほとんどが小獣級《レッサーきゅう》なので単体なら対処可能だが、複数に絡《から》まれたらハイランカーでも死ぬ危険がある」

「あの……」

手を上げたのは、山ほどのリベットが打たれたレザージャケットと、あちこち大穴が開いたダメージジーンズという格好の綸《リン》だった。パンクな出《い》で立《た》ちに似合わないおずおずとした口調で――。

「今回の作戦は、他の四レギオンも、協力……してくれるんですよね……？」

その問いに、黒雪姫と楓子がちらりと視線を交《か》わし、同時に頷《うなず》いた。綸の《親》である楓子が答える。

「そのはずよ。さすがに、自分たちさえ助かれば、最大功労者の鴉《からす》さんはどうなっても知らない……とはイエロー・レディオだって言わないと思うわ」

「だったら、クリキンさんの旅費を、全レギオンで分担したらどう……でしょう？　滞在費《たいざいひ》を含《ふく》めて三万円としても、百人で割れば一人三百円……ですし、それくらいなら、お小遣《こづか》いから出せる……んじゃ……？」

「うーん、まあ、そう……なんだけどね」

頷《うなず》きはしたものの、楓子は珍《めずら》しく歯切れの悪い口調で続ける。

「先月の、東京《とうきょう》ミッドタウン・タワー攻略《こうりゃく》作戦の時も、現実世界でタワー高層階に入っているホテルの部屋を借りて、そこから無制限中立フィールドにダイブしたらどうかっていう意見が出たんだけど……そう言えば、あの時も一泊《いっぱく》で三万円だったかしらね。でも、結局その意見は採用されなかったの。加速世界の問題をリアルマネーで解決することと、レギオンがレギオンメンバーからどんなに少額でもリアルマネーを徴収《ちょうしゅう》すること、それに加速能力でリアルマネーを稼《かせ》ぐことは、昔からタブー視されてるのよね……」

「まあ、どんな古参や達人も、アバターを一皮剝《む》けばただの小中高生じゃからな」

瀬利《セリ》の言葉に、一同ふう……と息を吐《は》く。

「もちろん昔からバーストリンカーの中には、加速の力で小遣《こづか》いを稼《かせ》ごうとする連中もおったが、たいてい不幸な結果を招いたもんじゃ。残念じゃが、クリキンを五人目にするのは諦《あきら》めたほうがいいかもしれんな……」

——僕が飛べれば。

と、ハルユキは思わずにいられなかった。

無限EK状態になっているのはハルユキなのだからまったく無意味な仮定だが、もし自分が無制限中立フィールドの空を飛べれば、どんなに苦労してでも沖縄《おきなわ》まで飛んで、クリムゾン・キングボルトを背中に乗せて帰ってくるのに。飛行アビリティのゲージが尽《つ》きても、心意《しんい》の力とメタトロンにもらった翼《つばさ》で、一回も地面に降りずに片道千五百五十キロを往復してみせるのに……。

「あ……」

その思考が、ハルユキに小さな声を上げさせた。近くの瀬利や黒雪姫《クロユキヒメ》、楓子《フウコ》が視線を向けてくる。

三人の顔を順に見返しながら、ハルユキは言った。

「いえ、その……もしかしたら、メタトロンなら沖縄まで往復することも難しくないんじゃ、って思ったんです。富士山《ふじさん》まで行ったのを、ちょっとそこまでみたいな言い方してましたし……」

「メタトロン？」

瀬利がイタチの顔に怪訝《けげん》な表情を浮《う》かべる。

「そんなアバターネームのレギメンがおるのか？」

「あ、そっか、師範《しはん》はまだ会ったことないですよね。バーストリンカーじゃなくて、芝公園地《しばこうえんち》下迷宮《かめいきゅう》のラスボスの、《四聖》メタトロンのことです。色々あって、いまはネガ・ネビュラスのメンバーなんです」

「…………」

わずかに両目を見開き、二秒ほど沈黙《ちんもく》してから、瀬利はふっと微笑《ほほえ》んだ。

「なるほど、これで色々と合点が行ったというもんじゃ。クロウ、おぬし《契約者《けいやくしゃ》》じゃったか……」

「け、契約者《けいやくしゃ》……？　って何ですか？」

「いまはいい。ともかく……おぬしは四聖メタトロンの本体を無制限中立フィールドに召喚《しょうかん》できるんじゃな？　ならばわざわざタクシー役なぞ頼《たの》まんでも、彼女を五人目にすればよかろう」

瀬利《セリ》の言葉に、楓子《フウコ》と黒雪姫《クロユキヒメ》、他のレギオンメンバーたちもどよめく。ハルユキも一瞬《いっしゅん》唖然《あぜん》としてしまってから、慌《あわ》てて両手をぴこぴこ振る。

「い、いやでも、メタトロンは剣なんか持ってないですよ！　あと心意技《しんいわざ》を使えるとも思えないですし……」

「剣は儂《わし》が貸そう。それに、四聖クラスのエネミーならば、その気になれば儂らの第三段階心意技と同等の攻撃《こうげき》を行えるはずじゃ。なぜなら彼女らは、ハイエスト・レベルに繋《つな》がっておるからな」

「…………！」

鋭《するど》く息を吸い込んだ途端《とたん》、ハルユキの脳裏《のうり》に過去のワンシーンが甦《よみがえ》った。

帝城《ていじょう》の中で、グラファイト・エッジが第三段階の心意技についてレクチャーしてくれた時、一緒《いっしょ》にいたメタトロンが言っていた。第三段階とは、ハイエスト・レベルからの情報直接干渉《かんしょう》に他ならない、と。

ロジックを看破できるなら、実際に使うことも可能……なのかもしれない。だが、メタトロンにアタッカーを頼《たの》むなら、もう一つ大きな問題がある。

「ええと、それが……」

無意識のうちに《リンク》を繋《つな》げてしまわないよう注意しながら、ハルユキは言った。

「メタトロンは、白のレギオンとの戦いでコア以外の全情報を喪失《そうしつ》してしまって……いまは、レイカー師匠《ししょう》の《楓風庵《ふうふうあん》》を借りて、完全休眠《きゅうみん》状態で修復中《リカバリーちゅう》なんです。僕が呼びかければ目を醒《さ》ましてくれるはずですが、できれば修復が百パーセント完了《かんりょう》するまで、起こしたくないんです」

「ふむ」

思案顔の瀬利が何かを言おうとする前に、黒雪姫がきっぱりと告げた。

「クロウ、それは私も同じ気持ちだ。メタトロンには何度もレギオンの危機を救ってもらったからな……。たとえキミ自身を救出するための作戦であっても、もう二度と彼女に無理はさせたくない」

「……はい！」

ハルユキが深々と頷《うなず》くと、再び瀬利が訊《き》いてきた。

「クロウ、その修復というのはいつ頃《ごろ》終わる予定なんじゃ？」

「え？　えっと……一昨日の夕方に、あと三日って言ってましたから……明日の夕方ごろじゃないかなと……」

「なんじゃ、それなら問題ないではないか。どうせ、作戦実行の準備にそれくらいかかるじゃろ」

「あ……」

言われてみればまったくそのとおり。六人のアタッカーを集め、作戦の細部を詰《つ》め、支援《しえん》態勢を整えるには他のレギオンとの調整が必須《ひっす》だし、今夜いきなりというわけには絶対いかない。明日の夜でもまだ早いくらいだ。

ハルユキがこくこく頷《うなず》くと、瀬利《セリ》も軽く頷《うなず》き返《かえ》し、煙管《キセル》を手の中でくるりと回した。

「ならば、五人目のアタッカーは四聖メタトロンということでいいな。ようやく最後の一人まできたが……これはもう、奴《やつ》で決まりじゃろう」

普段《ふだん》なら脊髄《せきずい》反射的に「奴《やつ》って誰《だれ》ですか」と問い返すところだが、今回ばかりはハルユキにも解《わか》った。加速世界の剣使《けんつか》い、と言えば真っ先に名前が挙がるべき人物の名がまだ出ていないからだ。

同じ名前をとっくに想定していたらしい黒雪姫《クロユキヒメ》と楓子《フウコ》が、同時にふうっとため息をついた。二人が口を開こうとしないので、ハルユキが答え合わせをしようとしたのだが、一瞬《いっしゅん》早く正面右側から声が上がった。

「我《わ》が師……《矛盾存在《アノマリー》》グラファイト・エッジ、ですね」

トリリードのその言葉に、瀬利が「ほう」と驚《おどろ》きを表明する。

「グラフが、ロータスの他に弟子《でし》を取ったか。トリリードと言ったな……ということは、おぬしも《明陰流《アインりゅう》》の使い手か？」

「いえ……」

白い仮面をやや伏《ふ》せてから、トリリードはそっとかぶりを振った。

「私には、二刀は扱《あつか》いきれませんでした」

「む？　明陰流《アインりゅう》にも一刀剣技《いっとうけんぎ》はあるじゃろう？」

「ええ、師もそう言って下さいましたが、やはり二刀剣技《にとうけんぎ》が明陰流の神髄《しんずい》ですから。私は一刀の技《わざ》を極《きわ》めたいと思っています」

「ふむ、なるほど。ともあれそういうことなら、いかなグラフとてアタッカー役を拒否《きょひ》はするまい。己《おのれ》の孫弟子《まごでし》を助けるために、弟子《でし》が命を張るんじゃからな」

――孫弟子《まごでし》？

と首を傾《かし》げそうになってから、ハルユキはそれが自分のことだと気付いた。グラファイト・エッジの二刀剣技《にとうけんぎ》・明陰流は黒雪姫が受《う》け継《つ》いでいて、ハルユキは黒雪姫の《子》で弟子《でし》なのだから、必然的にグラファイト・エッジの孫弟子《まごでし》ということになる。しかしとなると、明陰流を学ぶには、ハルユキも二刀を装備しなくてはならないのだろうか。

ちらりと黒雪姫を見たが、口をつぐんだままの横顔にはどこか遠くを――もしかしたら遠い過去を覗《のぞ》いているかのような表情が漂《ただよ》っていて、声を掛《か》けられなかった。

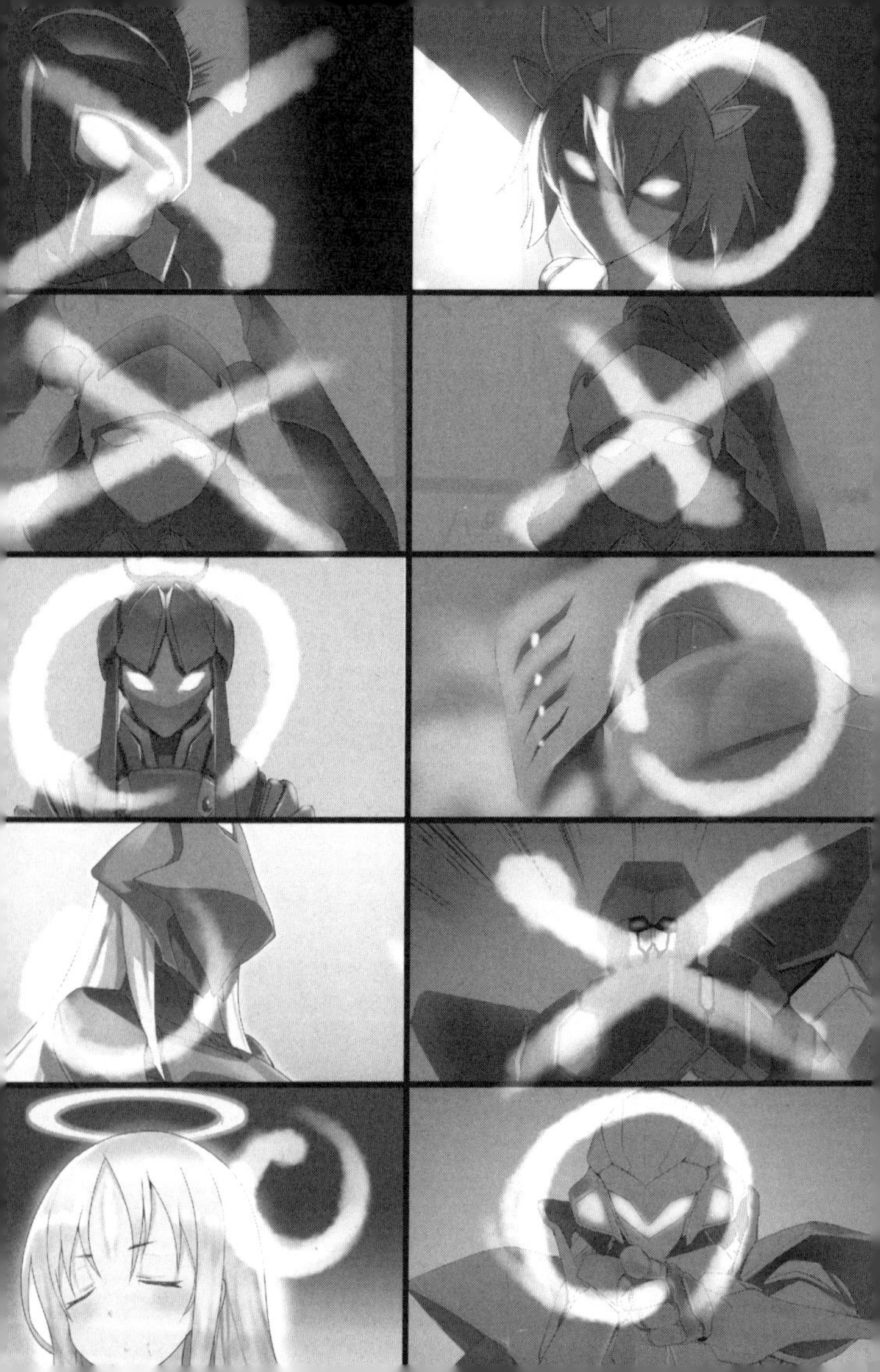

「ですが――」

トリリードの声が聞こえ、意識を視界正面に戻《もど》す。

「我《わ》が師にアタッカー役を依頼《いらい》するには、メタトロンさんと同様……いえ、ことによるとそれ以上に困難な問題を解決する必要があります」

「……なんじゃ？」

一瞬《いっしゅん》の躊躇《ためら》いを振り切るように、トリリードはまっすぐ背中を伸ばし、言った。

「グラファイト・エッジは現在、帝城《ていじょう》の内部に閉じ込められているのです」

7

フルダイブから覚醒《かくせい》したハルユキは、見慣れない板張りの天井《てんじょう》をぼんやりと見上げながら、どこだっけ……と考えた。しかしすぐにここが謡《ウタイ》の部屋であることを思い出し、ふうっと軽く息を吐《は》く。

現在時刻は……午後四時八分。ミーティングは一時間と少しで終わった計算だが、その三倍ほども潜《もぐ》っていたような感覚がある。いや、VRスペースは空飛ぶクジラの上だったのだから、潜《もぐ》るという表現はそぐわない。そもそもどうして仮想世界に入ることをダイブするというのか。世界で初めてその表現を使ったのはどこの誰《だれ》なんだろう……。

などとぼんやり考えていると、すぐ右側に横たわる謡が、タオルケットの上で両手を動かした。

【UI＞ クーさん】

《有田《アリタ》さん》ではなく《クーさん》。数秒待っても続きが入力されないので、そっと首を右に傾《かたむ》ける。

すると、チャット窓越《まどご》しに見える謡は、天井《てんじょう》に向けた瞳《ひとみ》に茫洋《ぼうよう》とした光を宿したまま、いつになくゆっくりと言葉を綴《つづ》った。

【UI＞ 私と一緒《いっしょ》に、帝城《ていじょう》に入った時のことを憶《おぼ》えていますか？】

「……うん、もちろん」

忘れるはずもない。四神スザクが守護する帝城南門に封印《ふういん》されていたアーダー・メイデンを救出するための作戦が決行されたのは六月の、確か十八日。ハルユキは、スカイ・レイカーの助けも借りて当時の限界スピードで南門に繋《つな》がる大橋に突入《とつにゅう》し、出現したアーダー・メイデンをピックアップすることには成功したものの、後方から猛追《もうつい》してくるスザクをどうしても振り切れず、そのまま南門の中に突入《とつにゅう》してしまったのだ。

あれが初めての帝城侵入《しんにゅう》であり、そこでハルユキはトリリード・テトラオキサイドと出会い、多くのことを知った。もう一ヶ月以上が経《た》つが、瞼《まぶた》を閉じれば、《平安》ステージの帝城内苑《ないえん》に舞《ま》い散《ち》る紅葉《もみじ》の色が鮮《あざ》やかに甦《よみがえ》る。

ハルユキが記憶《きおく》を呼び覚ますのを待っていたかのように、謡がチャット窓に新たなテキストを表示させた。

【UI＞ あそこで私はクーさんに、第四象限の……破壊《はかい》の心意技《しんいわざ》をお見せしました】

「うん」

それも鮮明《せんめい》に覚えている。強力な衛兵エネミーを撃破《げきは》するために、謡は地面をマグマの沼《ぬま》に変えるという恐《おそ》るべき心意技を発動させた。あの技《わざ》を、謡は――。

「……四神ゲンブ専用の技《わざ》……そう言ってたよね」

【UI＞ ええ。ついに、あの技《わざ》を全力で使う時が来たのです】

勇ましい言葉を打ち込んだ謡《ウタイ》の両手が、自分を鼓舞《こぶ》するように握《にぎ》り締《し》められるのをハルユキは見た。

そう。今日の夜十時、ネガ・ネビュラスは他の大レギオンからも援軍《えんぐん》を募《つの》り、帝城《ていじょう》北門を守護する四神ゲンブに戦《いど》いを挑むのだ。

ミッションの目標はあくまで、帝城内部に閉じ込められているグラファイト・エッジの救出。つまりゲンブを撃破《げきは》する必要はなく、グラフが壕《ほり》に架《か》かる橋を渡《わた》り切るまで行動不能にすればいいのだが、無論それも容易なことではない。四神の中でも最高の防御力《ぼうぎょりょく》を持つというゲンブの甲羅《こうら》は、加速世界最強の剣士とも称《しょう》されるグラフの双剣《そうけん》《ルークス》と《アンブラ》ですら斬《き》れなかったのだ。

ゆえに、対ゲンブ戦の主軸《しゅじく》アタッカーは、かねてよりゲンブ専用の心意技《しんいわざ》を開発してきた謡が務めることとなった――のだが。

謡は、帝城で第四象限の心意《しんい》を発動させたあと、精神的負荷《ふか》に耐《た》えきれず倒《たお》れてしまった。今回必要となる技《わざ》の威力《いりょく》、範囲《はんい》はあの時の比ではあるまい。謡の心にどれほどの負荷《ふか》がかかるのか、想像もできない。

力になりたい。強大な負の心意を行使せんとする謡の傍《かたわ》らに立ち、ありったけの正の心意で援護《えんご》したい。だがそれはできない。ハルユキは現在、東京《とうきょう》グランキャッスルで無限ＥＫ状態に陥《おちい》っているので、ゲンブ攻略《こうりゃく》作戦には参加できないのだ。

かつてないほどの無力感ともどかしさに苛《さいな》まれ、ハルユキはタオルケットの布地を思い切り握《にぎ》った。

無限ＥＫとはつまりこういうことなのだ。加速世界の本質たる無制限中立フィールドで、仲間たちがどれほど困難な目標に挑《いど》もうとも、そこに加わることはできない。スザク門に封印《ふういん》されていた時の謡、セイリュウ門に封印《ふういん》されていた時のあきら、太陽神《たいようしん》インティに呑《の》み込まれていた時の黒雪姫《クロユキヒメ》もこんな思いをしていたのだろう。

ここに至ってハルユキはようやく、自分がどれほどの危機的状況《じょうきょう》に置かれているのかを頭ではなく感覚で理解した。

明日の深夜か、遅《おそ》くとも明後日《あさって》の早朝には行われるであろうハルユキの救出作戦がもし失敗すれば、白のレギオンも何らかの対処をするだろうから、無限ＥＫからの脱出《だっしゅつ》はかなり難しくなる。現実時間で週単位か月単位……もしかすると謡やあきらのように、年単位で無制限中立フィールドに入れなくなるかもしれない。通常対戦は可能だし週末の領土戦にも参加できるが、仲間たちとエネミー狩《が》りをすることも、絶景を眺《なが》めながらとりとめもなく語らうことも、エリア境界のない加速世界の空を自由に飛ぶこともできなくなるのだ。

そしてもちろん、死地に赴《おもむ》く仲間たちと共に戦うことも。

悔《くや》しさと恐《おそ》ろしさのあまり、涙《なみだ》が滲《にじ》みそうになった、その時。

「おい、ハルユキもこっち来いよ」

そんな囁《ささや》き声《ごえ》が聞こえて、ハルユキは右側を見た。

するとも、謡《ウタイ》の向こう側に横たわるニコが、右手を謡の体に回し、しっかりと引き寄せていた。

「え、えっと……こっちって言われても……」

「あたしと同じにすりゃいいんだよ！」

えー、と思うがニコは現ネガ・ネビュラスのサブマスターだし、謡も何も言おうとしない。意を決して右に九十度回転すると、左腕《ひだりうで》をニコの右腕《みぎうで》に交差させ、謡の肩《かた》に触《ふ》れる。

すると掌《てのひら》に、小刻みな振動《しんどう》が伝わってきた。

震《ふる》えている。ハルユキの体重の半分もないであろう小さな体が、氷のように冷たく強張《こわば》り、戦慄《わなな》いている。先ほど謡が両手を握《にぎ》り締《し》めたのは、自分を鼓舞《こぶ》するためではなかった。震《ふる》えを止めようとしていたのだ。

ネガ・ネビュラスに復帰したその時から、四埜宮《シノミヤ》謡はレギオンの精神的支柱の役割を果たし続けた。どんな時も微笑《ほほえ》みを絶やさず、落ち着いた態度と温かな言葉でメンバーを励《はげ》まし、勇気づけてくれた。

でも、まだ、たったの十歳なのだ。高レベルのバーストリンカーは実年齢《じつねんれい》と精神年齢《ねんれい》が乖離《かいり》していくと言われるが、それは感覚が鈍磨《どんま》するということではない。恐怖《きょうふ》に耐《た》えるすべを知識として身につけることはできても、恐怖《きょうふ》そのものが消えるわけではない。

謡は約三年前に四神スザクと戦い、敗れている。その記憶《きおく》はまだ鮮明《せんめい》に残っているだろう。今夜、四神ゲンブ攻略《こうりやく》作戦で謡の心意《しんい》攻撃《こうげき》が失敗すれば、謡のみならず複数の仲間が無限ＥＫに陥《おちい》ってしまうことも有り得る。その重圧が、華奢《きゃしゃ》な体を激しく震《ふる》わせている。

謡だって、弱音を吐《は》きたい時も、誰《だれ》かにすがりたい時もあるだろう。しかし受け止めてくれる《親》――実の兄である四埜宮竟也《キョウヤ》／ミラー・マスカーは、もう加速世界にも、現実世界にもいない。彼は、謡を《子》としたわずか一年後に、能舞台《のうぶたい》の《鏡の間》に設置してある大鏡が転倒《てんとう》するという事故に巻《ま》き込まれ、謡の眼前で命を落とした。その日から、謡は声を失ってしまった。

竟也は謡の四つ上だったという。つまり、生きていれば中学二年生。ハルユキと同い年だ。しかしハルユキは、竟也の代わりになることはできない。こんな時、彼なら謡に与《あた》えられたであろうものを、何一つ与《あた》えられない。

たとえ、そうだとしても――。

ハルユキは、謡の肩《かた》に置いた手に少しだけ力を込めた。浴衣《ゆかた》の生地《きじ》越し触《ふ》れ合《あ》う謡の体は、風呂上《ふろあ》がりなのにひんやりと冷たく感じられる。震《ふる》え続《つづ》ける謡にせめて体温を分《わ》け与《あた》えるべく、全身からエネルギーをかき集める。

「なあ、うい」

不意に、反対側で謡に密着するニコが囁《ささや》いた。

「確かに今夜の作戦のメインアタッカーはお前だけどさ……プレッシャーとかストレスとか、なんでもかんでも一人で背負おうとしなくていいんだぜ。重いモンは周りの奴《やつ》にどんどん預けりゃいい……それができるのがいいレギオンってもんだろ？」

確かにそのとおりだ。

災禍《さいか》の鎧《よろい》に寄生された時、ハルユキは全てを自分一人で抱《かか》え込もうとした。しかしタクムやチユリや黒雪姫《クロユキヒメ》や楓子《フウコ》や……それに謡《ウタイ》が手を伸ばし、鎧《よろい》の重さを一緒《いっしょ》に支えてくれた。

「僕も……僕も、一緒《いっしょ》に背負うよ。ゲンブ攻略《こうりゃく》作戦には参加できないけど……でも、現実世界から、加速してる四埜宮《シノミヤ》さんに力を送るから……」

もちろん、ブレイン・バーストのシステム上では、たとえ直結していたとしてもハルユキは無制限中立フィールドの謡に一切《いっさい》の援助《えんじょ》も干渉《かんしょう》もできない。声を届けることすら許されない。けれど、システムを超《こ》えて伝わるものだってきっとある。そう信じる。

タオルケットの下で密着する謡の体が少しずつ温度を取《と》り戻《もど》し、震《ふる》えも徐々《じょじょ》に収まっていく。ずっと握《にぎ》られたままだった両手がほどけ、謡にだけ見えるキーボードに触《ふ》れる。

いったん消えていたチャット窓が表示され、

【UI＞　ニコさん、クーさん】

という文字列が桜色のフォントで綴《つづ》られた、その時。

歯切れのいいノックの音が聞こえて、三人は引き戸のほうを見た。塩見《シオミ》さんだろうと考えたハルユキは慌《あわ》てて謡から離《はな》れようとしたが、それより早く。

すたん！　と引き戸が開け放たれ、大股《おおまた》に入ってきた誰《だれ》かが、畳《たたみ》に横たわる三人を見下ろして叫《さけ》んだ。

「こんなことだろうと思ったぞ！」

「え……せ、先輩《せんぱい》!?」

思わず叫《さけ》んでしまったハルユキの頭上に、ずいっと顔を突き出すのは、今日の早朝に有田《アリタ》家《け》の玄関《げんかん》で見送った黒雪姫その人だ。しかも隣《となり》に、楓子までもが顔を出す。

「し、師匠《ししょう》まで……どうして!?」

すると楓子はにっこり微笑《ほほえ》み、言った。

「ういういが、鴉《からす》さんとニコがお家《うち》に泊《と》まるってわたしとサッちゃんに連絡《れんらく》してくれたのよ」

ハルユキが首を右に回すと、横になったままの謡はチャット窓の一行目を消し、改めて文章を打ち込んだ。

【UI＞　今夜から明日にかけて大きな作戦が続くので、お二人の所在は明らかにしておくべきだと思ったのです。でも、どうしてサッちんとフーねえまで私の家に？】

「レギオンメンバーの素行を監督《かんとく》するのもマスターの役目だからな」

「そ、素行って……」

ハルユキが呟《つぶや》くと、楓子が微笑《ほほえ》みを浮《う》かべたまま――

「鴉《からす》さん、その状況《じょうきょう》は風紀の乱れ以外の何ものでもないと思うわ」

確かに、謡《ウタイ》、ニコと一枚のタオルケットにくるまって密着している状況《じょうきょう》は何の言い訳もできない。しかも廊下《ろうか》から、今度こそ塩見《シオミ》さんであろう上品な足音が聞こえてきて、ハルユキは急いで起き上がると枕《まくら》にしていた座布団《ざぶとん》を広げ、正座した。

直後、お盆《ぼん》を持った塩見さんが入り口に姿を現す。不思議な状況《じょうきょう》の室内を一瞥《いちべつ》し、軽く眉《まゆ》を動かす。

「謡嬢《じょう》ちゃん、こちらのお嬢様《じょうさま》がたは何年か前に一度お見えになったという覚えがあったので上がって頂きましたが、そちらの坊《ぼっ》ちゃん、嬢《じょう》ちゃんともお知り合いみたいですし、そもそもどういったご関係なんです?」

そう思うのも無理はない。小六のニコはぎりぎり謡と同年代に見えるが、ハルユキは中二の男子、黒雪姫《クロユキヒメ》は中三、楓子《フウコ》に至っては高一だ。見た目には何の共通項《きょうつうこう》も存在しないし、まさかブレイン・バーストのことを明かすわけにもいかない。

「謡嬢《じょう》ちゃんはいつもいい子すぎるほどいい子ですからね、あんまりうるさいことを言いたかありませんが、ばあやも旦那《だんな》さまから留守を預かっておりますのでね」

塩見さんの言葉にハルユキたち四人が硬直《こうちょく》していると、謡は浴衣《ゆかた》の襟元《えりもと》を整えてから座布団《ざぶとん》に正座し、にこりと微笑《ほほえ》んで指を動かした。

【UI＞　ばあや、こちらの皆《みな》さんは、私の大切な】

しかしそこでカーソルが止まる。塩見さんの首許《くびもと》にも上品な藤色《ふじいろ》のニューロリンカーが装着されているので、チャット窓は見えているはずだ。

謡は、さっと左手を払《はら》ってホロキーボードを消すと、両手を膝《ひざ》の上に重ねた。

背筋を伸ばし、すうっと息を吸う。

唇《くちびる》が小さく痙攣《けいれん》する。笑《え》みの消えた顔が歪《ゆが》み、苦しそうな呼吸が繰《く》り返《かえ》される。

「嬢《じょう》ちゃん！」

叫《さけ》んだ塩見さんが、謡に駆《か》け寄《よ》ろうとした。だが謡はさっと左手を持ち上げて押しとどめる。その手を自分の胸に当て、一度、二度と叩《たた》く。まるで、喉《のど》につかえているものを押し出そうとするかのように。

「ういうい……」

楓子も掠《かす》れ声《ごえ》を漏《も》らしたが、近づこうとはしない。ニコも、黒雪姫も、真剣《しんけん》な顔でじっと見守っている。

謡が歯を食《く》い縛《しば》る。目尻《めじり》に滲《にじ》んだ涙《なみだ》が、浴衣《ゆかた》の膝《ひざ》に落ちる。

ハルユキは謡と出会った後に、失語症《しつごしょう》というものについて調べてみたことがある。

通常、精神的なショックが原因で言葉を失う症状《しょうじょう》は、心因性失声症《しっせいしょう》と呼ぶらしい。いっぽう運動性失語症《しつごしょう》とは、脳の言語中枢《ちゅうすう》に損傷を負ったことが原因で発生する高次脳機能障害のことなので、兄・竟也《キョウヤ》の死を目の当《ま》たり《あ》にした衝撃《しょうげき》で喋《しゃべ》れなくなったという謡の症状《しょうじょう》は前者のように思える。

しかし、ごく稀《まれ》に、強すぎるストレスが脳に器質的ダメージを引き起こすこともあるらしい。謡《ウタイ》の場合はBICによる治療《ちりょう》まで行われたのだから、検査で実際の損傷が確認《かくにん》されたのだろう。つまり、謡の失語は、本人の意思で克服《こくふく》できる障害ではないということになる。それは誰《だれ》より謡自身がいちばんよく解《わか》っているはずだ。

なのに謡は、声を出そうとする試みをやめようとしない。

膝《ひざ》の上で両手をきつく握《にぎ》り締《し》め、前のめりになって、せわしなく呼吸を繰《く》り返《かえ》す。無声音で加速コマンドを唱える時も相当に苦しそうなのに、いまはその比ではない。涙《なみだ》と汗《あせ》の混ざった雫《しずく》が、小さな拳《こぶし》の上にとめどなく落ちる。

──もういいよ！

と口を衝《つ》いて出そうになる声を、ハルユキは必死に呑《の》み込んだ。

数倍の長さにも思える時間が、十秒、十五秒と過ぎ去り……そして。

「…………と…………」

窓ガラス越《ご》しに入り込んでくる蟬《せみ》の鳴き声にも負けそうなほど弱々しい、しかし確かな、声。

加速世界で聞く声音《こわね》とほぼ同じだが、もっと優《やさ》しくて、もっと透《す》き通《とお》っている声──。

「……と、も、だ……ち……」

四つの音を体の底から絞《しぼ》り出すと、謡は力尽《ちからつ》きたように項垂《うなだ》れ、両手で体を支えた。

数秒間かけて呼吸を整えてから、背筋をぴんと伸ばしてホロキーボードに触《ふ》れ。

【ＵＩ＞　です！】

と力強く打ち込んだ。

その文字はクリアに視認《しにん》できるのに、チャット窓の外側が虹色《にじいろ》にぼやけていて、ハルユキは瞬《まばた》きを繰《く》り返《かえ》した。頬《ほお》を水滴《すいてき》が転がり落ちる感覚で、ようやく自分の目に涙《なみだ》が溜《た》まっていたのだと気付く。

左手で目許《めもと》を拭《ぬぐ》い、見上げると、塩見《シオミ》さんも両目を何度も瞬《しばた》かせていた。ゆっくり頷《うなず》いて慈《じ》愛《あい》に満ちた笑《え》みを浮《う》かべ、

「……そうですか」

とだけ言う。壁際《かべぎわ》の座《ざ》卓《たく》に歩み寄ると、両手で持っていたお盆《ぼん》から冷茶のグラスを移動させ、立ち上がる。

「皆《みな》さん、ごゆっくりしていってくださいましね」

そんな言葉とともに塩見さんが退出し、足音が聞こえなくなった、その瞬間《しゅんかん》。

「ういうい！」

悲鳴のような声で叫《さけ》んだ楓子《フウコ》が、畳《たたみ》に滑《すべ》り込むような姿勢で謡に飛びかかった。器用に体を反転させ、自分が下になると、思い切り抱《だ》き締《し》める。空中に伸ばされた謡の手が、じたばたとホロキーボードを叩《たた》く。

【UI＞ フーねえ、kるsぢいのdwす】
という文字列を見て、ハルユキとニコ、黒雪姫《クロユキヒメ》は揃《そろ》って泣き笑いの表情を浮《う》かべた。

この日の夕食は、塩見《シオミ》さんが用意してくれたすき焼きだった。

本来、塩見さんの仕事は謡《ウタイ》一人ぶんの夕食を作るところまでで、午後五時には帰宅する予定だったらしい。しかし今日は一時間残業して、五人分の食材の仕込みを済ませていってくれたのだ。もちろんハルユキたちも手伝ったが、塩見さんの手際《てぎわ》が鮮《あざ》やかすぎて、たいしたことはできなかった。

五人で一つの鍋《なべ》を囲んで賑《にぎ》やかに食事を終え、後片付けをしたあと、黒雪姫と楓子《フウコ》が一緒《いっしょ》に入浴した。黒雪姫が黒地によろけ縞《じま》の浴衣《ゆかた》、楓子が白地に青い麻《あさ》の葉柄《はがら》の浴衣《ゆかた》で戻《もど》ってくると、午後七時三十分からは勉強タイムとなった。

思い返してみればハルユキは、夏休み初日の二十一日は黒雪姫の自宅に泊《と》まり、二十二日は有田《アリタ》家《け》でハルユキの壮行会《そうこうかい》が大々的に行われたうえに瀬利《セリ》、綸《リン》、黒雪姫が泊《と》まっていき、そして今日は謡《ウタイ》の家に泊《と》まるわけだ。次にチユリに会った時、休みが始まった途端《とたん》に遊びすぎ！と言われてしまいそうなので、せめて宿題くらいは前倒《まえだお》しで進めなくてはならない。

幸い、難問に詰《つ》まるたびに、どちらかと言えば理系科目が得意な黒雪姫とどちらかと言えば文系科目が得意な楓子が適切なヒントをくれたので、今日もノルマ以上の分量をこなすことができた。

年長組は年少組の宿題も手助けする傍《かたわ》ら、自分たちの課題もハイペースで消化していったが、あまり根を詰《つ》めると大事な作戦に疲労《ひろう》を持《も》ち越《こ》してしまうということで、勉強タイムは九時三十分にお開きとなった。

四神ゲンブ攻略《こうりやく》作戦の開始まで、あと三十分。

楓子《フウコ》と謡《ウタイ》が淹《い》れてくれたお茶と、黒雪姫《クロユキヒメ》が持参したマカロンでエネルギーを補充《ほじゅう》してから、再び座卓《ざたく》を片付け、畳《たたみ》に敷《し》き布団《ぶとん》を敷《し》く。六畳間《ろくじょうま》なので二枚が限界だったが、ダイブするのは女子四名なので問題はない。

と考えたハルユキは、謡に「僕は椅子《いす》を借りるね」と声を掛《か》け、全員が戻《もど》ってくるまで学習机の前の木製スツールに座《すわ》ろうとした——のだが。

「ハルユキ君もこっちに寝ればいいじゃないか」

黒雪姫がそう言うと、他の三人も真顔で頷《うなず》く。

「え……でも狭《せま》くなっちゃいますし、僕は作戦に参加できませんから……」

「気分の問題よ、鴉《からす》さん。そんなとこから加速中の顔を見られてると思うと、落ち着いて戦えないわ」

という楓子の言葉に、ニコと謡も大きく頷《うなず》く。

「そーそー。参加しねーからこそ、現実世界じゃ同じとこにいろよ」

【UI＞　ネガ・ネビュラスに上下の隔《へだ》てなし、なのです！】

立て続けにそう言われてしまえば、頑《かたく》なに拒否《きょひ》もできない。やむなくスツールから離《はな》れ、女子四人が座《すわ》っている布団《ふとん》に近づく。

「じゃ、じゃあ、こっちの端《はし》っこで……」

なるべくスペースを侵食《しんしょく》しないよう、体が半分はみ出すくらいのポジションで横になった、その途端《とたん》。

デュエルアバター並みの身軽さでハルユキを飛《と》び越《こ》えたニコが、「どーん！」と叫《さけ》びながら体当たりしてきた。反射的に体を浮《う》かせたハルユキを、意外なほどのパワーでころころ転がし、二枚並んだ布団《ふとん》の真ん中まで移動させる。

「うい、そっちを固定しろ！」

【UI＞　ハイ！】

という言葉が交《か》わされた直後、ハルユキの右側からニコ、左側から謡が勢いよくぶつかり、動けなくしてしまった。

目を白黒させるハルユキと、楽しそうに笑うニコと謡を、年長の二人は呆《あき》れるような、慈《いつく》しむような顔で眺《なが》めていたが、やがて黒雪姫がぽんと手を叩《たた》いた。

「よし、作戦開始五分前だ。謡、ホームサーバーの端末《たんまつ》はこの部屋にあるのか？」

【UI＞　はい、棚《たな》の最下段に】

　四埜宮《シノミヤ》家《け》は区の有形文化財に指定されてもおかしくないほどの伝統的日本家屋だが、さすがにある程度のスマートホーム化は行われているようで、棚《たな》の最下段にはXSBポートが並ぶ小型機器が設置されていた。黒雪姫《クロユキヒメ》は自分のバッグから長めのXSBケーブルを五本取り出すと、まず自分のニューロリンカーとホームサーバー端末《たんまつ》を有線接続し、続けて残り四人のニューロリンカーを数珠《デイジーチエーン》つなぎで連結した。これで、黒雪姫のニューロリンカーがグローバルネットから切断されれば、他の四人も同時に切れるわけだ。無制限中立フィールドに入る時は必須《ひっす》の、時限切断セーフティである。

「タイマーは、内部時間で三時間後に設定する。つまり、どんなに作戦が長引いても、現実時間で十・八秒後には全員が切断されるわけだ」

　そう言った黒雪姫は、ニコの右側に座《すわ》りながらハルユキを見た。

「もちろん、実際には十秒……三時間もかけるつもりはない。ハルユキ君、作戦成功を信じて、我々が戻《もど》るのを待っていてくれ」

「……はい！」

　ハルユキが答えると、黒雪姫は笑顔《えがお》で頷《うなず》き、ニコの隣《となり》に横たわった。謡《ウタイ》の隣《となり》には楓子《フウコ》が並び、全員で午後十時を待つ。あと四十秒……三十秒。

「おいハルユキ、つられてアンリミるなよ」

　右側に密着するニコにそう言われ、ハルユキは抗弁《こうべん》した。

「す、するわけないだろ！　したらその場で死んじゃうんだから！」

「オマエそそっかしいからなあ」

途端《とたん》、左右から笑い声が上がる。左を見ると、謡も大きく口許《くちもと》を綻《ほころ》ばせている。

残り十五秒。

「メイさん、頑張《がんば》って」

ハルユキが囁《ささや》くと、謡は笑顔《えがお》のままこっくり頷《うなず》いた。

「よし、ニコ、謡、フーコ、スリーカウントでダイブするぞ」

笑いを収めた黒雪姫が、落ち着いた声で指示する。

その言葉を聞いた途端《とたん》、再びハルユキの中に強烈《きょうれつ》な焦燥感《しょうそうかん》が湧《わ》き上がった。

どうにかして、謡を……ゲンブ攻略《こうりゃく》作戦の参加メンバー全員を支援《しえん》する方法はないのか。

現実世界で祈《いの》ることの他に、何かできることはないのか。

「カウント、スリー、ツー、ワン……アンリミテッド・バースト！」

四人が同時に――謡だけは無声音で――加速コマンドを唱えた、その瞬間《しゅんかん》。ハルユキの脳裏《のうり》に、一つの可能性が火花となって弾《はじ》けた。

ある……かもしれない。無制限中立フィールドでは東京《とうきょう》グランキャッスルに封印《ふういん》されているシルバー・クロウが、ゲンブ攻略《こうりゃく》作戦に助力するすべが。

四人に一秒ほど遅《おく》れて、ハルユキも叫《さけ》んだ。

「バースト・リンク！」

8

青く透《す》き通《とお》る初期加速空間《ブルー・ワールド》に、ハルユキは桃色《ももいろ》ブタアバターの姿でポーンと勢いよく飛び出した。

一回バウンドしてから立ち上がり、後ろを見る。二枚並べられた敷《し》き布団《ぶとん》に、黒雪姫《クロユキヒメ》、ニコ、ハルユキ、謡《ウタイ》、楓子《フウコ》が目を閉じて横たわっている。

無制限中立フィールドも、初期加速空間も、時間の加速倍率は同じ現実比一千倍だ。しかしハルユキの加速は一秒遅《おく》れたので、黒雪姫《クロユキヒメ》たちは約十七分先行している。帝城《ていじょう》近くに集合し、作戦を確認《かくにん》する時間があるはずなのでまだ作戦は始まっていないだろうが、あまりのんびりはしていられない。

少し考え、引き戸をすり抜けて謡の部屋から出る。長い廊下《ろうか》をブタアバターの短い足で懸命《けんめい》にダッシュし、玄関《げんかん》から外へ。

四埜宮家《シノミヤけ》は、観世流《カンゼリユウ》という伝統ある能楽師の家系だ。広い敷地《しきち》の中には本格的な能舞台《のうぶたい》が設《しつら》えられている。ハルユキはそこまで走ると、入り口でぺこりと礼をしてから建物に入った。

能舞台《のうぶたい》は、《本舞台《ほんぶたい》》と《鏡の間》が《橋掛《はしが》かり》という廊下《ろうか》で繋《つな》がった構造になっている。

ハルユキが入ったのは、控《ひか》え室《しつ》である鏡の間だ。初期加速空間は原則的にソーシャルカメラが捉《とら》えた映像から構築されるが、ソーシャルカメラの視界外となる場所もニューロリンカーの内蔵カメラが過去に捉《とら》えた映像を元に作られ、細部は推測補完される。

鏡の間は、色こそ青一色だが、以前一度だけ見た現実世界の内装をほぼ完璧《かんぺき》に再現していた。四メートル四方ほどの板張りの部屋。左手には本舞台《ほんぶたい》へと続く戸口があり、右手には衣装《いしょう》部屋の扉《とびら》、そして正面には——高さ二メートル近い巨大《きょだい》な鏡。

ハルユキは数歩進むと、鏡の正面に立った。

三年前、この鏡は一度割れている。謡《ウタイ》の兄にして《親》である四埜宮竟也《シノミヤキョウヤ》の上に倒《たお》れ込み、鋭利《えいり》な破片《はへん》が竟也の体を切《き》り裂《さ》き……命を奪《うば》った。その瞬間《しゅんかん》から謡は言葉を失い、それまでは薄紅色《うすべにいろ》だったというアーダー・メイデンの袴《はかま》は、深い緋色《ひいろ》へと変わった。

初期加速空間でも鏡は鏡として機能し、ハルユキのアバターをくっきりと映し出している。ブタの姿の自分を正面から凝視《ぎょうし》し、その背後にいるかもしれない人物へと語りかける。

——竟也さん……ミラー・マスカー。あなたがどれほど無念だったかは、僕には想像もできません。

——僕は、あなたの代わりにはなれない。謡さんの苦しみを、あなたに代わって癒《い》やすことはできません。でも……謡さんを助けたいと思う、その気持ちは本物です。

——謡さんはこれから、たぶんバーストリンカーになって以来いちばん大変な……三年前の四神スザク戦よりも苦しいだろう戦いに臨《のぞ》みます。なぜなら謡さんは、もう四神の恐《おそ》ろしさを知っているから。自分を無限ＥＫにした巨大《きょだい》すぎる敵に、そうと解《わか》って挑《いど》むんです。僕のために。白の王に捕《つか》まってしまった僕を助けるために。

――だから、僕も謡さんを助けたい。ほんの少しでもいいから、力になりたい。もしここにあなたの心が残っているなら……どうか、僕を導いてください。

ミラー・マスカーに向けてそう念じると、ハルユキはゆっくりとブタアバターの腰《こし》を落とし、左手を前に、右手を腰撓《こしだ》めに構えた。黒いひづめを握《にぎ》り、精神を集中する。

鈴川瀬利《スズカワセリ》／セントレア・セントリーを蘇生《そせい》させた時、ハルユキはこの方法でハイエスト・レベルへとアクセスした。だがあの時は、接続できたのはほんの一瞬《いっしゅん》だった。今回は、それでは足りない。いままではメタトロンの力を借りるか、無制限中立フィールドで十時間以上も素振《すぶ》りを続けなくては実現できなかったハイエスト・レベルへの完全シフトを、この初期加速空間から、自分の力で成《な》し遂《と》げなくてはならない。

限界を超《こ》えた集中。それが世界の壁《かべ》を破る鍵《かぎ》だ。

白の王が《ライトキューブ》と呼んだ、ハルユキの思考用量子回路に過大な負荷《ふか》がかかるほどの、極限の集中。

瀬利の時は、ハルユキが繰《く》り出した拳《こぶし》は、世界の壁《かべ》にわずかに触《ふ》れた程度だった。今回は、壁《かべ》を打《う》ち砕《くだ》く必要がある。

何回も試《ため》している時間はない。たぶん、最初の一撃《いちげき》で壁《かべ》を破れなければ、あとはいくら拳《こぶし》を振ってても同じだろう。無制限中立フィールドでやったように、十何時間も素振《すぶ》りを繰《く》り返《かえ》せば行けるかもしれないが、その頃《ころ》には恐《おそ》らくゲンブ攻略《こうりやく》作戦も終わっているし、そもそも初期加速空間には三十分しかいられない。

集中。

集中。

集中……。

右拳《みぎこぶし》を構えたまま、必死に集中力を高めようとするハルユキの耳に。

ふと、誰《だれ》かの声が聞こえた。


——光だよ。

——きみの中に存在する、光を感じるんだ。終わりの神が放つ闇《やみ》から、謡《ウタイ》やほかの人たちを守った時と同じように。

——ライトキューブやメイン・ビジュアライザーの中では、封《ふう》じ込められた光子《こうし》たちが永遠の揺動《ようどう》を繰《く》り返《かえ》している。その光を感じ、一体化できれば、きみは新たなステージに行ける。心意《しんい》の力の、更《さら》に先へ。

光………。

声に出さずに呟《つぶや》くと、ハルユキは目を閉じた。

心意技《しんいわざ》《光殻防壁《ライト・シエル》》を発現した時、ハルユキはシルバー・クロウに与《あた》えられた属性としての光を見いだしたと思った。でも、あの光は、デュエルアバターではなく、ハルユキ自身の中にあったのだろうか。もしかしたら……バーストリンカーは誰《だれ》もが、心の中に同じ光を宿しているのだろうか。

光。

集中……光。意識を集中し、光と一体化する。ライトキューブに負荷《ふか》をかけるのではない。融合《ゆうごう》するのだ。

オメガ流秘奥義《りゆうひおうぎ》《合《ごう》》によって、ハルユキは世界、すなわち《外》と融合《ゆうごう》した。

第二段階心意技《光殻防壁》によって、ハルユキは意識、すなわち《内》と融合《ゆうごう》した。

その二つを同時に行う。外――メイン・ビジュアライザー。内――ライトキューブ。それらが光によって繋《つな》がり、一体化した時、新たな扉《とびら》が開く。

ブタアバターの内部から、純白の光が湧《わ》き上がる。波動となって広がり、全身を満たす。

鏡に映る自分が、輝《かがや》きの中に溶《と》けていく。

ハルユキは、一歩踏《ふ》み出し、右拳《みぎこぶし》を突き出した。

瀬利《セリ》の時とはまったく違《ちが》う、どちらかと言えば緩《ゆる》やかにすら感じられる一撃《いちげき》。
光の波動を宿す拳《こぶし》が、巨大《きよだい》な鏡に触《ふ》れる。
鏡の表面に、音もなく放射状の亀裂《きれつ》が走る。鏡が内側に砕《くだ》けていく。その奥《おく》には——まるで天の川のような、無限の星空が広がっている。

——謡《ウタイ》を頼《たの》んだよ。

再び聞こえたその声が、バシイイイイイッ！　という加速音にかき消された。

9

気付くと、ハルユキは、静かに瞬《またた》く銀河の上に立っていた。

「……うあっ⁉」

思わず叫《さけ》んでしまってから、自分の体を見下ろす。ブタアバター……ではない。ぼんやりと透《す》き通《とお》っているが、シルバー・クロウの姿だ。

ハイエスト・レベル。

ついに、独力で、この場所にもう一度到達《とうたつ》できたのだ。

「やっ……」

ついガッツポーズをしそうになり、慌《あわ》てて両手を下ろす。この場所に来ることが最終目標ではないし、そもそも独力と言えるのかどうか。

ハルユキは鏡の間で、確かに誰《だれ》かの声を聞いた。落ち着いた、しかし幼さの残る少年の声。トリリードの声とも、クロム・ファルコンの声とも、ウルフラム・サーベラスの声とも違《ちが》っていた。あれは――もしかすると……。

頭を振って思考を堰《せ》き止《と》める。いまは、やるべきことをやらなくては。

改めて眼下の銀河に視線を落とす。

密《ひそ》やかに光る無数の星屑《ほしくず》は、ほぼ全てが《ノード》……つまり現実世界のソーシャルカメラの位置を示している。そのつもりで見ると、星たちの濃淡《のうたん》やラインによって、東京都心《とうきょうとしん》の詳細《しょうさい》な地図が描《えが》き出されていることが解《わか》る。

ハルユキの真下で、ひときわ明るく輝《かがや》く星団《せいだん》は……たぶん新宿《しんじゅく》。その北には池袋《いけぶくろ》が、南には渋谷《しぶや》が、別の星団《せいだん》を作っている。

無数のノードが凝集《ぎょうしゅう》した新宿駅から東に伸びる、くっきりとした星の道を目で辿《たど》る。あれが恐《おそ》らく国道二〇号、新宿通《しんじゅくどお》りだろう。道の南側にある暗いエリアは新宿御苑《しんじゅくぎょえん》。その先が四谷《よつや》、麴町《こうじまち》……そして、東京の中心に広がる、まるで暗黒星雲のように黒々とした巨大《きょだい》空間が皇居《こうきょ》、すなわち帝城《ていじょう》だ。

ハルユキは、背中の銀翼《ぎんよく》を広げると——恐《おそ》らくその必要はないのだろうが——帝城に向けて降下した。

風を切る感覚はないが、星屑《ほしくず》の海がみるみる近づく。大きな道路沿いに点在している、ノードとは色と大きさが違《ちが》う光点はたぶんエネミーだ。四谷で総武線《そうぶせん》を横切り、進路をやや左へ。千代田区《ちよだく》一番町《いちばんちょう》を横切り、代官町通《だいかんちょうどお》りに沿って飛ぶと、前方左側に激戦の舞台《ぶたい》となった北《きた》の丸《まる》公園《こうえん》が、そして右側に帝城北門——通称《つうしょう》ゲンブ門が見えてくる。

ハイエスト・レベルでは、四神は禍々《まがまが》しいほど巨大《きょだい》な光の塊《かたまり》に見えるはずだが、いまのところゲンブ門周辺は暗闇《くらやみ》に包まれている。つまり、まだ攻略《こうりゃく》作戦は始まっていないのだ。

ほっとしながら、急角度で左に反転する。作戦の集合場所は、インティ攻略《こうりゃく》作戦の時と同じ防衛省《ぼうえいしょう》の儀仗広場《ぎじょうひろば》なので、そこを目指そうとしたのだが。

「……あっ」

小さく声を上げてから、ハルユキは翼《つばさ》を広げて急ブレーキをかけた。無制限中立《ミーン・》フィールド《レベル》や通常対戦フィールド《ロウ・レベル》と違《ちが》って慣性を一切《いっさい》感じないのが実に奇妙《きみょう》だが、いまはどうでもいい。市ケ谷駅《いちがやえき》から八百メートルほど東、靖国通《やすくにどお》りの路上に、色とりどりの小さな星たちが行列を作っている。

数は五十を超《こ》える。エネミーではあり得ない。これが黒雪姫《クロユキヒメ》たち、ゲンブ攻略《こうりゃく》部隊だ。

そのつもりで見ると、行列の先頭には、藍色《あいいろ》や水色、緑色、緋色《ひいろ》の星たちと、青紫《あおむらさき》の燐光《りんこう》をまとった黒い星が視認《しにん》できる。以前はハイエスト・レベルから個々のバーストリンカーを識別することは不可能だと思っていたが、いまはそれらの星がタクム、楓子《フウコ》、チユリ、謡《ウタイ》、黒雪姫であると直感的に理解できた。すぐ後ろにはあきらやニコ、パドさん、累《ルイ》や志帆子《シホコ》たちの星も見える。

一行は、北の丸公園から二百メートルほどの地点にまで近づいている。無制限中立フィールドの時間では、あと十分もしないうちにゲンブ門手前の待機位置に到着《とうちゃく》し、最後の作戦確認《かくにん》が行われるだろう。

だがハイエスト・レベルでは、無制限中立フィールドですら停止して見えるほどの超《ちょう》高倍率で時間が流れている。ここで何時間待っても、黒雪姫《クロユキヒメ》たちがゲンブ門に着くことはない。

ハルユキが、ハイエスト・レベルからしようと思ったこと。それは、謡《ウタイ》への援護《えんご》だ。

かつてメタトロンは、ハルユキがこの場所でできることは観察だけだと断言した。

だが同時に、全てを極《きわ》めた存在ならば、《ハイエスト・レベルでの情報直接干渉《かんしょう》》も不可能ではない……とも言った。

もちろん、まだそんな段階にはまったく到達《とうたつ》していない。しかし、いまのハルユキならば、ほんのわずかばかりの干渉《かんしょう》——たとえば、謡の星に接触《せっしょく》し、エネルギーを届けるようなことができるのではないか。あるいは単なる自己満足に終わってしまうのかもしれないが、それでも現実世界でただ秒数をカウントしているよりは絶対にいい。

だが、謡にエネルギーを届けるには、ゲンブ攻略《こうりゃく》作戦が開始されるまで時間を進める必要がある。いったん現実世界に戻《もど》り、もう一度ハイエスト・レベルに入る余裕《よゆう》はない。この場所で、何とかして加速倍率を下げることができないだろうか。

メタトロンに方法を訊《き》ければ……と思ってから、さっと首を左右に振る。メタトロンの完全修復が終わるまで、現実時間であと一日足らずなのだ。それまで、彼女の邪魔《じゃま》をするつもりはない。

——とりあえず、ゲンブ門に行ってみよう。

そう考え、ハルユキは再び上昇《じょうしょう》した。

メタトロンは、《ハイエスト・レベルに距離《きょり》は存在しない》と言っていた。ならば、念じるだけでテレポートするようなことも可能なのかもしれないが、方法は推測すらできないし、いまは急ぐ理由もない。

先刻のルートを引き返して北《きた》の丸公園《まるこうえん》へ。太陽神《たいようしん》インティが消滅《しょうめつ》し、その後に変遷《へんせん》が起きたため、日本《にほん》武道館《ぶどうかん》も復元されている。――ということはインティも中身がない状態でどこかに復活しているのかもしれないが、もうこちらから接触《せっしょく》する必要はない。

武道館を左手に見ながらゆっくり移動し、東京国立近代美術館《とうきょうこくりつきんだいびじゅつかん》の上空で停止する。

加速世界の帝城《ていじょう》は、東京《とうきょうと》都心《しん》のランドマークの中で唯一《ゆいいつ》、現実世界とは大きく異なる形状をしている。現実の皇居《こうきょ》は縦長の六角形だが、帝城は完全な真円形で、広い壕《ほり》で完全に隔離《かくり》され、東西南北の大橋でのみ外界と繋《つな》がる。帝城北門に相当するのは北の丸公園の南にある乾門《いぬいもん》だが、現実世界では陸続きなのに、こちらでは幅《はば》五百メートルもある底なしの壕《ほり》が、近づく者を引きずり込まんと口を開けている。

壕《ほり》には幅《はば》三十メートルの橋がかかり、その突き当たりに巨大《きょだい》な城門がそびえる。あれが帝城北門、通称《つうしょう》ゲンブ門。

三年前、第一期のネガ・ネビュラスは、レギオンを四チームに分けて帝城攻略《こうりゃく》に挑《いど》んだ。

南のスザク門攻略《こうりゃく》チームを率いたのは、《緋色弾頭《テスタロッサ》》アーダー・メイデン。

東のセイリュウ門は、《純水無色《アクアマテイック》》アクア・カレント。

西のビャッコ門は、《超空の流星《ストラト・シユーター》》スカイ・レイカーと《絶対切断《ワールド・エンド》》ブラック・ロータス。

そして北のゲンブ門を担当したのが、《矛盾存在《アノマリー》》グラファイト・エッジ。

戦闘《せんとう》はわずか百二十秒で終わり、ネガ・ネビュラスは壊滅《かいめつ》した。西門ではスカイ・レイカーがどうにかブラック・ロータスを脱出《だっしゅつ》させたものの、アーダー・メイデンとアクア・カレント、グラファイト・エッジは、四神の猛攻《もうこう》からレギオンメンバーを逃がすために無限EKに陥《おちい》ってしまった。

メイデンとカレントは先月ようやく救出されたのだが、グラファイト・エッジはずっと昔に自力で無限EKから脱出《だっしゅつ》していたらしい。しかしゲンブの重力攻撃《こうげき》が強力すぎて橋を対岸まで渡《わた》ることができず、逆にゲンブ門へと移動し、本来ゲンブを倒《たお》さないと開かないはずの門を、第三段階心意技《しんいわざ》《解明剣《エルシデイター》》によって切断し、帝城《ていじょう》内部に逃《のが》れたのだ。

彼はグレート・ウォール《六層装甲《シックスアーマー》》の第一席を務めるいっぽう、無制限中立フィールドではいまだ帝城に囚《とら》われている。当人はその状況《じょうきょう》をさほど苦にしていないようで、黒雪姫《クロユキヒメ》たちが無限EKに陥《おちい》った時は帝城内から一年近くもインティの様子を監視《かんし》してくれたりもしたのだが、今回ばかりは外に出てきてもらわなくてはならない。ハルユキを助けるためではなく、白の王がテスカトリポカを用いてやろうとしていることを止めるために。

ふと、そういえば、と思う。ゲンブ攻略《こうりゃく》作戦のことは当然グラファイト・エッジにも伝えられているので、彼はもう脱出《だっしゅつ》に備えて門の近くで待機しているはずだ。ハイエスト・レベルからなら、その姿を確認《かくにん》できるのではないか。

ハルユキは高度を上げ、ゲンブ門の奥《おく》を覗《のぞ》こうとした。

だが、白い光点で描画《びようが》された門は半ば透《す》けているのに、その奥《おく》は漆黒《しつこく》の闇《やみ》に満たされていて
ノード一つ見つけられない。やはり、帝城の外と内は完全な別世界なのだ。広大な加速世界とは異なる製作者によって築かれた、金城鉄壁《きんじようてつぺき》の要塞《ようさい》――あるいは牢獄《ろうごく》。恐《おそ》らく、ハイエスト・レベルから接近しても、壕《ほり》の上空で不可視の障壁《しようへき》に阻《はば》まれてしまうだろう。

グラファイト・エッジを探すのは諦《あきら》めて、ハルユキはさてと考え込んだ。

時間がほぼ停止したこの世界で、作戦開始を待つのはやはり現実的ではない。どうにかして時間を早送りする――言《い》い換《か》えれば自分の意識、思考を減速させる方法はないものか。空中で腕組《うでぐ》みをしながら、ヒントを探すようにあてどなく下界を見回す。

東京国立近代美術館《とうきようこくりつきんだいびじゆつかん》の西側は、駐車場《ちゆうしやじよう》と広い樹林になっている。北には科学技術館があり、東には二本の円塔《えんとう》が特徴的《とくちようてき》な複合商業ビルが建つ。やはりソーシャルカメラは、商業ビルの中がいちばん多い。この距離《きより》から見ると、緊密《きんみつ》に並ぶ光点たちを繋《つな》ぐ淡《あわ》い光の流れまでもが確認《かくにん》できる。全てのソーシャルカメラは専用ネットワークで接続され、所在地が公開されていない《ソーシャルセキュリティ・サーベイランスセンター《SSSC》》に情報を送っているので、あの流れを辿《たど》っていけばSSSCの場所が解《わか》るのかもしれない……。

などと考えながら、ハルユキはじっとノードを繋《つな》ぐストリームを見つめた。

そして、気付いた。

横に長い商業ビルの端《はし》にそびえる円塔《えんとう》。その内部に、ノードではない光点が固まっている。数は四……いや、五個。色は薄《うす》い紫色《むらさきいろ》、暗い赤色、濃《こ》い灰色、ほぼ完全な黒……それに、銀と赤と闇《やみ》が入り交じる、奇妙《きみょう》な色。

エネミーではない。バーストリンカーだ。

偶然《ぐうぜん》、小規模レギオンがエネミー狩《が》りをしていたのだろうか。だとしても、あの人数で帝城《ていじょう》のこんなに近くまで来ることは考えにくい。内堀通《うちぼりどお》りや靖国通《やすくにどお》りには強力な巨獣級《ビーストきゅう》エネミーが頻繁《ひんぱん》に出現する。インティ攻略《こうりゃく》作戦の直前に出くわした《フレイムブローワー》などは、ハイランカーが十人いても苦戦する難敵なのだ。だとすると、あの集団は……。

高度を落としながら、五個の光点をじっと凝視《ぎょうし》したハルユキは――。

突然《とつぜん》、不吉《ふきつ》な天啓《てんけい》に打たれて喘《あえ》いだ。

集団の中心にいる、薄《うす》い紫《むらさき》の光点。まったく同じ色の光を、ハルユキは過去何度も見ている。帽子《ぼうし》と両目、四つのレンズからレーザーを放つ寸前に煌《きら》めいた紫《むらさき》の光。あの光点は、《四眼の分析者《クアッドアイズ・アナリスト》》、アルゴン・アレイだ。

そうと悟《さと》った途端《とたん》、他の光点の正体が連鎖的《れんさてき》に思《おも》い浮《う》かぶ。暗い赤色は、ヘルメス・コード縦走レースに乱入したラスト・ジグソー。濃《こ》い灰色は、白のレギオンとの領土戦やインティ落下の直前にハルユキと戦ったシャドウ・クローカー。背景と同化しそうなほど黒いドットは、仇敵《きゅうてき》ブラック・バイス。そして……銀と赤と闇《やみ》が渦巻《うずま》く光点は、災禍《さいか》の鎧《よろい》マークⅡと同化した、ウルフラム・サーベラス。

加速研究会。そのほぼ全戦力。

偶然《ぐうぜん》であるはずがない。黒雪姫《クロユキヒメ》たちゲンブ攻略《こうりゃく》部隊を待《ま》ち伏《ぶ》せているのだ。

「情報が……漏《も》れてる……？」

掠《かす》れ声《ごえ》で呟《つぶや》いてから、ハルユキは思いきりかぶりを振った。

ネガ・ネビュラスや他のレギオンに内通者がいるわけではない。白のレギオンと加速研究会は、いかなる手段によってか、無制限中立フィールドの出来事を監視《かんし》できるのだ。真っ先に思《おも》い浮《う》かぶのはブラック・バイスの《減速能力》だが、今回は違《ちが》う。なぜならバイスの《減速》は脳内のＢＩＣを利用するので、アボカド・アボイダの《虚無空間《ボイド》》と違《ちが》って、他のバーストリンカーには効力を及《およ》ぼせない。

いや——いまは、監視《かんし》の方法などどうでもいい。加速研究会が待《ま》ち伏《ぶ》せていることを、黒雪姫たちに伝えなくては。作戦を妨害《ぼうがい》されたら、グラファイト・エッジを脱出《だっしゅつ》させるどころか、謡《ウタイ》やグラフを含《ふく》む何人もがゲンブによる無限ＥＫに陥《おちい》ってしまいかねない。

だが、どうやって伝えればいいのか。

加速停止して黒雪姫のニューロリンカーを外す？　いや、ハルユキの時もそうだったように、たとえ相手がすぐ近くに横たわっていても、覚醒《かくせい》し、起き上がってニューロリンカーを摑《つか》み、引き抜くにはどうしても三秒はかかる。そのあいだに加速世界では三千秒、五十分が経過する。黒雪姫《クロユキヒメ》たちが帝城《ていじょう》北門に到着《とうちゃく》し、作戦を開始するには充分《じゅうぶん》な時間だ。

それに、その手段で強制切断できるのは黒雪姫と、デイジーチェーン接続している謡《ウタイ》、楓子《フウコ》、ニコだけ。他のメンバーにとっては主力中の主力がいきなり消滅《しょうめつ》することになるので、むしろ危険が増してしまう。

どうする。どうする——。

漆黒《しっこく》の情報空間に浮《う》かんだまま、ハルユキは懸命《けんめい》に考えた。考える時間だけは無限にあるので、あらゆる方法を模索《もさく》し、検討しては捨て、そして一つの結論に至る。

このハイエスト・レベルから、直接警告するしかない。

謡にエネルギーを送る試みも実効性があるかどうか定《さだ》かでないのに、声を届けるなどということが一朝一夕《いっちょういっせき》にできるとは思えないが、やるしかないのだ。

ハルユキは以前、災禍《さいか》の鎧《よろい》マークⅡとの戦いで消滅《しょうめつ》寸前となったメタトロンにハイエスト・レベル経由で呼びかけ、途切《とぎ》れかけた《リンク》を修復した。もちろん、すでに回線があったからこそできたことで、黒雪姫や謡たちとのあいだにはメタトロンとのリンクに相当するものはないが——しかし、絆《きずな》という名の繋《つな》がりはある。言葉までは無理でも、警告の意思を届けるだけならきっとできる。

「……先輩《せんぱい》」

ハルユキは目をつぶり、脳裏《のうり》に黒雪姫の姿を思《おも》い描《えが》いた。

梅郷中学校《うめさとちゅうがっこう》ローカルネット内のスカッシュゲームコーナーで、初めて声を掛《か》けてくれた時の黒揚羽蝶《くろあげはちょう》のアバター姿。学生食堂のラウンジで、XSBケーブルを差し出した時の制服姿。ネガ・ネビュラス復活を宣言した時の、凛々《りり》しくも雄々《おお》しいデュエルアバター姿。

そして、ハルユキにうなじのバーコードを見せた時の、妖精《ようせい》のように美しく、氷像のように儚《はかな》げな姿——。

ハルユキとシルバー・クロウは、黒雪姫と黒の王ブラック・ロータスに剣を捧《ささ》げた騎士《きし》だ。何があっても守り抜くという誓《ちか》いが、いつもハルユキの行く手を照らし、前に進む力を与《あた》えてくれた。

自分のためにはできないことでも、黒雪姫のためならばできる。絶対にできる。

両拳《りょうこぶし》を強く握《にぎ》り、両目を見開く。背中の翼《つばさ》を広げ、再び黒雪姫たちが移動中の靖国通《やすくにどお》りへと移動しようとした、
その時。

ぴぃん……。

極薄《ごくうす》の金属片《きんぞくへん》を極小のハンマーで叩《たた》くような、かすかな音が聞こえた。

ぴぃん、ぴぃん。暗い虚空《こくう》に、結晶化《けっしょうか》した音が連続して響《ひび》く。少しずつ大きくなるその音が、ハルユキの記憶《きおく》を刺激《しげき》する。

あれは……三日前、白のレギオンとの領土戦ステージが、若宮恵《ワカミヤメグミ》／オーキッド・オラクルの心意技《しんいわざ》《パラダイム・ブレイクダウン》によって無制限中立フィールドになってしまった時のことだ。ハルユキは咄嗟《とっさ》にメタトロンを喚《よ》び、意識をハイエスト・レベルにシフトしてもらった。そこで、この音を聞いたのだ。——つまり。

ぞくりと冷たい戦慄《せんりつ》を感じながら、ハルユキは振り向いた。

ぴぃん、という響《ひび》き——足音が止まった。

漆黒《しっこく》の闇《やみ》を背景に、仄白《ほのじろ》い人影《ひとかげ》が浮《う》かんでいる。

半ば透《す》き通《とお》る冷光で描《えが》き出されているのは、驚《おどろ》くほど細身な女性型デュエルアバター。雪の結晶《けっしょう》を模したドレス型アーマーと毛先がくるくる巻かれた長い髪《かみ》、鋭利《えいり》な針のようなティアラ。華奢《きゃしゃ》さは白の王ホワイト・コスモスと同程度でも、身長はずっと低い。装甲色《そうこうしょく》は解《わか》らないが、この姿を見間違《みまちが》えるはずもない。

オシラトリ・ユニヴァース《七連矮星《セブン・ドワーフス》》の第二位、《眠り屋《スリーピー》》こと——

「……スノー・フェアリー！」

叫《さけ》んだハルユキに、妖精《ようせい》めいたアバターは無邪気《むじゃき》な笑《え》みを向けてきた。淡雪《あわゆき》にフルーツシロップを垂らしたような、甘酸《あまず》っぱい声がわずかなエコーを伴《ともな》って響《ひび》く。

「ひさしぶり、シルバー・クロウ。またあったね」

「どうしてここに……⁉」

「あなた、前のときもおなじこときいたよ。あたしの答えもおんなじ。みられてる感じがしたから」

「…………」

そう――領土戦の時も、スノー・フェアリーはそう言った。無制限中立フィールドの彼女を、ハイエスト・レベルから見ているハルユキの視線を感じた、と。

ハルユキは一瞬《いっしゅん》だけ眼下の円塔《えんとう》ビルに視線を落としてから、再び訊《たず》ねた。

「でも……あそこにいるのは加速研究会のメンバーだけですよね。僕、あなたを見つけてもいなかったんですが」

「あんなやつらはしろうと」

最古参バーストリンカーであろうブラック・バイスやアルゴン・アレイをも含《ふく》む集団をそう断じると、スノー・フェアリーはもう一度にっこりと笑った。

「あなたもだけどね、クロウ。ハイエスト・レベルじゃ、あたしのほうがずっと、ずうーっと先輩《せんぱい》なんだよ」

その言葉を聞いた途端《とたん》、ハルユキは反射的に両手を構えてしまった。ハイエスト・レベルには体力ゲージも当たり判定もないと解《わか》ってはいるが、それでも防御《ぼうぎょ》姿勢を取らずにはいられない。

先輩《せんぱい》、という単語の意味を一瞬《いっしゅん》考え、さらに問いかける。

「あなたは……あなたも《契約者《けいやくしゃ》》なんですね」

「あら……その言葉、だれからきいたの？」

　直接的にはセントレア・セントリーからだが、その名前を出すのは百害あって一利なしだし、同じ言葉を使ったバーストリンカーはもう一人いる。ハルユキ自身はメタトロンと契約《けいやく》したのではなく友達になったのだと信じているが、それもいま言うことではない。

「……白の王からです」

　ハルユキの答えを聞くと、フェアリーは可愛《かわい》らしく首を傾《かたむ》け、「あー」と言った。

「そっか、あなた、コスモスとはなしたのね。王さまのきまぐれもこまったものよね……もう、物語はさいごのページにちかづいているのに」

「最後のページ……？」

　鸚鵡《おうむ》返《がえ》しに呟《つぶや》いたが、それには答えようとせず、フェアリーは体の後ろに両手を回した。

　ぴん、ぴぃん、と音を立ててステップを踏《ふ》み、再びハルユキを見る。

「コスモスの定義なら、あたしも契約者《けいやくしゃ》ってことになるかな。もう、契約《けいやく》したあいてはどこにもいないけどね」

「いない……？　四聖の誰《だれ》か……いえ、メタトロンとアマテラスを除いた、他の二人のどっちかじゃないんですか？」

「シーワンムーでもウシャスでも、もちろんニュクスでもないよ」

「シ、シーワン……？」

聞いたことのない名前が次々に出てきて、ハルユキは首を傾《かし》げた。だがフェアリーは気にする様子もなく続ける。

「ライトキューブをもってるエネミーは、ほかにもいるってこと。初期化されたらそれまで、だけどね……」

呟《つぶや》くようにそう告げると、フェアリーは軽く首を振り、可愛《かわい》らしいアイレンズでハルユキを見た。

「さあ、おしゃべりはこれくらいにしよっか。わるいけどあなたには、しばらくここで凍《こお》っててもらうね」

「こ、凍《こお》る？」

「だって邪魔《じゃま》するつもりなんでしょ？　アルゴンたちのまちぶせを」

ど真ん中の質問をぶつけられ、一瞬《いっしゅん》詰まってから頷《うなず》く。もう、誤魔化《ごまか》す意味はない。

「もちろんです。待《ま》ち伏《ぶ》せされてると知ってて、黙《だま》って見てるわけないでしょう」

「だったらあたしも、邪魔《じゃま》されるとしっててほっとくわけないよね」

淡《あわ》く微笑《ほほえ》むスノー・フェアリーの小さな体から、突如強烈《とつじょきょうれつ》な冷気が吹き付《ふ》《つ》けてきたような気がして、ハルユキは息を詰《つ》めた。

錯覚《さっかく》だ。ハイエスト・レベルでは、他者に物理的な干渉《かんしょう》はできない。スノー・フェアリーは前回現れた時、ハルユキとメタトロンのリンクを切断しようとしたが、いまはそのメタトロンもいない。フェアリーに何らかの危害を加えられる恐《おそ》れはない――はずだが、先ほど言われたように、向こうがハルユキより《ずっと、ずうーっと先輩《せんぱい》》であることは事実だ。《凍《こお》ってもらう》という言葉の真意は不明だが、物理的干渉《かんしょう》やリンク切断以外の何かをされる可能性はゼロではない。

ならば。

ハルユキは、一切《いっさい》の予備動作なしに、いきなり垂直上昇《じょうしょう》した。

地上のノード群が個別に見分けられなくなるほどの高度にまで駆《か》け上《のぼ》り、水平飛行に移る。西に見える新宿《しんじゅく》エリアの輝《かがや》き目指して、フルスピードで飛翔《ひしょう》する。

スノー・フェアリーは、ハイエスト・レベルを自分の足で歩いていた。あの移動速度なら、飛ぶハルユキを捕捉《ほそく》し続けることは不可能だ。いったん引《ひ》き離《はな》し、大きく迂回《うかい》しながら下降、地面ぎりぎりを飛んで黒雪姫《クロユキヒメ》たちのところに戻《もど》る。もちろんフェアリーはまた現れるだろうが、見つかる前に黒雪姫に危険を伝えられれば、あとは何をされても問題はない。

来た時の数倍のスピードで新宿通《しんじゅくどお》りの遥《はる》か上空を飛び、四谷《よつや》を越《こ》えて新宿御苑《しんじゅくぎょえん》にまで到達《とうたつ》した、その時だった。

ぴぃん。

再び、あの音が聞こえ――。

「…………!?」

ハルユキは驚愕《きょうがく》しながら翼《つばさ》でフルブレーキを掛《か》けた。慣性がないはずなのに、十メートルほども滑《すべ》ってからやっと停止する。

前方の空中に、白い人影《ひとかげ》がぽつんと浮《う》かんでいる。

氷の針でできたティアラ。雪の結晶《けっしょう》を繋《つな》いだドレス。スノー・フェアリー。

「ど……どうして!?」

思わず遥《はる》か後方の帝城《ていじょう》を振り返ってから、ハルユキは新宿エリアの眩《まばゆ》い星々を背負って佇《たたず》むフェアリーに問いかけた。

「追いつけるはずがない……！」

「だからあなたはしろうとなの」

軽く肩《かた》をすくめ、《眠り屋《スリーピー》》の二つ名を持つ少女は言った。

「ハイエスト・レベルで距離《きょり》は意味をもたないって、おしえてもらわなかった？」

「……そう、言われましたけど、だからって……」

「クロウ、いまのあなたやあたしがみてるのは、ミーン・レベル上の《データの位置》が表示されてる三次元モニターみたいなものなの。モニターだから、視点の位置はすきかってにかえられる。あなたは視点をカーソルキーでいっしょうけんめいうごかしてたけど、座標を指定してとぶほうがずっとかんたん」

「……つまり、あなたはハイエスト・レベルのどこにでも、自在にテレポートできるんですか」

「把握《はあく》できる場所と範囲《はんい》ならね」

「ど、どうやって……？」

「まず、とびたい場所にあるものを……」

スノー・フェアリーは右手を持ち上げながらそう言いかけたが、突然《とつぜん》口を閉じ、しばらくしてから言った。

「どうしてあたしがあなたにおしえなきゃいけないの？」

「どうして……って言われても……」

「だいたい、おしえたところでむだになるだけ。もうすぐ、この世界はおわるんだから」

「終わる……？」

呟《つぶや》くハルユキに、フェアリーは胸のあたりに掲《かか》げたままだった右手をふわりと向けた。

「おわりはもうさけられない。問題は、あたしたちバーストリンカーがどうおわるか、だけ。アサルトリンカーやコラプトリンカーたちのように苦痛と屈辱《くつじょく》、絶望にまみれておわるか……それとも……」

そこで言葉を途切《とぎ》れさせると、スノー・フェアリーは軽くため息をつき、右手を握《にぎ》った。

途端《とたん》、ハルユキの全身が、これ以上はないというほど完全に硬直《こうちょく》した。

麻痺《まひ》したとか、氷漬《こおりづ》けにされたとか、そんなレベルではない。体の感覚はあるのに、指や口、瞼《まぶた》さえもが金属の塊《かたまり》に変わってしまったかのようだ。酸素を必要としないデュエルアバターにも《肺で呼吸する感覚》はあり、それはハイエスト・レベルでも同じだったのに、空気を吸い込むことすらできない。

この息苦しさは錯覚《さっかく》だ。頭ではそう解《わか》っているのに、呼吸ができないというだけで凄《すさ》まじいほどの恐怖《きょうふ》が全身を駆《か》け巡《めぐ》る。叫《さけ》びたい。喉《のど》をかきむしりたい。でも口も手も動かない。

「ごめんね、くるしいよね。でも、こうするしかないの。いま、グラファイト・エッジが外にでてくるとちょっとめんどうなことになりそうだから。あんしんして、ブラック・ロータスたちを無限EKにはしない。ただ、門をあけるのをあきらめてほしいだけ」

優《やさ》しくさえある口調でそう言うと、フェアリーはぴぃん、ぴぃんと後ろに歩いた。

「ロウエスト・レベルでだれかがニューロリンカーをはずしてくれるまで、あなたはその状態でとっても、とってもながい時間をすごすことになるとおもう。かわいそうだから、いっしょにいてあげるね」

にこ、と微笑《ほほえ》み、その場で膝《ひざ》を抱《かか》えて座《すわ》る。ハルユキから視線を外し、彼方《かなた》の帝城《ていじょう》を眺《なが》めながら、体をゆっくり左右に揺《ゆ》らし始める。

スノー・フェアリーが何を考えているのかを想像する余裕《よゆう》は、ハルユキにはなかった。

苦しい。苦しい。苦しい。

必死に空気を吸い込もうとするが、肺までもが金属に変わってしまい、どんなに力を入れてただただ膨《ふく》らんでくれない。いっそ気絶できれば、と思うものの意識が薄《うす》れる気配もない。クリアな苦しさと恐怖《きょうふ》、パニックだけが思考を満たす。

誰《だれ》か。誰《だれ》か。誰《だれ》か。

しかしここは、最高位のビーイングに導かれた者だけが到達《とうたつ》できるハイエスト・レベルだ。どれほど念じても、助けが訪《おとず》れるはずもない。フェアリーが言ったように、このまま現実世界で黒雪姫《クロユキヒメ》たちがニューロリンカーを外してくれるまで耐《た》えるしかないのか。しかしそれまでに、いったいどれほどの時間が流れるのか――。

誰《だれ》か。誰《だれ》か……。

無限にも思える数十秒が過ぎた時、ハルユキはふと気付いた。

メタトロンなら。

ハイエスト・レベルを知《し》り尽《つ》くす彼女なら、ハルユキを完全硬化《こうか》状態から解き放てるのではないか。もう、望みはそれしかない。この苦しみから解放されたい。

頭の中で、思い切り大天使の名を呼ぼうとした――

その寸前。

ハルユキは、苦しみと恐怖《きょうふ》の隙間《すきま》にほんの少しだけ残された意思力の全てを振《ふ》り絞《しぼ》り、悲鳴にも似た思念を止めた。

スノー・フェアリーは、なぜハルユキを放置して無制限中立フィールドに戻《もど》らず、この場に留《とど》まっているのか。

かわいそうだから？　そんなはずがない。ハイエスト・レベルの時間加速倍率は不明だが、仮に無制限中立フィールドの千倍と見積もっても、ハルユキが強制切断されるまで下手をすると一千時間――四十日以上もかかる可能性がある。それほどの時間を、哀《あわ》れみだけで浪費《ろうひ》するような性格だとは思えない。

つまり、スノー・フェアリーは、何かを待っている。

それはメタトロンだ。ハルユキにメタトロンを召喚《しょうかん》させ、以前にやろうとしてできなかった《リンクの切断》を完遂《かんすい》するつもりなのだ。だとすれば、フェアリーは――白のレギオンは、グラファイト・エッジの脱出《だっしゅつ》と同じくらい、ハルユキとメタトロン間のリンクを危険視しているということになる。

――呼んじゃ、だめだ。

凄《すさ》まじい苦しみに耐《た》えながら、ハルユキは自分にそう言い聞かせた。

誓《ちか》ったはずだ。メタトロンが修復を完了《かんりょう》するまで、決して呼ばないと。いまのハルユキは、体力ゲージが減っているわけでも、バーストポイントを奪《うば》われているわけでもない。もちろん生身の体にダメージもない。

ただ辛《つら》いだけ、ただ苦しいだけだ。こんなもの、去年、同じクラスの男子生徒たちにいじめられていた時のことを思えば何ほどのこともない。

そう、考えてみれば、白のレギオンのナンバースリーという真のハイランカーであるスノー・フェアリーは、ハルユキ一人に対処するためにいまこの場所にいるのだ。加速世界に現れた頃《ころ》は、ドタバタ戦っているだけでギャラリーに笑われていた、雑魚《ざこ》っぽい見た目でろくな必殺技《ひっさつわざ》もないシルバー・クロウが、押しも押されもせぬトッププレイヤーの手を煩《わずら》わせているのだ。それは一人のゲーマーとして、最高に幸せなことではないか。

フェアリーが音を上げるまで、いくらでも耐《た》えてやる。苦しみに耐《た》えて、この場所に釘付《くぎづ》けにしてやる。

いや、それではだめだ。ハルユキは黒雪姫《クロユキヒメ》たちに、加速研究会の待《ま》ち伏《ぶ》せを警告しなければならない。攻略《こうりやく》チームを無限EKにまでするつもりはないとフェアリーは言っていたが、グラファイト・エッジの脱出《だつしゅつ》という目標を達成できなければミッションは失敗に終わる。

自力で、この硬化《こうか》状態を破る。

できる。できるはず。どんなに《先輩《せんぱい》》であろうと、スノー・フェアリーはハルユキと同じバーストリンカーなのだから。ハイエスト・レベルに距離《きより》はない。同様に、レベルもステータスもない。

ここは情報という概念《がいねん》が視覚化された、観念の世界。光点で表現されるノードやエネミー、バーストリンカーの姿が本質であり、デュエルアバターとして描写《びょうしゃ》されているハルユキたちの姿はハルユキが主観によってそう感じているだけで、本当はアバターなど存在しない。あるのは観察者たるハルユキの意識のみ。スノー・フェアリーはその意識に干渉《かんしょう》し、動けないという感覚を、もっと言えば錯覚《さっかく》を与《あた》えている。

同じことは、ハルユキにはできない。

だが、自分の意識に自分で干渉《かんしょう》することはできるのではないか。

たとえば、テスカトリポカの重力波攻撃《こうげき》――《第五の月《トシュカトル》》から脱出《だっしゅつ》した時のように。

あの時ハルユキは、意識を極限まで希釈《きしゃく》するという《無の心意《しんい》》によって、テスカトリポカの照準を一瞬《いっしゅん》にせよ外すことに成功した。同じことをいまここでやれば、スノー・フェアリーの干渉《かんしょう》から逃《のが》れられるのでは。

しかしそれには、呼吸ができないという恐怖《きょうふ》と苦痛を完全に意識から追い出す必要がある。生身の体はもちろんデュエルアバターさえ存在しないのだと頭で解《わか》っていても、肺に空気が入ってこないという感覚に抗《あらが》うのは容易ではない。こうしているいまも、必死に思考を巡《めぐ》らせることでどうにか耐《た》えられているのだ。思考を止めた瞬間《しゅんかん》、感覚が息苦しさにフォーカスしてしまうことは確実だ。フェアリーが、アバターを凍《こお》り付かせるだけでなく感覚も全て奪《うば》ってくれれば、この苦しみも感じずに済んだのに……。

いや。

フェアリーは、それが可能だとしても敢《あ》えて感覚を残したのだ。そうでなければ、苦しみを与《あた》えられないから。苦しみから逃《のが》れるために、メタトロンを召喚《しょうかん》させられないから。

なら、自分で体の感覚を消せばいいのだ。

イメージ。イメージしろ。アバターの中に生身の体が入っているわけではない。情報という光があるだけ。光は何も感じない。破壊《はかい》もされないし拘束《こうそく》もされない。ただ、そこに存在しているだけ……。

全身がじんわりと温かくなる。指先、爪先《つまさき》から感覚が遠ざかっていく。両腕《りょううで》、両足が切り離《はな》される。腰《こし》も、腹も溶《と》けて消える。

胸が光の粒《つぶ》となって拡散した瞬間《しゅんかん》、息苦しさも嘘《うそ》のように消えた。

首、顔、頭も消える。いまやハルユキは、白い光子《こうし》の集合体となって虚空《こくう》に漂《ただよ》っている。体育座《たいいくずわ》りしたままのスノー・フェアリーは動かない。彼女は、まだ主観によってシルバー・クロウのアバターを見ているのだ。ハルユキが体感覚を切《き》り離《はな》したと気付いていない。

アバターは消えたが、相変わらず移動はできない。スノー・フェアリーの、《動けない》という意識干渉《かんしょう》はまだ続いている。これを破らなくては、黒雪姫《クロユキヒメ》に警告できない。

次の段階。《無の心意《しんい》》によって意識を拡散させ、フェアリーの照準から逃《のが》れる。

イメージ。光となった意識が、世界全体に広がっていくイメージ。

ハイエスト・レベルが見える。いや、感じる。

無数のノードを繋《つな》ぐ情報の流れ。それらは寄り集まり、また離《はな》れ、複雑な回路を作っている。回路は無限に広がっている。東京《とうきょう》から関東《かんとう》、本州《ほんしゅう》……日本の果てまで。

平面の情報マップが、上下に分離《ぶんり》していく。三重の日本――加速世界の真の姿。中央にあるハルユキの世界には数え切れないほどのエネミーと、数はずっと少ないがバーストリンカーも存在しているのに、上下の世界には活動的な情報はない。アクセル・アサルトとコスモス・コラプト……どちらも閉じられてしまったのだ。そして、白の王やスノー・フェアリーの言葉が正しいなら、ブレイン・バーストにもその時が近づいている。

――いや。

これは………。

もうひとつ。ずっとずっと上のほう……遥《はる》かな高みに、もう一つのマップが……？

四つ目の世界。

とても小さいが、とても活動的な、新しい世界。

自分が感じているものを信じられず、ハルユキは懸命《けんめい》に意識を届かせようとした。

結果、意図することなく意識が極限まで拡散し、スノー・フェアリーの知覚から消えた。

拘束《こうそく》が解かれ、その反動で、ハルユキを形作る光子《こうし》の集合体はハイエスト・レベルの――言《い》い換《か》えればメイン・ビジュアライザーの隅々《すみずみ》にまで拡散、浸透《しんとう》した。

この瞬間《しゅんかん》。

完全自閉状態にある大天使メタトロンと夜の女神《めがみ》ニュクス、隔離《かくり》アドレスに存在する四神・

八神を除く最上位ビーイング五体が、ハルユキの意識に触《ふ》れ、それぞれ何らかの反応を示した。

巫祖公主《ふそこうしゅ》バリ。

暁光姫《ぎょうこうき》ウシャス。

太霊后《たいれいこう》シーワンムー。

暴風王《ぼうふうおう》ルドラ。

そして、大日霊《おおひるめ》アマテラス。

そのうち二体はささやかな興味を抱《いだ》いただけだったが、一体は少々煩《わずら》わしいと思い、一体は突然《とつぜん》の接触《せっしょく》に怒《いか》りを感じた。そのビーイングはハルユキの意識をハイエスト・レベルから放逐《ほうちく》しようとしたが、アマテラスの介入《かいにゅう》によって矛《ほこ》を収めた。

結果として、五体のビーイング全てがハルユキをマーキングし、ごくごく細いリンクが確立されたが、ハルユキがそうと気付くことはなかった。


拡散したハルユキの意識に流れ込んでくる膨大《ぼうだい》な情報は、とても全てを処理できるデータ量ではなかったが、それらの中からハルユキはたった一つの存在だけを選び取り、瞬時《しゅんじ》に感覚をフォーカスさせた。情報には姿も声も含《ふく》まれていないが、それでもハルユキには解《わか》ったのだ。

強《し》いて言えば、香り。甘《あま》さよりも爽《さわ》やかさ、清らかさを強く感じる、透明《とうめい》な香り――。

黒雪姫《クロユキヒメ》。

――先輩《せんぱい》！

ハルユキは、拡散した意識を凝集《ぎょうしゅう》させた。知覚を満たしていた情報の大瀑布《だいばくふ》が瞬時《しゅんじ》に遠ざかり、目の前に一つの光点が出現する。

青紫色《あおむらさきいろ》の燐光《りんこう》をまとう、漆黒《しっこく》の星。

周囲には青や緋色《ひいろ》や水色、緑色の星も存在する。黒雪姫と、ネガ・ネビュラスの仲間たちだ。ハルユキは、新宿御苑《しんじゅくぎょえん》上空から北《きた》の丸公園《まるこうえん》近くまでテレポートしたのだ。それはもうスノー・フェアリーも気付いているだろう。あと一秒、いや半秒後にはフェアリーも再び移動してくるに違《ちが》いない。

いまやハルユキ自身も黒雪姫たちと同様、銀色の星に変わっている。手も口もないが、どうすればいいのかは直感的に解《わか》る。

ハルユキは少しだけ前進し、銀色の星と黒い星の一部を融合《ゆうごう》させた。

自分の量子回路と黒雪姫の量子回路がリンクされたのを感じた瞬間《しゅんかん》、声による言葉ではなく、圧縮された思念そのものを伝達する。

加速研究会の待《ま》ち伏《ぶ》せ。メンバーはブラック・バイス、アルゴン・アレイ、シャドウ・クローカー、ラスト・ジグソー、ウルフラム・サーベラス。場所は東京国立近代美術館《とうきょうこくりつきんだいびじゅつかん》のすぐ東、商業ビルの円い塔《とう》の中。スノー・フェアリーも近くに潜伏中《せんぷくちゅう》、詳細《しょうさい》な位置は不明。フェアリーはハイエスト・レベルから攻略《こうりゃく》チームを監視《かんし》していて、動きは筒抜《つつぬ》けになっている。

それらの情報を、ハルユキは主観時間で〇・一秒以内に伝えた。直後、すぐ近くにスノー・フェアリーが出現しようとしているのを感じた。

再び意識を解き放つ。今度はハイエスト・レベル全体にまでは広げず、とあるバーストリンカーの存在を感じた瞬間《しゅんかん》、そこめがけて跳《と》ぶ。

周囲に存在していた仲間たちやノードの光点が視界中央の一点に収縮し、すぐに拡散する。眼前には、一瞬前《いっしゅんまえ》とは色の違《ちが》う星たちが並んでいる。灰色、赤錆色《あかさびいろ》、薄紫色《うすむらさきいろ》……そして黒。見ているだけで意識を吸い込まれそうになるほどの深い闇《やみ》を湛《たた》えた星は、ブラック・バイスに違《ちが》いない。だがよく考えてみると、ブラック・バイスというアバターネームはあくまで自《じ》称《しょう》であり、本体はアイボリー・タワーのほうだったはずだ。ならば星も象牙色《アイボリー》になりそうなものだが――。

いや、いまはそんなことを気にしている時ではない。すぐにまたスノー・フェアリーが追ってくる。

ハルユキは視線を動かし、少し離《はな》れた場所に存在している五つ目の星を見た。

他のバーストリンカーたちとは様相がまったく異なる。ベースとなっているのはハルユキの銀色よりも少し濃《こ》い鋼色《はがねいろ》の光なのだが、そこに血のような赤と濃密《のうみつ》な闇《やみ》が入り交じり、不定形のマーブル模様を描《えが》いている。

これが現在のウルフラム・サーベラスだ。赤色の光は恐《おそ》らく奪《うば》われたままのニコの強化外装

《インビンシブル》のスラスター、漆黒《しっこく》の闇《やみ》はそこに蓄積《ちくせき》された膨大《ぼうだい》な負の心意《しんい》エネルギー。そのつもりで見ると、鋼色《はがねいろ》の星を赤と黒が拘束《こうそく》しているようにも見える。

ブラック・バイスは、サーベラスのことを《ウルフラム・ディザスター》と呼んだ。あたかも、この変化は不可逆的なものだと宣言するかのように。

だがそんなはずはない。ハルユキが災禍《さいか》の鎧《よろい》の呪《のろ》いを解くことができたように、サーベラスを災禍《さいか》の鎧《よろい》マークⅡから解放し、本来の彼に――高円寺《こうえんじ》の雑踏《ざっとう》で一度だけ目にした、対戦が誰《だれ》より好きな少年に戻《もど》すことは可能なはずだ。

ハルユキは、黒雪姫《クロユキヒメ》にしたように、二つの星をわずかに融合《ゆうごう》させた。

途端《とたん》、凄《すさ》まじい量の情報が押し寄せてくる。いや、意味のある情報ではない。怒《いか》り、苦しみ、憎《にく》しみ、ありとあらゆるネガティブな感情が渦巻《うずま》く混沌《こんとん》の闇《やみ》。

だがそのずっと奥《おく》、星の内核《ないかく》にあたる部分で、痩《や》せた少年が膝《ひざ》を抱《かか》えてうずくまっている。圧倒的《あっとうてき》な負の心意にも呑《の》み込まれることなく、自分を保っている。

――サーベラス！

押し寄せてくる闇《やみ》に抗《あらが》い、ハルユキは少年に思念を届けようとした。

――絶対に、絶対に君をそこから助ける！　災禍《さいか》の鎧《よろい》マークⅡを浄化《じょうか》して、加速研究会の企《たくら》みを終わらせる！　だから、そうしたら、また対戦しよう……！

伝わったという確信はない。

それでもハルユキは、うずくまる少年がほんの少しだけ顔を持ち上げたように感じた。

もう時間がない。再びスノー・フェアリーが近くに出現しようとしている。謡《ウタイ》にエネルギーを届けられないのが残念だが、ハルユキの警告が伝わっていれば、黒雪姫《クロユキヒメ》はゲンブ攻略《こうりゃく》作戦を中止するだろう。本番であるテスカトリポカ攻略《こうりゃく》作戦までは丸一日近い時間があるのだから、いったん仕切り直せばいい。

ハルユキが、これ以上この場所でできることはない。サーベラスとの接続を切り、念じる。

――バーストアウト。

全てが急速に遠ざかる。フェアリーの甘酸《あまず》っぱい声が、彼方《かなた》でかすかに響《ひび》く。

――またね、クロウ。

加速音を逆再生したかのような音がハルユキを追《お》い越《こ》し、視界が白く染まった。

10

現実世界で覚醒《かくせい》したハルユキは、刹那《せつな》の目眩《めまい》にも似た感覚が消えると同時に、勢いよく体を起こした。左右では、楓子《フウコ》、謡、ニコ、黒雪姫がまだ瞼《まぶた》を閉じている。作戦を中止し、最寄《もよ》りのポータルから離脱《りだつ》したなら、遅《おそ》くとも二秒後には目を覚ますはずだ。

だが、二秒が経《た》っても誰《だれ》も瞼《まぶた》を開けない。

二秒半……三秒……三秒半……無制限中立フィールドではもう、ハルユキのバーストアウトから一時間以上が経過している。ハルユキの両手が汗《あせ》でじわりと濡《ぬ》れる。メッセージが伝わらなかったのか？　黒雪姫たちはゲンブ攻略《こうりゃく》作戦を開始し、加速研究会に奇襲《きしゅう》されてしまったのだろうか？

時限切断セーフティは十・八秒――内部での三時間に設定してある。だからあと七秒待てば、中で何が起きていようと全員覚醒《かくせい》するはずだ。しかしその七秒が永遠と思えるほど長い。いますぐ黒雪姫のニューロリンカーを引き抜いてしまいたい。

ハルユキが歯を食い縛《しば》り、強烈《きょうれつ》な衝動《しょうどう》に耐《た》えた、その時。

全員がほぼ同時に、ぱちりと両目を見開いた。ハルユキは、すぐ右に横たわっているニコの瞳《ひとみ》を覗《のぞ》き込んだ。

一瞬《いっしゅん》、視線が焦点《しょうてん》を失う。量子回路から生身の脳へ、記憶《きおく》の同期処理が行われているのだ。

ぱちぱちと二回瞬《まばた》きしてから、緑色が混じる赤茶色の瞳《ひとみ》がすぐ上のハルユキを捉《とら》える。

「……おいハルユキ、ずっとあたしの顔を覗《のぞ》いてたのかよ？」

しかめっ面《つら》で問われ、反射的に正座しつつ首を横に振る。

「ち、違《ちが》うよ！　作戦はどうなったの⁉　加速研究会の待《ま》ち伏《ぶ》せは⁉」

するとニコは、両手でハルユキの顔をどかしてから、身軽に体を起こした。黒雪姫《クロユキヒメ》、楓子《フウコ》、謡《ウタイ》も布団《ふとん》から起き上がる。四人同時に顔を見合わせ、無言で頷《うなず》き交《か》わす。

「やはり、あの声は錯覚《さっかく》ではなかったか」

そう言った黒雪姫が、微笑《ほほえ》みの中にも訝《いぶか》しさを滲《にじ》ませて訊《き》いてきた。

「いったいどうやって無制限フィールドにいる私に話しかけたんだ？　それに、なぜバイスやアルゴンが待《ま》ち伏《ぶ》せしていると、キミに解《わか》った？」

表情や声に、失意の色はない。少なくとも全員がゲンブ門で無限ＥＫになってしまったわけではなさそうだが、ならばどうして離脱《りだつ》にあれほど時間がかかったのか。

結果を知りたいという焦《あせ》りを抑《おさ》え込み、ハルユキは答えた。

「ええと……先輩《せんぱい》たちが加速したあと、僕はハイエスト・レベルに行ったんです……」

「なに？　メタトロンを呼んだのか？」

眉《まゆ》をひそめる黒雪姫に向けて、慌《あわ》てて両手を振る。

「ち、違《ちが》います！　自分一人で……行けるかどうか確信はなかったんですが、ある人が……」

ちらりと謡を見やると、不思議そうな瞬《また》きを返してくる。初期加速空間《ブルー・ワールド》の能舞台《のうぶたい》で聞こえた声が、本物の四埜宮《シノミヤ》竟也《キヨウヤ》だったとは思えないが、いつか謡と一緒《いっしょ》にまたあの場所に行きたい。

そう考えながら黒雪姫へ向き直り、説明を重ねる。

「たぶん、ある人が助けてくれて、そのおかげでシフトできたんです。ハイエスト・レベルからゲンブ門の周辺を見たら、あの塔《とう》の中にブラック・バイスたちが隠《かく》れてるのに気付いて……でもそこにスノー・フェアリーが現れて、いったん捕《つか》まっちゃったんですけど、なんとか脱出《だっしゅつ》して先輩《せんぱい》に警告したんです」

「そう……だったのか」

黒雪姫が呟《つぶや》くと、ニコと楓子、謡が同時にふうーっと息を吐《は》いた。

「まったく……いつも鴉《からす》さんには驚《おどろ》かされるわね。自力でハイエスト・レベルに行くなんてことができるバーストリンカーが、加速世界に何人いるか……」

「いえ、完全に自力ってわけじゃ……。そ、それで、作戦はどうなったんですか⁉　みなさん、無事に離脱《りだつ》できたんですか⁉」

前のめりになるハルユキを、ニコがぐいっと押《お》し戻《もど》した。

「焦《あせ》んなよ、順に説明してやっから」

「う、うん……」

「まあ、あたしらは全員びびったよな。靖国通《やすくにどお》りを歩いてる時、いきなりロータスが『クロウの声が聞こえた』とか言い出したもんだから、この女ついに幻聴《げんちょう》まで聞こえるようになったかと思ってさー」

「ついにとはどういう意味だ」

黒雪姫《クロユキヒメ》がじろっと睨《にら》むが、ニコは意に介《かい》せず話し続ける。

「んでまあ、あたしらは当然立ち止まろうとしたんだけど、ロータスが『止まるな』ってさ。あれは、《眠り屋《スリーピー》》の奴《やつ》に監視《かんし》されてるからってことだったんだよな？」

「ン、その通りだ」

頷《うなず》いた黒雪姫が、説明役を引《ひ》き継《つ》ぐ。

「もし我々が、エネミーもいないのに停止したことにフェアリーが気付いたら、ハルユキ君の警告を受け取ったこともバレてしまうからな。逆に言えば、我々がそのまま移動し続ければ、バイスたちの待《ま》ち伏《ぶ》せも露見《ろけん》していないとフェアリーは考えるはずだ……と私は考えた」

「そ、それで……？」

「私は歩きながら、他レギオンのリーダー格……コバマガやアスター、パウンドたちにハルユキ君からの警告を伝えた。あの瞬間《しゅんかん》が、今回の作戦の分かれ目だったな」

黒雪姫の言葉に、ハルユキは首を傾《かし》げた。警告を受けてどうしたか、ではなく警告を伝えた瞬間《しゅんかん》が分かれ目というのはどういう意味なのか？

ハルユキの途惑《とまど》いを見抜《みぬ》いたかのように、黒雪姫は微笑《ほほえ》んだ。

「普通《ふつう》ならコバマガたちは、ハルユキ君の声が聞こえたという私の言葉をすぐには信じられず、少なくともその場で止まって詳《くわ》しい説明を求めようとしただろう。だが……彼らは信じたんだ。私をではないよ。無制限中立フィールドにいるバーストリンカーに、外部からコンタクトするなどという奇跡《きせき》を、シルバー・クロウなら起こしてのけるだろうと信じた」

「…………」

絶句するハルユキの膝《ひざ》に、小さな手が置かれた。見ると、謡《ウタイ》が真顔でこくりと頷《うなず》き、膝《ひざ》の上でタイピングした。

【UI＞　もちろん私たち、ネガ・ネビュラスのメンバーも信じました。信じたうえで、歩きながら、どうするべきか話し合ったのです】

「どうするって……待《ま》ち伏《ぶ》せされてるんだから、いったん離脱《りだつ》して仕切り直すしかないんじゃ……」

「そんなのネガ・ネビュラスらしくないわよ、鴉《からす》さん」

そう言ってのけた楓子《フウコ》の笑顔《えがお》を、ハルユキは唖然《あぜん》と見つめた。

少しだけ着崩《きくず》れた白い浴衣《ゆかた》の襟《えり》をぴしっと直すと、楓子は言った。

「《加速したならば対戦あるのみ》……それがわたしたちのポリシーでしょ？」

「で、でも、待《ま》ち伏《ぶ》せメンバーにはブラック・バイスとアルゴン・アレイと、それにサーベラスもいたんですよ！　ゲンブと両方相手するのは危険すぎます！」

「さすがに両方同時に戦いはしないさ」

黒雪姫《クロユキヒメ》の声が聞こえたので、正座したまま体を右に向ける。

「いいか、キミのおかげで、我々はバイスたちが待《ま》ち伏《ぶ》せしていることと、その居場所までも知ることができた。それはつまり、逆に先制攻撃《こうげき》のチャンスを得たということだ」

「せ、先制攻撃《こうげき》……？」

繰《く》り返《かえ》すハルユキの眼前で、黒雪姫は表情を引《ひ》き締《し》めた。

「我々にはもう一つ重要なポリシーがある。《心意技《しんいわざ》は、心意技で攻撃《こうげき》された時しか使ってはいけない》……理由は解《わか》るな？」

「え……ええ。無闇《むやみ》に心意技を使うと、心意《しんい》の暗黒面に捕《と》らわれてしまうから……ですよね」

「ああ。だがもう一つ、単純きわまる理由がある。心意技の先制攻撃《こうげき》は強力すぎる——という理由がな。心意攻撃《こうげき》は、心意でしか防御《ぼうぎょ》できない。ただガード体勢を取っても意味がないんだ。だが完全に不意打ちされた場合、心意防御《ぼうぎょ》が間に合う確率は低い」

それは、確かにそのとおりだ。

三日前の白のレギオンとの領土戦序盤《じょばん》で、黒のレギオンのメンバーがほぼ全滅《ぜんめつ》してしまったのは、グレイシャー・ビヒモスの《最終氷期《ラスト・グレイシャル・ピリオド》》と、スノー・フェアリーの《白の終局《ブライニクル》》という強力極《きわ》まる第二段階心意技に先制攻撃《こうげき》されたからだ。正規の必殺技《ひっさつわざ》なら対処可能だったはずだが、ビヒモスが作った氷の牢獄《ろうごく》は破壊《はかい》できず、フェアリーが作った冷気の竜巻《たつまき》は防御《ぼうぎょ》できなかった。加速研究会も含《ふく》めれば黒雪姫たちは何度も心意技で不意打ちされているのだから、今回同じことをしたとしても恥《は》じる必要はない。

だが、まだ問題はある。

「つまり……ブラック・バイスたちを心意技で先制攻撃《こうげき》する、いえ、したんですか？　でも、先輩《せんぱい》たちの移動ルートはもう奴等《やつら》にバレてたわけで……先制は無理なんじゃあ……？」

「そこは、お前が連中の正確な居場所まで教えてくれたおかげだよ」

ハルユキの疑問にそう応じたニコが、右手をさっと動かして東京《とうきょう》の立体地図を呼び出した。ハルユキたちにも共有されているそれを素早《すばや》くスワイプし、北《きた》の丸公園《まるこうえん》に移動させる。

「ほら、ここが連中が待《ま》ち伏《ぶ》せてたパレスサイドビルのタワーな。んで、こっちがあたしらの移動ルート」

ニコが地図をタップすると、ハイエスト・レベルでも見た円塔《えんとう》を持つ商業ビルが赤く光り、靖国通《やすくにどお》りから北《きた》の丸公園《まるこうえん》を抜けて皇居《こうきょ》の乾門《いぬいもん》に至る道路が青く光る。

「たぶん連中は、アルゴンの透視《とうし》能力で、地形オブジェクトを透《す》かしてあたしらを監視《かんし》してたんだろーな。んで、大橋の上でゲンブ攻略《こうりゃく》作戦が始まったら、タワーから飛び出してきて挟《はさ》み撃《う》ちにするつもりだった。でも、無制限中立フィールドには、アルゴンにも透視《とうし》できねーはずのモンがあるんだ」

「え……帝城《ていじょう》の壁《かべ》とか？」

「それもだけど、もっとあちこちにあるモンだよ。たとえばここ……国立近代美術館《こくりつきんだいびじゅつかん》の中とかな」

「……………？」

首を傾《かし》げながら、シンプルな四角い建物を凝視《ぎょうし》し、ふと気付く。

「あっ……ポータル⁉」

「そういうこった。あたしも《視覚拡張《ビジョン・エクステンション》》っつう、熱源スキャンで透視《とうし》のマネゴトとかできるアビリティ持ってんだけど、ポータルの向こうにいるヤツは絶対見えねーんだ。そこはアルゴンも同じだろーって思ってさ」

「……な、なるほど……」

再び立体地図を見下ろし、青く光る道路を指差す。

「てことは、ここをこう移動して、タワーとポータルの延長線上に入った瞬間《しゅんかん》に心意技《しんいわざ》で先制攻撃《こうげき》を……？」

「そそ。ポータルは当たり判定ねーから攻撃《こうげき》はすり抜けるし」

にやりと笑うニコの向こうで、黒雪姫《クロユキヒメ》が肩《かた》をすくめる。

「ニコが言うほど楽ではなかったがな。移動しながら、長射程の心意技を持っているメンバーを隊列の中央にそれとなく集め、私の合図でシンクロ攻撃《こうげき》したんだ。テスカトリポカの時に一回やっていてよかったよ」

「せ、成功したんですか？」

「したからこうしてのんびり説明していられるのさ」

などとうそぶく黒雪姫に、謡《ウタイ》が素早《すばや》く書き添《そ》える。

【UI＞　すごかったのです。美術館の建物がどかーんって爆発《ばくはつ》して、いろんな色の心意技がぎゅーんって】

珍《めずら》しく小学生らしい表現に、ハルユキは思わず微笑《ほほえ》んでしまった。黒雪姫も口許《くちもと》を綻《ほころ》ばせたが、すぐに真剣《しんけん》な顔になる。

「……と言っても、さすがにブラック・バイスは命中直前に気付いたらしく、アルゴンと一緒《いっしょ》に例の《影潜《かげもぐ》り》で逃げてしまった。シャドウ・クローカーとラスト・ジグソーは即《そく》死、そしてウルフラム・サーベラスは……十を超《こ》える心意技の直撃《ちょくげき》に耐《た》え、こちらに突進《とっしん》してきた」

「えっ……」

膝《ひざ》の上で両手を握《にぎ》り締《し》めながら、ハルユキは小声で訊《たず》ねた。

「じゃあ……サーベラスと、戦ったんですか……？」

「それが、な……奇妙《きみょう》なことが起きたんだ」

「奇妙《きみょう》……？」

無言で頷《うなず》くと、黒雪姫はバトンタッチするように楓子《フウコ》を見た。ハルユキが急いで振り向くと、楓子《フウコ》は記憶《きおく》を確認《かくにん》するように一回瞬《まばた》きしてから、静かに言った。

「わたしがいちばん近くで見てたんだけど……サーベラスは最初、まさしく災禍《さいか》の鎧《よろい》っていう感じのバーサーク状態で突っ込んできたのに、ポータルの横を通り過ぎたら、急にぎこちなく減速したの。まるで、デュエルアバターの動きに、中のバーストリンカーが抵抗《ていこう》したみたいに……」

楓子の説明に、黒雪姫《クロユキヒメ》と謡《ウタイ》、ニコも無言で同意を示す。

「そ、それで……どうなったんですか？」

「サーベラスは、壊《こわ》れたロボットみたいな動きでポータルに入って、そのまま消えたわ」

「…………」

もしかしたら。

もしかしたら本当に、楓子が言ったとおりのことが起きたのではないか。デュエルアバター、つまり災禍《さいか》の鎧《よろい》マークⅡの破壊衝動《はかいしょうどう》に、中のサーベラスが抵抗《ていこう》した。そして鎧《よろい》の支配を一時的にせよ退けて、無制限中立フィールドから出た。

「……サーベラス」

声に出して呟《つぶや》いた途端《とたん》、両目がじわりと熱くなる。慌《あわ》ててぎゅっと瞼《まぶた》をつぶり、深呼吸する。

実際に何が起きたのかは解《わか》らない。でも、少なくとも、サーベラス自身の意思はまだ消えてしまってはいないのだ。ハルユキがハイエスト・レベルで感じた、荒《あ》れ狂《くる》う闇《やみ》の中で膝《ひざ》を抱《かか》えていた少年は、懸命《けんめい》に自分を保とうとしている。

彼を災禍《さいか》の鎧《よろい》から、そして加速研究会のくびきから解き放つためにも、ハルユキ自身が無限EK状態を打破しなくてはならない。

「……スノー・フェアリーは？　邪魔《じゃま》しに来なかったんですか？」

「ええ、姿も現さなかったわ。今回は監視役《かんしやく》に徹《てつ》してたみたいね」

「そう、ですか……」

しかし近いうちに、彼女ともまた戦う時が来るだろう。そう覚悟《かくご》しながら、ハルユキはついに最後の質問を口にした。

「じゃあ……ゲンブ攻略《こうりやく》作戦は実行されたんですか？　結果は……？」

すると、四人のハイランカーは顔を見合わせ、同時に微笑《ほほえ》んだ。黒雪姫が、軽く咳払《せきばら》いしてから――。

「グラファイト・エッジからハルユキ君に伝言だ。『《明陰流《アインりゅう》》を習得したかったら、無制限中立フィールドでいくらでも教えてやる』だとさ」

11

ハルユキへの説明が終わった時、時刻は午後十時三十分を少し回っていた。

中高生にとってはまだ少し早いが、小学生はそろそろ寝るべき時間だ。しかし、謡《ウタイ》の部屋に敷《し》いた二組の布団《ふとん》を五人で使うのはさすがに窮屈《きゅうくつ》なので、年長組三人は廊下《ろうか》を挟《はさ》んだ向かいにある八畳《じょう》の客間で寝ることとなった。

ハルユキ、黒雪姫《クロユキヒメ》、楓子《フウコ》は、ニコと謡にお休みなさいを言ってから、客間の座卓でもう少しだけ宿題を片付け——ハルユキは生徒会選挙用スピーチの草稿《そうこう》を書き進めたが——、日付が変わる直前に協力して寝床《ねどこ》を整えた。

座卓を片付ければ布団《ふとん》を三組並べるのに充分《じゅうぶん》なスペースがあり、これなら年上女子二名と同室でもなんとか眠《ねむ》れそうだ、とこっそり安堵《あんど》したのだが。

塩見《シオミ》さんが用意しておいてくれたガーゼ生地《きじ》の寝巻《ねま》きに着替《きが》え、部屋の明かりを消して布団《ふとん》に入り、ガサガサするが不思議と心地《ここち》いい感触《かんしょく》の枕《まくら》に頭を落ち着けて、ニューロリンカーを外そうとした時。

真ん中の布団《ふとん》に入った楓子が、廊下側《ろうかがわ》のハルユキに向けて、囁《ささや》き声《ごえ》で言った。

「そういえば、鴉《からす》さん」

「は……はい？」

「サッちゃんの家で、一緒《いっしょ》にお風呂《ふろ》に入ったんですって？」

「んぐ⁉」

空気が肺の変なところに入った気がして、軽くむせてしまう。どうにか呼吸を整えてから、窓側の布団《ふとん》にいる黒雪姫に、弱々しく呼びかける。

「せ、せんぱいぃ……」

「いやあ……私もそこまで話すつもりはなかったんだが……」

薄闇《うすやみ》の奥《おく》で、黒雪姫の申し訳なさそうな声が響《ひび》いた。

「今夜、楓子と入浴した時に、楓子にも首のバーコードを見せたんだ」

「…………！」

ハルユキは、反射的に頭を少し持ち上げた。だが、すぐに肩《かた》の力を抜き、枕《まくら》へ着地させる。

黒雪姫が楓子にも出生の秘密を打ち明けることができたなら、それは絶対に良《い》いことだ。

「そう……だったんですか」

「ン……でな、私の出生に関するあれこれを説明している時、ハルユキ君にはもうバーコードを見せたという話になったんだが……つい、風呂場《ふろば》で、と言ってしまってな」

「……そう……でしたか」

――まあ、そういう流れならば、楓子も妙《みょう》な気の回し方はするまい。とハルユキは思ったのだが。

「それで、鴉《からす》さん、どうだったの？」

再び楓子《フウコ》の声が聞こえ、ハルユキはちらりと右側を見た。しかし横顔の輪郭《りんかく》がうっすら視認《しにん》できるくらいで、表情までは解《わか》らない。

「ど、どうって、何がですか……？」

「サッちゃんとお風呂《ふろ》に入って、どうだったの？」

と訊《たず》ねる声はあくまで穏《おだ》やかだが、楓子の場合はその穏《おだ》やかさを額面通りには受け取れない。掌《てのひら》にじわりと汗《あせ》を滲《にじ》ませながら、懸命《けんめい》に言葉を選びつつ答える。

「そ、それはまあ、最初はびっくりしましたけど、黒雪姫先輩《せんぱい》がずっと心にしまってたことを話してくれたのは、すごく嬉《うれ》しかったですし……いままで以上に、力になりたいなって思って……」

「……………ありがとう、ハルユキ君」

薄闇《うすやみ》の奥《おく》から黒雪姫の囁《ささや》き声《ごえ》が聞こえ、ハルユキは胸がじんと温かくなるのを感じた――のだが。

「そういうことじゃないのよ、鴉さん」

楓子の声が、いっそう優《やさ》しく響《ひび》く。

「中学二年生の男子として、サッちゃんの裸《はだか》を見てどうだったの？　ってこと」

ハルユキが怪音《かいおん》を発するのと同時に、黒雪姫《クロユキヒメ》も抑《おさ》えた声を上げた。

「お、おい、何を言っているんだフーコ！」

「それはね、ぜんぜんガツガツしてないのが鴉《からす》さんのいいところだし、わたしたちもBB女子として安心できるんだけど、さすがにちょっと心配になっちゃうわよ。いまだって、こうしてわたしやサッちゃんと布団《ふとん》を並べて寝てて、本当に、百パーセントなんともないのかしら？」

──加速するしかない。

いや、単にバースト・リンクするだけなら楓子《フウコ》が通常対戦をふっかけてくるかもしれないし無制限中立フィールドには入れない。ならばハイエスト・レベルに逃亡《とうぼう》するべきか。でもまたスノー・フェアリーが出たらどうしよう。高校生女子に中学生男子ならではの形而下的《けいじかてき》衝動《しょうどう》について問《と》い詰《つ》められた時どう答えればいいんですか、と相談したらフェアリーは答えてくれるだろうか。そもそもあのヒト何年生なの。

などとパニック気味な思考を○・三秒ほど巡《めぐ》らせてから、ハルユキは恐《おそ》る恐《おそ》る答えた。

「そそ、それはまあ、なんともなくはないというか、もちろんドキドキはしますけど……でも僕が、師匠《ししょう》や先輩《せんぱい》に、その……ふ、不適切なことをするなんて、どう考えても許されざる行いですから……」

懸命《けんめい》に脳から出力したその答えを聞いて。

「はでゅっ⁉」

楓子はなぜか、はーっとため息をついた。

「まあ、いちおう納得《なっとく》しておきましょう。でもね、鴉さん。将来、許されざる行いじゃなくなる時が来ても、ちゃんと一人だけを選んで、大切にしなきゃだめよ？」

「は、はひ」

「だいたい、サッちゃんもサッちゃんよ。お風呂《ふろ》に裸《はだか》で乱入したりして、鴉さんが暴走状態になっちゃったらどうするつもりだったの？」

「ぼ、暴走って、あのなあフーコ……」

「今後はそういう無思慮《むしりよ》な行動は控《ひか》えること。こうしてリアルでの交流が盛《さか》んになるのはレギオンにとっていいことだけど、風紀の乱れはお姉さんが許しませんからね」

――師匠《ししょう》は、僕にどうにかなってほしいのかほしくないのか、どっちなんだ。

――とりあえず、寝てる間に右に転がっていったりしないよう、予備の布団《ふとん》でバリケードを作っておくべきかもしれない。

等々と考えながら、ハルユキは薄手《うすで》の上掛《うわが》けに頭まで潜《もぐ》り込んだ。


明くる七月二十四日、水曜日。

楓子と謡《ウタイ》が作ってくれた、焼《や》き鮭《ざけ》に小松菜のお浸《ひた》し、温泉卵とご飯と味噌汁《みそしる》という純和風な朝ご飯をご馳走《ちそう》になったハルユキは、後片付けを手伝ってから、七時四十五分にニコと一緒《いっしょ》に四埜宮《シノミヤ》家を辞去した。

少々食べ過ぎたらしいニコと住宅街の細い道をゆっくり歩き、環状《かんじょう》七号線に出る。方南町《ほうなんちょう》の交差点で外回りのバスに乗り、二人掛《が》けのシートに並んで座《すわ》る。

するとすぐにニコが、斜《なな》めがけにしていたポシェットから赤いXSBケーブルを取り出した。左手で自分のニューロリンカーに接続しつつ、反対側のプラグを差し出してくる。一瞬躊躇《いっしゅんちゅうちょ》してしまってから、指先で摘《つま》むように受け取る。

バスの車内は座席が七割がた埋《う》まっていて、そこには部活の練習に行くのであろう中高生も含《ふく》まれている。彼らの視線が気にならないと言えば嘘《うそ》になるが、年下のニコが堂々としているのだからハルユキがおたおたするわけにはいかない。マグネット式のプラグをカチッと接続させた途端《とたん》、脳内でニコの思考音声が響《ひび》く。

『なあハルユキ、朝メシん時に出たホウの話だけどさー』

『え、わざわざ直結してその話なの？』

『いーだろ別に。それよりホウだよ』

『うん』

頷《うなず》き、話の続きを待つ。

ニコが言ったとおり、朝食の席では主にホウのことが話し合われた。謡《ウタイ》がニコとハルユキを家に誘《さそ》ってくれた時、ホウに関して相談があると言っていたのだが、ゲンブ攻略《こうりゃく》作戦と夏休みの宿題に時間を取られてなかなか切り出せなかったらしい。

　相談その一は、盛夏《せいか》の酷暑《こくしょ》対策。いくらホウの種名にアフリカが入っていても、三十五度を超《こ》えるような気温での外飼いはさすがに厳しいようだ。

　そして相談その二は、八月頭に予定されているレギオンメンバー全員での山形旅行のあいだ、ホウをどうするか。こちらはさらに難問で、選択肢《せんたくし》はどこかに預けるか、あるいは旅行に連れていくかしかないのだが、実際にはどちらも相当に厳しい。

　フクロウを預かってくれるペットホテルもあるにはあるが、基本的にホウは謡の手からしか餌《えさ》を食べようとしない。最近になってハルユキの手から——昨日は井関玲那《イ　ゼキレイナ》の手からも食べてくれたが、それは謡が優《やさ》しく声を掛《か》けたからだ。謡がいなければ、差し出された餌《えさ》に見向きもするまい。

　また、旅行に連れていくのも現実的ではない。ホウは過去の経験から非常に神経質で、いまの飼育小屋に慣れるのにもかなり時間がかかったので、キャリーバッグに入れられて長時間の移動をするのはストレスが大きすぎる。宿泊先《しゅくはくさき》であるハルユキの祖父宅で落ち着けるかどうかも解《わか》らない。

　それらのことを説明してくれた謡が、内心で自分が残るしかないと思っているらしいことはハルユキにも解《わか》った。

　だが、それも辛《つら》すぎる。山形旅行は、加速研究会及《およ》び白のレギオンとの長く苦しい戦いの後に待っているご褒美《ほうび》のようなものだ。すでにハルユキは山形の祖父に友達を十五人近く連れていっていいかと電話で訊《き》き、快諾《かいだく》を得ている。どういう繋《つな》がりなのかはまだ説明していないし、男子がハルユキとタクムだけ、あとは全員女子という集団を見たら祖父も祖母も腰《こし》を抜かしてしまうかもしれないが、絶対楽しい旅行になるだろう。

でも、それも仲間が揃《そろ》っていてこそだ。

緑のレギオンとの模擬戦《もぎせん》でも、白のレギオンとの領土戦でも、インティ攻略《こうりゃく》作戦でも昨夜のゲンブ攻略《こうりゃく》作戦でもレギオンの主軸《しゅじく》として戦《たたか》い抜いた謡《ウタイ》が行けないのなら、いっそ旅行を中止にしたほうがいいとさえ思う。だがその選択《せんたく》も、謡は決して受け入れないだろう。いつもの笑《え》顔《がお》で、私のことは気にせず楽しんできて下さい、と言うに決まっているのだ……。

瞬間的《しゅんかんてき》にそこまで考えたハルユキが項垂《うなだ》れかけた時、ニコの声が頭の中で響《ひび》いた。

『あのさー、まだアテにできるかわかんねーからメイデンの前じゃ言わなかったけど、ウチのポッキーいるだろ』

『ポッキー……シスル・ポーキュパインさん？』

珍《めずら》しいモフモフな毛皮装甲《そうこう》を持つヤマアラシ型アバターを思《おも》い浮《う》かべながら言うと、ニコはこくりと頷《うなず》いた。

『うん。あいつが、確かリアルででっけー鳥を飼ってるっつってたんだよな』

『えっ、ヤマアラシなのに⁉』

『突っ込むとこ、そこじゃねーだろ』

ニコに指摘《してき》され、慌《あわ》てて言い直す。

『で、でっけー鳥って、フクロウ……？』

『そこまでは解《わか》んねーけど、餌《えさ》が生肉だって聞いたような気がすっから、猛禽類《もうきんるい》だと思うんだ。オウムとかは肉食わねーだろ？』

『た、たぶん』

ここでハルユキはようやく話の行き先を悟《さと》り、隣《となり》のニコをちらりと見た。

『ええと……つまり、シスルさんが、ホウを預かってくれるってこと……？』

途端《とたん》、赤いツインテールがぶんぶん左右に振り動かされる。

『先走んなよ、まだぜんぜん確かな話じゃねーんだ。ポッキーに確認《かくにん》してもいねーし、そもそもあたし、あいつとリアルで会ったことねーしさ』

『え、そうなの？』

ハルユキの言葉に、ニコが半袖《はんそで》ブラウスの肩《かた》を上下させた。

『それが普通《ふつう》なんだよ。レギメン全員が互《たが》いにリアル割れしてるネガビュがどーかしてんだ。ただまあ……あたしもプロミの、いや元プロミだけどさ、主だった連中とはもうちょっと距離《きょり》縮めてもいいかなって最近思ってっからさ』

『うん、それがいいよ』

こくこく頷《うなず》くハルユキを、横目でじろりと睨《にら》み——。

『言っとくけど、ポッキーに頼《たの》みにいく時はハルユキも来るんだからな』

『え、ええ!?』

『飼育委員長なんだからたりめーだろ。でもまあ、まずはポッキーにどんな鳥を飼ってんのか訊《き》いた上で、メイデン……ういに相談してみねーとな。ポッキーがOKしてくれても、ホウが餌《えさ》食ってくれるかどうか解《わか》んねーし』

『うん……』

確かに、慣れない場所で謡《ウタイ》もいないのに、ホウが初対面のシスルの手から餌《えさ》を食べてくれる可能性は低い。シスルが飼っている《でっけー鳥》と喧嘩《けんか》してしまうかもしれない。とは言え、判断するのは超委員長である謡だ。

『ありがとう、ニコ』

ハルユキが感謝の思念を伝達すると、ニコはもう一度肩《かた》をすくめた。

『つーか、おまえ次のバス停じゃねーの？』

『え……あ、ほんとだ！』

車窓を見ると、バスはいつの間にか青梅街道《おうめかいどう》を越《こ》え、中央線の高架《こうか》に近づきつつある。ハルユキは慌《あわ》てて右手を持ち上げ、仮想デスクトップに表示されている降車ボタンを押した。

午前八時十五分。

自宅マンションに帰り着いたハルユキは、住民の流れに逆らって正面エントランスを横切り、エレベータに乗った。他に誰《だれ》も乗っていない箱の中でニコとの会話を再生し、ふと山形旅行にトリリードも誘《さそ》ってみようと考える。彼とは現実世界で会ったことはないし、リアルの話さえまるでしようとしないので参加してくれるかどうか解《わか》らないが、男子が三人になるのは非常に心強い。

エレベータを降り、外廊下《そとろうか》を歩いて有田家《アリタけ》へ。まだ母親は就寝中《しゅうしんちゅう》だろうと考え、慎重《しんちょう》に玄関《げんかん》ドアを開け閉めし、忍《しの》び足《あし》でリビングに入る。

しかしそこでハルユキは、キッチンから出てきた母親と鉢合《はちあ》わせになった。数回瞬《まばた》きを繰《く》り返《かえ》してから、口を開く。

「ただいま。……おはよう、母さん」

すると母親――有田沙耶《アリタサヤ》は、右手に白磁の湯呑《ゆの》みを持ったまま軽く頷《うなず》いた。

「おはよう、お帰り」

光沢《こうたく》のあるナイトガウンを揺《ゆ》らしてハルユキの眼前を横切り、ダイニングテーブルへ。椅子《いす》に腰掛《こしか》けると、緑茶を一口啜《すす》り、仮想デスクトップを操作し始める。

ハルユキもキッチンに入ると、まず手を洗い、冷蔵庫を開けた。麦茶のボトルを出しがてら庫内を確認《かくにん》すると、一昨夜の壮行会《そうこうかい》で残ったトルティーヤロールやカナッペ、ラザニアなどは全て消え去っている。母親が昨日の昼食と夕食にしたのだろう。

グラスに注いだ麦茶を飲み干してから、ハルユキは背負ったままだったボディバッグを下ろし、中からバイオプラスチックの容器を出した。そのまま冷蔵庫に入れようとした手を止め、カウンター越《ご》しに声を掛《か》ける。

「母さん、おにぎり食べる?」

すると、デスクトップから顔を上げた母親が怪訝《けげん》な表情を浮《う》かべた。

「おにぎり? 下で買ってきたの?」

「ううん、ゆうべ泊《と》まったお宅で作ってもらったんだ」

加速世界関係では母親に色々と嘘《うそ》をついてしまっているが、これは事実だ。楓子《フウコ》が、余ったご飯と焼《や》き鮭《ざけ》でおにぎりを作り、三つも持たせてくれたのだ。

「ふうん。……具は?」

「しゃ、しゃけ」

「じゃあ、一つ頂くわ。インスタントでいいから味噌汁《みそしる》も作ってくれる?」

「わかった」

ハルユキは右手で電気ケトルのスイッチを入れつつ、左手で汁椀《しるわん》と角皿を用意した。わかめとネギの味噌汁《みそしる》のドライキューブを椀《わん》に入れ、沸《わ》いたお湯を注ぐと、おにぎりを載《の》せた角皿と一緒《いっしょ》にテーブルへ運ぶ。自分も椅子《いす》に腰掛《こしか》け、仮想デスクトップを開く——ふりをして母親の表情を窺《うかが》う。

母親は、味噌汁《みそしる》を少し啜《すす》ってからおにぎりを齧《かじ》った。表情は変わらないが口に合わなかったということはないようで、そのまま食べ続ける。

――確か母さん、もうすぐ誕生日だよな。

ふとそんなことを考える。

沙耶《サヤ》は、修士課程在学中の二十三歳の時に、三つ年上の男性と入籍《にゅうせき》してハルユキを産んだ。晩婚化《ばんこんか》著《いちじる》しい昨今では相当に早い。今年の誕生日が来てもまだ三十八歳、前下がりボブの髪《かみ》はつやつやしているし輪郭線《りんかくせん》も昔と変わらずシャープなままだ。だが、明るい朝の光の下だと、目許《めもと》の肌《はだ》に少しばかり疲《つか》れを感じる……気もする。

無理もない。外資系投資銀行のディーリング部門で働いている沙耶は、国際金融《きんゆう》市場が活躍《かつやく》の場であるため勤務時間が不規則で、付き合いで酒を飲んでくることも多い。家にいる時も、常にニューロリンカーでマーケットの動向を確認《かくにん》しているのでなかなか気が休まらないのだろう。そんなに頑張《がんば》らなくても……と思ってしまうが、母親が頑張《がんば》っているからハルユキはこのマンションに住んでいられるのだし、広いリビングルームにレギオンの仲間を十何人も呼べるのだ。

とは言え、料理方面を完全に放棄《ほうき》しているのはどうなのか……という気がしなくもないが、インスタントの食事に不満があるなら自分で改善すればいいのだ。ずっと年下の謡《ウタイ》が器用に包丁を使いこなすのだから、ハルユキができないとは言えない。さっそく今夜から簡単な料理に挑戦《ちょうせん》してみようと思いながら、おにぎりを食べる母親をぼんやり見つめていると。

「……飼育委員会の合宿って、何をしたわけ？」

突然《とつぜん》そんなことを訊《き》かれ、ハルユキは「えっと……」と間を置いてから答えた。

「学校で飼ってる動物についての話し合いと、あとは夏休みの宿題かな……ちょっとゲームもしたけど……」

「動物？　ウサギとか？」

「いや、アフリカオオコノハズクっていうフクロウの仲間」

すると沙耶《サヤ》は仮想デスクトップから視線を上げ、少しだけ表情を和《やわ》らげた。

「あら、アフコノなのね」

「ア……アフコノ？　そう略すの？」

「そうよ。私も昔、飼いたかったから」

「え……母さんが、フクロウを？」

「ずーっと昔だけどね」

そう前置きしてから、沙耶《サヤ》は話を続けた。

「山形のお祖父《じい》ちゃんち、さくらんぼ畑やってるでしょ？　さくらんぼは食害が多くてね……鳥はスズメやムクドリ、ヒヨドリ、動物は野ネズミとかハクビシンとか、あとはクマも」

「く……クマ⁉　さくらんぼ畑にクマが出るの？」

「ずっと昔はね。いまは高性能な電気柵《でんきさく》があるからクマは入れないけど、鳥やネズミは柵《さく》じゃ防げないでしょ。だから畑に巣箱を設置して、フクロウに棲《す》んでもらうのよ」

「へぇぇ……」

「私が子供の頃《ころ》、うちの畑の巣箱にトラフズクが棲《す》んでてね。東北のトラフズクは普通《ふつう》、冬は南のほうに引《ひ》っ越《こ》しちゃうんだけど、その子は畑から動かなくて……六年か、七年くらいいたかな。でも、私が中学生の頃《ころ》、突然《とつぜん》いなくなっちゃってね。何があったのかは解《わか》らないけど、悲しくて……大人になって一人暮らししたら、家でフクロウを飼うんだって思ったのよ」

実家とは疎遠《そえん》な沙耶が、子供の頃《ころ》の話をするのは相当に珍《めずら》しい。ここ数年はほとんど記憶《きおく》にないほどだ。

――母さんにも、山形のお祖父《じい》ちゃんの家で暮らしてた、子供だった頃《ころ》があったんだ。

そんなことを考えながら、ハルユキは沙耶に訊《たず》ねた。

「……フクロウ、飼わなかったの？」

「あんたも学校でアフコノの世話してるなら解《わか》るだろうけど、猛禽《もうきん》を飼うのは色々ハードルが高くてね。いつか、いつかって思ってるうちに忘れちゃったわ」

淡《あわ》い笑《え》みを浮《う》かべると、沙耶はお茶を飲み干した。

「おにぎりご馳走様《ちそうさま》、おいしかった。あんたは今日、どうするの？」

「えっと……お昼頃、また学校に行くよ」

「熱中症に気をつけるのよ」

そう言いながらハルユキのニューロリンカーに昼食代の五百円をチャージし、立ち上がる。食器を持ってキッチンに向かう沙耶《サヤ》を、ハルユキは一瞬《いっしゅん》呼び止めようとした。

話したいことはまだある。学校にホウを見に来ないかとか、一緒《いっしょ》に山形に行かないかとか、父親はどんな人だったのかとか……しかし拒絶《きょぜつ》されるのが怖《こわ》くて、口を閉じてしまう。

シンクで手早く皿と茶碗《ちゃわん》、湯呑《ゆの》みを洗った沙耶は、リビングを出ていきかけた。だがドアの手前で立ち止まり、振り向く。

「そういえば、生徒会選挙のスピーチは書けたの？」

「あ……う、うん」

ハルユキは仮想デスクトップを操作し、草稿《そうこう》のファイルを沙耶に転送した。

「二、三日中にコメント入れて、送っておくわね」

「ゆっくりでいいよ、急がないから」

「そう思ってると忘れるのよ」

という返事に、ドアの開閉音が続いた。

自室に戻《もど》ったハルユキは、夏休みの宿題をいくらか進めてからシャワーを浴び、午前十一時に自宅を出た。

今日も晴れだが、乾《かわ》いた東風が吹《ふ》いていて昨日よりかなり過ごしやすい。南の海上で台風が発生していて、数日後には本州を直撃《ちょくげき》する可能性があるようだが、山形旅行が予定されている八月初旬はいまのところ好天が続く予想だ。

学校に到着《とうちゃく》すると、まずホウに挨拶《あいさつ》し、飼育小屋周りの掃除《そうじ》に取りかかる。夏でも木は意外と葉を落とすもので、毎日ちゃんと掃《は》かないとすぐあちこちの隅《すみ》に溜《た》まってしまう。

あらかた終わった時、謡《ウタイ》と一緒《いっしょ》に井関玲那《イゼキレイナ》が現れてハルユキを驚《おどろ》かせた。今日はハルユキの当番日なので玲那《レイナ》は休みのはずでは――と指摘《してき》したところ、イインチョも昨日来たじゃん、と言われてしまった。

昨日と同様、三人でホウの世話を終え、前庭で解散する。ハルユキは、開いてはいるが営業はしていない食堂で行きがけに買ってきたパンを食べ、図書室に移動して、宿題の続きをした。夕方、部活が終わったチユリ、タクムと合流し、行きつけの甘味《かんみ》処《どころ》《えんじ屋》でフルーツあんみつを食べてから帰宅した。

母親はすでに出社していて、明日の深夜まで帰らないという伝言が残されていた。それでもハルユキは自力で夕食を作ってみるべく、マンション併設《へいせつ》のスーパーマーケットへ材料を買いにいったのだが、そこで再びチユリに遭遇《そうぐう》した。やむなく買い物の理由を説明すると、なぜかチユリも家までついてきて、横から調理にあれこれ口を出した。

百パーセント自力とは言えなくなってしまったが、完成したチキンソテーとそら豆サラダがそれなりに食べられる味だったのはチユリのおかげだろう。当然のように一緒《いっしょ》に食べていったチユリを玄関《げんかん》で見送り、リビングに戻《もど》って時計を見ると、時刻は午後七時ちょうどだった。窓の向こうの空は残照の赤色に染まり、星が一つ二つ光り始めている。カーテンを閉めながら、ハルユキは一日を振り返った。

全体的に、とても平和で、穏《おだ》やかで、楽しい日だった。

後になってハルユキは、この何でもない、それゆえに尊い一日を、折に触《ふ》れ思い出すことになる。

制服を洗濯機《せんたくき》に入れて浴室で汗《あせ》を流したハルユキは、ハーフパンツとTシャツを身につけて歯を磨《みが》き、自分の部屋に戻《もど》った。

シルバー・クロウ救出作戦の開始予定時刻は深夜十一時、参加メンバーによるフルダイブ・ミーティングがその一時間前。いまは七時半を少し回ったところなので、まだ二時間以上もある。

宿題を進めるか、まだクリアしていないゲームをするか、あるいは何か動画でも観《み》るか、と考えながらベッドに横たわった時。

ハルユキの頭の中心で、待ちに待ったあの音——儚《はかな》く澄《す》んだ鈴《すず》の音が、ちりん、ちりん、と二度響《ひび》いた。

「――――‼」

びくんと体を跳《は》ねさせてから、急いで頭を枕《まくら》に載《の》せ、思い切り息を吸い込む。

「アンリミテッ……」

そこで危《あや》うく口を閉じる。無制限中立フィールドに行くわけにはいかない。強烈《きょうれつ》な歯がゆさを感じながら、改めてコマンドを叫《さけ》ぶ。

「バースト・リンク！」

バシイイイイッ！　という加速音が、ハルユキの意識を現実世界から切《き》り離《はな》す。

12

前日と同じく桃色《ももいろ》ブタアバターで初期加速空間《ブルー・ワールド》に出現したハルユキは、お尻《しり》で一回バウンドするや即座《そくざ》に立ち、ハイエスト・レベルに行くためのゲートとなり得るものを探した。意識を集中し、正拳《せいけん》突きを繰《く》り出すための目標物……しかし自室の家具は机や棚《たな》、ベッドくらいで、姿見すらない。

やむなく、カーテンを開けたままの窓ガラスに向けて身構え、右拳《みぎこぶし》を握《にぎ》る。はやる気持ちを抑《おさ》え込み、ゆうべ四埜宮《シノミヤ》家《け》でシフトした時の感覚を思い出そうとしていた、その時。

ハルユキの目の前に、極小のドットが点灯した。ブルー・ワールドに存在するはずがない、純白の輝《かがや》き。

ドットはふわりと拡大し、小さな円になる。その下に鋭利《えいり》な紡錘形《ぼうすいけい》が生み出され、左右に翼《つばさ》が伸びる。黄金の燐光《りんこう》をまとう、純白の立体アイコン。

「え……!?」

驚《おどろ》きの声を漏《も》らしてから、ハルユキは腰撓《こしだ》めに構えていた右手をそっと伸ばし、アイコンに触《ふ》れようとした。だが。

「気安く触《ふ》れるなと、何度言えば解《わか》るのです、しもべ！」

ずっとずっと聞きたかった、天上の妙音《みょうおん》のように清らかな声。居丈高《いたけだか》なのにどこか優《やさ》しい、大天使の声。

「メタトロン！」

掠《かす》れ声《ごえ》で叫《さけ》ぶと、ハルユキは再び叱《しか》られることを覚悟《かくご》で、短いブタの腕《うで》を精いっぱい広げてアイコンに飛びついた。全長十センチにも満たない小オブジェクトを胸にしっかりと抱《だ》き締《し》め、喉《のど》から言葉を絞《しぼ》り出す。

「……おかえり、メタトロン」

即座《そくざ》に怒鳴《どな》り散《ち》らされるか、あるいは翼《つばさ》で頭をべしべし叩《たた》かれると思ったのだが、アイコンはしばらく沈黙《ちんもく》し続けた。

やがてハルユキの腕《うで》からふわりと抜け出し、そのまま上昇《じょうしょう》していく。ブタアバターでは手が届かない高さで停止し、小さな翼《つばさ》を限界まで広げた――と思った次の瞬間《しゅんかん》、金色の輝《かがや》きが青い世界を眩《まばゆ》く照らし、ハルユキは思わず目をつぶった。

まさかまた消えてしまったのでは、と危惧《きぐ》しながら再び見開いた両目が捉《とら》えたのは。

窓の前に立つ、ほっそりとした女性の姿だった。

純白のドレスと、白銀のロングヘア。背中には白い翼《つばさ》が折《お》り畳《たた》まれ、頭上に細い光輪が輝《かがや》く。

神獣級《レジエンドきゆう》エネミー、大天使メタトロンの第二形態——すなわち本体。

啞然《あぜん》と立《た》ち尽《つ》くすハルユキの目の前で、メタトロンは瞼《まぶた》を閉じたままの美貌《びぼう》をゆっくり左右に巡《めぐ》らせ、言った。

「ここは……ロウエスト・レベルではないようですね」

「う、うん」

ハルユキはこくこく頷《うなず》く。メタトロンたち最上位のビーイングは、無制限中立フィールドをミーン・レベル——meanには「中間の」という意味もあるらしい——と呼び、通常対戦ステージをロウ・レベル、そして現実世界をロウエスト・レベルと呼称《こしょう》している。もちろん現実世界を見たことはないはずだが、この青い世界も初体験なのだろう。

「僕たちは、ここを初期加速空間とか、ブルー・ワールドとか呼んでる。ロウエスト・レベルとロウ・レベルを繫《つな》ぐ空間……って感じかな……」

「では、この殺風景な部屋は、ロウエスト・レベルでお前が生活している部屋を再現しているというわけですか、しもべ？」

「そ、そうだよ」

頷《うなず》くハルユキを、大天使は遥《はる》かな高みから見下ろし。

「それで、その姿は何なのです？」

「ああ、これは、えーと……ロウエスト・レベルのVR空間にダイブする時使ってるアバター、って説明で解《わか》るかな……」

「BB2039以外の世界に入る時の姿ということでしょう？」

そう答えると、メタトロンは上体をかがめ、右手でブタアバターの細長い耳を二つまとめてむんずと摑《つか》んだ。あわあわするハルユキを自分の顔と同じ高さまで持ち上げて、わずかに眉《まゆ》をひそめる。

「しもべ、こんな写し身を使っておいて、よくも私の写し身を虫だのペットだのと言えたものですね」

「そ……それ言ったの、僕じゃないよ！」

必死に抗弁《こうべん》しながらも、ハルユキはすぐ目の前にある大天使の顔をじっと見つめてしまった。東京ミッドタウン・タワーで初めて見た時と何ら変わらない、超然《ちょうぜん》とした美貌《びぼう》。ダメージの気配は感じられないが、メタトロンが災禍《さいか》の鎧《よろい》マークⅡとの戦いで受けた損傷は、外見からは判別できない。

「メタトロン……修復は終わったの？」

恐《おそ》る恐《おそ》る訊《たず》ねると、ビーイングは背中の翼《つばさ》を軽く上下させた。

「完了《かんりょう》したから呼びかけたのです。本来ならお前をミーン・レベルの楓風庵《ふうふうあん》まで召喚《しょうかん》するところですが、移動に百秒以上かかるでしょうから、こうして出向いてあげたのですよ」

「あ……ありがとう」

大天使の気遣《きづか》いに頭を下げようとしたが、耳でぶら下げられたままなので体が前後に揺《ゆ》れただけだった。

実際は、高円寺《こうえんじ》の有田《アリタ》家《け》から芝公園《しばこうえん》の楓風庵《ふうふうあん》までは直線距離《きょり》で約十キロメートルあるので、シルバー・クロウが時速百キロメートルで飛んでも六分──三百六十秒前後かかってしまう。それに、いまはたとえメタトロンの召喚《しょうかん》でも、応じられない理由がある。

「……ここに来てくれてよかったよ。実は僕、いまはミーン・レベルに入れなくて……」

「ふむ……？」

メタトロンが怪訝《けげん》そうに首を傾《かし》げる。

「私は修復作業《リカバリー》中、全ての情報入力を遮断《しゃだん》していましたが、それでもお前とのリンクを通して最小限の感覚情報はモニタリングしていました。あの燃える玉っころ……インティの撃破《げきは》には成功したのでしょう？」

「う……うん、どうにか……」

「そこでモニタリングも終了《しゅうりょう》し、修復に全リソースを振り向けたのですが……インティ撃破後《げきはご》に、何かあったのですか？」

「えーと……」

どこから説明したものか迷い、口ごもるハルユキを見て、メタトロンは焦《じ》れたように言った。

「いいです、直接お前の記憶《きおく》を参照します」

「えっ、それ、ハイエスト・レベルでしかできないんじゃなかったの⁉」

「修復中にリンクを強化していると言ったでしょう。いまはもう、こうして同一レベルに存在してさえいれば記憶《きおく》共有が可能です」

そう言い切るやいなや、メタトロンは右手でぶら下げたハルユキを自分の顔に近づけ、額と額を接触《せっしょく》させた。

ばちっ、と火花が弾《はじ》けるような感覚。大量の情報が、ハルユキの思考用量子回路からメタトロンのそれにコピーされていく。

記憶《きおく》の参照が終わっても、メタトロンはしばらく右手を動かそうとしなかった。数秒が経過してから、ハルユキのブタ鼻のすぐ近くで、かすかな囁《ささや》き声《ごえ》がこぼれ落ちる。

「…………テスカトリポカ」

その名を口にした大天使は、ようやく額と額の接触《せっしょく》を解除したが、床《ゆか》に下ろそうとはせず自分の胸に抱《だ》いた。全身が柔《やわ》らかくて温かいものに包《つつ》み込まれる感覚にハルユキは仰天《ぎょうてん》したが、大天使は自分の行動を認識《にんしき》していないようだ。閉じた瞼《まぶた》の奥《おく》で、大量の情報が処理されていることが感覚的に伝わってくる。

やがて――。

「世界を閉じるための処刑《しょけい》装置。インティの内側に、そのようなものが……」

呟《つぶや》かれた言葉は、テスカトリポカの存在を知らされた時のセントレア・セントリーの言葉とよく似ていたが、遥《はる》かに深刻な響《ひび》きを帯びていた。

当然だろう。ハルユキたちバーストリンカーは、加速世界が消えても本物の命まで失うわけではない。しかしメタトロンたちビーイングは、この世界が消えればあらゆる意味で消滅《しょうめつ》してしまうのだ。

——いや。

セントリーの口調がのんびりしていたのは、実際に死ぬわけでなしと高《たか》をくっていたからではない。ハルユキたちを励《はげ》まし、安心させようとしたからだ。ブレイン・バーストを失うことは、本物の死と同義。ほとんどのバーストリンカーは胸にそんな思いを秘めているはずだし、たった一度きりの復活を果たしたセントリーは、《死》を知っているがゆえに恐怖《きょうふ》も大きいだろう。

世界を終わらせてはならない。メタトロンのために、そして全てのバーストリンカーたちのために。

「大丈夫《だいじょうぶ》だよ、メタトロン」

大天使の胸に抱《だ》かれたまま、ハルユキは顔を上げてそう言った。

「絶対に、この世界を閉じさせたりしない。白の王や、他のオシラトリのメンバーはみんな、終わりは避《さ》けられないみたいなことを言ってたけど、僕はそう思わない。だって僕らは、少しずつだけど前に進んでるんだ。帝城《ていじょう》を攻略《こうりゃく》して、最後の神器《じんき》《ザ・フラクチュエーティング・

ライト》に到達《とうたつ》するっていう目標に向かって、一歩一歩近づいてるんだ」

「…………クロウ」

《しもべ》ではなくアバター名を呟《つぶや》いたメタトロンは、突然《とつぜん》、ずっと閉じていた瞼《まぶた》を開いた。神々《こうごう》しい金色の瞳《ひとみ》で、自分の胸に埋《う》まる桃色《ももいろ》ブタをまじまじと眺《なが》め――。

「こ、こらっ、何をしているのです！　しもべの身で図々《ずうずう》しい！」

と叫《さけ》ぶと、ハルユキの耳を摑《つか》んでぺっと投げ捨てた。

「おわっ！　だ、抱《だ》っこしたのそっちだし！」

青い床《ゆか》をぼよんぼよんバウンドしながら、この理不尽《りふじん》さがメタトロンだなあーと嬉《うれ》しく思ってしまうハルユキだった。


気付けば早くも二十数分が経過してしまい、加速終了《しゅうりょう》時間が近づいてきたので、ハルユキはメタトロンに今夜の作戦について急ぎ説明した。

テスカトリポカを拘束《こうそく》しているザ・ルミナリーの荊冠《けいかん》六個を六人で同時に破壊《はかい》し、その瞬間《しゅんかん》にできる隙《すき》を利用して脱出《だっしゅつ》すること。

メタトロンが使う剣は、セントレア・セントリーが貸してくれること。

十時からのミーティングは現実世界でのダイブチャットで行われるが、その後に無制限中立フィールドの楓風庵《ふうふうあん》でもメタトロンを交えて作戦を確認《かくにん》する予定であること――。

説明を聞き終えた大天使は、一度頷《うなず》いてから言った。

「確かに、グラファイト・エッジと同等の腕《うで》を持つ者を揃《そろ》えられれば、あの忌々《いまいま》しい荊《いばら》の冠《かんむり》を破壊《はかい》することも可能でしょう。むしろ問題はその後……脱出《だっしゅつ》のほうですね」

「え……？」

「ミッドタウン・タワーで、私の第一形態を拘束《こうそく》していた冠《かんむり》をお前が破壊《はかい》した時、第一形態は七秒以上も行動を停止しました。それだけの時間があれば、私とお前は空を飛んで安全圏まで到達《とうたつ》できるでしょうが、他の五名はどうするのです？　地面を走るだけでは、確実に脱出《だっしゅつ》できるという保証はありませんよ」

「あ……」

確かにそのとおりだ。メタトロン以外のアタッカー五人――トリリード・テトラオキサイド、シアン・パイル、セントレア・セントリー、ラベンダー・ダウナー、グラファイト・エッジは作戦遂行後《すいこうご》に自分の足で離脱《りだつ》しなくてはならないが、どれほど俊足《しゅんそく》でも、七秒で走れる距離《きょり》は百メートル以上二百メートル以下というところだろう。東京グランキャッスルの敷地《しきち》は一キロ四方もあるので、中央にいるテスカトリポカからメインゲートまでの距離《きょり》は約五百メートル。七秒で走りきるのは絶対に不可能だ。

「………………」

自分が無限ＥＫから脱出《だっしゅつ》することばかり考えて、仲間の安全をおろそかにしていたのだと気付かされ、ハルユキは項垂《うなだ》れた。

だが、またしても耳をむんずと摑《つか》まれてしまう。ブタアバターを持ち上げたメタトロンは、伏《ふ》せた睫毛《まつげ》に少しだけ躊躇《ためら》いの気配を滲《にじ》ませてから、再びハルユキを胸に抱《だ》いた。

「安心しなさい、クロウ」

「え……？」

「五人は私が脱出《だっしゅつ》させます。お前は自分が離脱《りだつ》することだけ考えなさい」

「で、でも！　いくらメタトロンでも、五人も運ぼうとしたらスピードが……」

言《い》い募《つの》るハルユキの額を、大天使は左手の人差し指で軽くつついた。

「お前、私を誰《だれ》だと思っているのですか。全ての力を取《と》り戻《もど》したいま、小戦士をたかだか五人抱《かか》えるくらいどうということはありません」

「じゃ、じゃあせめて、《メタトロン・ウイング》を……」

メタトロンに与《あた》えられた強化外装を返却《へんきゃく》することを申し出ようとしたのだが、それも指先で却下《きゃっか》される。

「あれはもうリンクに組み込まれているので解除できません。大丈夫《だいじょうぶ》だと言ったら大丈夫《だいじょうぶ》なのです、七秒あれば私の城まで飛んでみせますよ」

そううそぶくと、大天使はふわりと微笑《ほほえ》んだ。ハルユキのアバターを、今度は両手でベッドに下ろし、爪先《つまさき》からゆっくり消滅《しょうめつ》しつつ言う。

「では、私は楓風庵《ふうふうあん》でグラファイト・エッジたちを待ちましょう。ああ、そうだ……」

初期加速空間を去る寸前、メタトロンは小声で付け加えた。

「その写し身、私は嫌《きら》いではありませんよ」


加速が終了《しゅうりょう》すると、ハルユキはまず黒雪姫《クロユキヒメ》、楓子《フウコ》、瀬利《セリ》にメタトロンが無事復活したことをメールで知らせた。

その後の待ち時間は、東京グランキャッスルが提供している立体マップを開き、地形を可能な限り暗記することに費《つい》やした。ハルユキの役目は、荊冠《けいかん》が破壊《はかい》された瞬間《しゅんかん》にバルコニーから離陸《りりく》して、最も安全と思われる方向に離脱《りだつ》すること。状況《じょうきょう》によっては高空ではなく、地面すれすれを飛ぶようなことも有り得る。その時、園内の地形を憶《おぼ》えているといないではスピードに大きな差が出る。

もうすぐ――。

目前に迫《せま》ったミッションを完遂《かんすい》し、ハルユキと六人のアタッカーがテスカトリポカの反応圏から脱出《だっしゅつ》できれば、三日前の《インティ落とし》から――いや、恐《おそ》らくはそのずっと以前から連綿と続いてきた白のレギオンの計画は断《た》ち切《き》られる。ザ・ルミナリーの支配から外れたテスカトリポカがどうなるのかは想像もできないが、仮にまた白の王がテイムに成功しようとも、もう無制限中立フィールドで他のレギオンのバーストリンカーにけしかけることはできまい。

あれほどの巨体《きょたい》なのだから、たとえ空を飛んできたとしても危険なほど接近される前に察知、退避《たいひ》することは可能だ。

あとひとつ。

あと一つ壁《かべ》を越《こ》えれば、ついに《儚き永遠《トランジエント・エタニティ》》ホワイト・コスモスの思惑《おもわく》の先へ行ける。越《こ》えてみせる。必ず。

ふと耳の奥《おく》に、ハイムヴェルト城のバルコニーで最後に聞いた白の王の言葉が甦《よみがえ》った。

──私が指定した日時以外に勝手にダイブしたら、一秒後に死ぬと思っていてね。もちろん、あなたの仲間も。

強くかぶりを振って、甘《あま》やかな残響《ざんきょう》を払《はら》い落《お》とす。

「死ぬもんか。僕もみんなも」

声に出してそう言うと、ハルユキは机の上に展開した立体地図を一心に見詰《みつ》めた。

午後九時三十分、チユリがタクムを伴《ともな》って有田《アリタ》家《け》を訪《おとず》れた。

チユリが持ってきてくれた甘《あま》さ控《ひか》え目《め》、カフェイン抜きのソイラテを飲みながらとりとめのない御喋《しゃべ》りに興じ、午後十時、リビングのソファーに並んでフルダイブする。

ミーティングの会場は、今回も空飛ぶクジラ・タラッサの背中だった。顔ぶれもほぼ前回と同じだが、プロミネンス側に一人、新たな参加者がいた。カシス・ムースが《静穏剣《トランキル》》という二つ名で呼んでいた、ラベンダー・ダウナーだ。

ハルユキは彼女を、プロミネンスとの合併《がっぺい》会議で見ているが、正直あまり強い印象は残っていない。

デュエルアバターは細身、小柄《こがら》な女性《F》型で、薄紫色《うすむらさきいろ》の装甲《そうこう》の上にブレザー型の制服のようなコスチュームを身につけていたが、剣を持っていた記憶《きおく》はない。レギオンの合併《がっぺい》に関しては、条件付き賛成に手を挙げていたはずだ。

ダイブチャットでの姿も、デュエルアバターとどこか似ていた。地味めな灰色のブレザーにラベンダー色のネクタイを締《し》めた、一人だけ生身と勘違《かんちが》いされそうな出《い》で立《た》ち。セミロングの髪《かみ》を左耳の後ろあたりで横結びにして、リムがネクタイよりやや濃《こ》い紫色《むらさきいろ》をしたメガネを掛《か》けている。

教卓《きょうたく》の前でカシス・ムースに紹介《しょうかい》されたラベンダー・ダウナーは、「よろしくお願いします」とだけ言って参加者の椅子《いす》に戻《もど》ろうとした。だが、列からふらりと出てきた和装のイタチ――セントレア・セントリーに行く手を阻《はば》まれる。

「久しぶりじゃな、ラブ」

「……センセン……」

やけに親しそうなあだ名で呼び合った二人は、しかし握手《あくしゅ》さえしようとせず、無言で対峙《たいじ》し続けた。やがて、セントリーがわずかに口許《くちもと》を緩《ゆる》める。

「危険極《きわ》まる任務への協力、感謝するぞ。──四割ほどは断られるかと思っていたが」

「……クロウが、オッキーとロージーを助けたって聞いたから……」

「なるほど。──ちなみにおぬし、他の花たちの消息を知っておるのか？」

ハルユキには意味の解《わか》らないその問いに、ラベンダー・ダウナーは首を横に振ってから付け加えた。

「……でも、全損したと思ってたあなたとオッキーが生きてたから……」

「そう、じゃな。──ま、積もる話は作戦の後にしよう」

頷《うなず》いたラベンダー・ダウナーが自分の椅子《いす》に戻《もど》ると、セントリーは参加者をぐるりと見回し、誰《だれ》にともなく言った。

「《矛盾存在《アノマリー》》のヤツは来ておらんのか？」

確かに、アタッカーの主軸《しゅじく》たるグラファイト・エッジらしきアバターは見当たらない。トリリードが立ち上がり、仮面に恐縮《きょうしゅく》の気配を滲《にじ》ませて答える。

「申し訳ありません、我《わ》が師は無制限中立フィールドで合流するそうです」

「ふん、相変わらずじゃな。──レイカー、割《わ》り込んで悪かった。進めてくれ」

セントリーにバトンを渡《わた》された楓子《フウコ》は、すっかり板に付いてきた教師姿のアバターで教卓《きょうたく》の後ろに立つと、指示棒で背後の黒板をぴしっと叩《たた》いた。そこにはのっぺりとした形状の巨人《きょじん》と、その頭上から下向きに延びる矢印が描《えが》いてある。

「作戦と言っても、手順は至極《しごく》シンプルよ。わたしが二人、メタトロンが三人のアタッカーを抱《かか》えてテレコムセンタービルを離陸《りりく》、東京《とうきょう》グランキャッスル上空に侵入《しんにゅう》し、テスカトリポカの上空でアタッカーを投下。わたしはそのまま若洲《わかす》方面に離脱《りだつ》し、メタトロンは一緒《いっしょ》に下降する。六人がそれぞれ受け持ちの荊冠《けいかん》を切断し、着地。テイム状態から解放されたテスカトリポカが再起動しようとしているあいだに、西の正門から脱出《だっしゅつ》する。シルバー・クロウはメタトロンの《リンク》を介《かい》した指示で無制限中立フィールドにダイブ、即座《そくざ》に最も安全な方向へ離脱《りだつ》する。以上！」

立て板に水の如《ごと》き説明が終わると、すぐさま黒雪姫《クロユキヒメ》が右手を挙げた。

「レイカー、一ついいか」

「どうぞ、ロータス」

「いまさら言うことではないかもしれんが、病《や》み上がりのメタトロンに、あまりにも頼《たよ》りきりじゃないか？　運搬《うんぱん》、攻撃《こうげき》、伝達、全ての要《かなめ》になっているぞ」

その指摘《してき》に、楓子も難しい顔で頷《うなず》く。

「そうなのよね。でもわたしが六人運ぶのはさすがに無理だし、地上からじゃ頭や胸の荊冠《けいかん》に剣が届かないわ。色々考えると、こうなってしまうのよ」

「せめて運搬《うんぱん》と伝達だけにしたらどうだ？　具体的には、私がアタッカーに加わって……」

途端《とたん》、楓子のみならず参加者たちが声を揃《そろ》えて叫《さけ》ぶ。

「だ〜〜〜め!!」

黒雪姫《クロユキヒメ》が子供のように口を尖《とが》らせ、あちこちから抑《おさ》えた笑い声が上がった、そのタイミングでハルユキもさっと右手を挙げた。

「あの……」

「なあに、鴉《からす》さん?」

「それが、さっきメタトロンと話した時に言われたんですけど、テスカトリポカが再起動するまでの数秒間で走って逃げるのは厳しいから、脱出《だっしゅつ》の時も五人運ぶって……」

「………………」

しばし絶句してから、楓子《フウコ》は申し訳なさそうに微笑《ほほえ》んだ。

「これは、メタ子ちゃんにケーキを山ほど用意しなきゃだめみたいね」


続いて細部の詰《つ》めが入念に行われ、午後十時四十五分にミーティングは終了《しゅうりょう》した。

この後、作戦参加メンバーは無制限中立フィールドにダイブし、旧東京タワーの根元に集合。メタトロンと合流して最後の打ち合わせを行い、レインボーブリッジ経由でお台場《だいば》のテレコムセンタービルへ。屋上のヘリポートは高さが百二十メートル以上あるので、テスカトリポカをわずかながら上回る。そこから離陸《りりく》すれば、エネルギー限界があるスカイ・レイカーのゲイルスラスターでも二人を運びつつグランキャッスルまで飛ぶことは可能なはずだ。メタトロンは往路も自分が五人運ぶと言いかねないが、侵入《しんにゅう》スピードは速ければ速いほどいい。

僕がいれば運搬役《うんぱんやく》をもっと分担できるのに……と思ってしまうが、今回ばかりはおとなしくメタトロンからの連絡《れんらく》を待つしかない。《リンク》を介《かい》して聞こえる鈴《すず》の音ならタイミングをかなり厳密に指定できる。先人たちの実験によれば、「アンリミテッド・バース」まで唱えておいてから「ト」を約二秒引っ張れるらしいので、限界まで集中すればタイムラグを〇・一秒、無制限中立フィールドでの一分四十秒にまで追い込むことは可能だ。

一足先に加速したタクムをあいだに挟《はさ》んで、ハルユキとチユリはソファーの左右から顔を見合わせた。

「大丈夫《だいじょうぶ》だよ、ハル。全部、うまくいくから」

囁《ささや》きかけてくるチユリに、そっと頷《うなず》き返す。

「うん。……そういえば、タクとお前、旅行の時に部活休めそう？」

敢《あ》えて作戦とは無関係なことを訊《き》くと、チユリは軽く首を傾《かし》げた。

「あたしは大丈夫《だいじょうぶ》だけど……タッくんは関東大会の直前だもんね。でも、ずっと楽しみにしてたみたいだから、なんとかするんだと思うよ」

「そっか。タクが来ないと、男はオレ一人になっちゃいそうだからなあ……いちおうリードも誘《さそ》ってみるけど……」

ハルユキの言葉に、幼馴染《おさななじ》みはニヒッと妙《みょう》な笑《え》みを返してくる。

「もしそーなったら、ハルのお祖父《じい》ちゃんとお祖母《ばあ》ちゃんびっくりしちゃうね」

「笑い事じゃねーよ、どういう友達だって説明するのがいちばん自然か、お前も考えてくれよな」

「正直にゲーム仲間って言えば？」

「じいちゃん、けっこうゲーム好きなんだよ。絶対何のゲームか訊《き》かれるよ」

「格ゲーサークルでいーじゃん」

「あのなあ……」

そんな他愛ない会話をしているうちにも、午後十一時は刻々と近づいてくる。

作戦チームはすでに合流し、お台場《だいば》へ移動を開始しているはずだ。問題があればメタトロンがリンクで知らせることになっているが、まだ鈴《すず》の音は聞こえない。

不意にチユリが、タクムの体越しに左手を伸ばしてきた。ハルユキが伸ばした右手を摑《つか》み、タクムがお腹《なか》の上で組んでいる両手に重ねる。

十時五十九分。十秒……二十秒……三十秒……四十秒……五十秒。

五十五秒。
六、七、八。
「アンリミテッド・バースト……」

ハルユキの頭の芯《しん》で、ちりん……と鈴《すず》の音が響《ひび》いた。

「ト‼」

乾《かわ》いた加速音が魂《たましい》を肉体から切《き》り離《はな》し、彼方《かなた》へと飛《ひ》翔《しょう》させた。

13

目を開ける。

真珠《しんじゅ》を溶《と》かしたような、乳白色の空。眼下には端正《たんせい》なデザインの神殿群《しんでんぐん》が立ち並ぶ。神聖系の上位属性、《霊域《れいいき》》ステージだ。

幸先《さいさき》がいい。このステージでは大天使メタトロンのステータスが上昇《じょうしょう》するし、飛翔《ひしょう》を妨《さまた》げるようなギミックは皆無《かいむ》。遠隔攻撃《えんかくこうげき》のダメージが反射されるという特徴《とくちょう》があるが、アタッカーは全員剣使いなので問題はない。

ハルユキは視線を左に振った。

東京《とうきょう》グランキャッスルの中央広場に巨塔《きょとう》となってそびえ立つ、漆黒《しっこく》の影《かげ》。

超級《ちょうきゅう》エネミー、終焉神《しゅうえんしん》テスカトリポカ。

すでに、ハルユキの出現に反応している。逆光のせいで真っ暗な顔面に、白い同心円が鈍《にぶ》く光る。ゴゴ……と音を立てて巨大《きょだい》な右手が動く。

一発殴られただけでも即死しかねない。いますぐ翼《つばさ》を広げて離陸《りりく》したいが、まだターゲットを引きつけておかねばならない。恐怖《きょうふ》に耐《た》え、巨人《きょじん》を睨《にら》み続ける。

遥《はる》か上空で、きらりと流星が煌《きら》めく。

北西の空から近づく、水色と白の光跡《こうせき》。水色は南へと抜け、白い光はまっすぐ落下してくる。その周囲に、五つの影《かげ》が出現する。メタトロンと五人のアタッカーたちだ。

テスカトリポカはまだハルユキだけを照準している。こちらに向けられた右手に、影《かげ》よりも黒いサークルが出現する。《第五の月《トシユカトル》》――重力波攻撃《こうげき》。円はみるみる数を増やす。チャージ速度が、北《きた》の丸公園《まるこうえん》で見た時より速い。

ハルユキは反射的に左手を掲《かか》げた。重力波が放たれたら、アタッカーの降下軌道《きどう》に影響《えいきょう》してしまうかもしれない。

自分の中にある光のイメージを左手に集中させ、限界まで圧縮し、解き放つ。

「《光殻防壁《ライト・シェル》》!!」

白く輝《かがや》く極薄《ごくうす》の膜《まく》が、球状に広がっていく。

同時に、巨人《きよじん》の右手から黒ずんだ歪《ゆが》みが放射される。

双方《そうほう》の現象が、加速世界に於《お》いて、どのようなロジックで処理されているのかは解《わか》らない。しかしハルユキの認識では、テスカトリポカが放った膨大《ぼうだい》な重力子を、光子の壁《かべ》が瞬時《しゆんじ》に打ち消しつつ拡散し、巨人《きよじん》の全身をも包《つつ》み込んだ。

その光のヴェールを、白い流星が貫《つらぬ》いた。大天使メタトロン――。

「はあああああ――――ッ！」

裂帛《れっぱく》の気合いとともに、長大な剣を両手で振り下ろす。セントレア・セントリーが貸《か》し与《あた》えたのであろう剣は、七色の光芒《こうぼう》を引きながらテスカトリポカの胴体《どうたい》を一直線に薙《な》ぎ、胸に嵌《は》まる最大の荊冠《けいかん》を両断、腹と腰《こし》の荊冠にもダメージを与《あた》える。斬撃《ざんげき》の威力《いりょく》は本体にも届いたのか、巨体《きょたい》がぐらりと仰《の》け反《ぞ》る。

続いて降ってきたのは、シアン・パイルとトリリード・テトラオキサイドだった。

「蒼刃剣《シアン・ブレード》────ッ！」

「天叢雲《ヘブンリイ・ストレイタス》！」

二種の心意技《しんいわざ》が、右腕《みぎうで》の荊冠を打《う》ち砕《くだ》き、左腕《ひだりうで》の荊冠を切《き》り裂《さ》く。

さらに二人。プリーツスカートをはためかせるラベンダー・ダウナーと、長い銀髪《ぎんぱつ》をなびかせるセントレア・セントリー。二人は技名の発声をせず、ごく薄《うす》い、しかし凄《すさ》まじく凝縮《ぎょうしゅく》された過剰光《オーバーレイ》をまとった剣を神速で振り抜く。第三段階の心意技──。

腹と腰《こし》の荊冠が、同時に音もなく分離《ぶんり》、落下した。

そして最後に──。

霊域《れいいき》ステージの柔《やわ》らかな陽光を強烈《きょうれつ》に反射させる、ハイパーダイヤモンド製の双剣《そうけん》を握《にぎ》った黒いアバターが、テスカトリポカの頭に迫《せま》った。

最後のアタッカー、グラファイト・エッジ。

巨人《きょじん》が、轟然《ごうぜん》と右手を突き上げ、双剣使《そうけんつか》いを叩《たた》き落《お》とそうとした。

グラフが、左手の剣を引《ひ》き絞《しぼ》り、赤い過剰光《オーバーレイ》を宿し、突き出した。一連のアクションは恐《おそ》ろしいほどのスピードで、ハルユキの目でも捉《とら》えきれなかった。

「奪命撃《ヴォーパル・ストライク》！」

剣から延びた深紅《しんく》の槍《やり》が、テスカトリポカの右手を貫《つらぬ》く。

直後、こちらは白い過剰光《オーバーレイ》をかすかに帯びた左手の剣が、巨人《きょじん》の額に嵌《は》まる荊冠《けいかん》をふわりと撫《な》でた。

一瞬《いっしゅん》、何も起きなかった。しかし直後、冠《かんむり》の中央に光のラインが走り、左右に分かれた。

第三段階心意技、《解明剣《エルシデイター》》。

テスカトリポカを拘束《こうそく》していた六つの荊冠は、六人の剣士たちにより、実際にはコンマ五秒ほどのずれもなく破壊《はかい》された。

ゴオオォォ――――――ン……。

ステージを震《ふる》わせるような重低音を放って、巨人《きょじん》が動きを止めた。

――ここだ。ザ・ルミナリーの拘束《こうそく》から解き放たれた最上位エネミーが、再起動に要する時間は最短七秒、最長でも恐《おそ》らく十秒。ハルユキを助けるために集った最強剣士たちが生み出してくれた、最初で最後のチャンス。

――飛べッ！

背中の銀翼《ぎんよく》から心意《しんい》の光を迸《ほとばし》らせ、ハルユキは垂直に離陸《りりく》した。

「――光速翼《ライト・スピード》!!」

これでイメージ力を使い果たしてもいい。飛ぶのだ。白の王の魔手《ましゅ》が届かない、遥《はる》かな高みへと。

視界の端《はし》では、落下してくる剣士たちを、メタトロンが光のフィールドで受け止めつつ地面すれすれを西へと飛んでいく。彼女も有り余るエネルギーを振《ふ》り絞《しぼ》っているのだろう、背中に五人も乗せているとは思えない、見事なスピードだ。あれなら七秒でグランキャッスルの敷地《しきち》から楽々脱出《だっしゅつ》できる。

もうすぐ。

もうすぐ全てが終わる——！

突然《とつぜん》。

後方から、音の壁《かべ》が押し寄せてきてハルユキの聴覚《ちょうかく》を圧倒《あっとう》した。

ゴ　ア　ア　ア　ア　ア　ア　ア　ア　ア　ッ　！

本能的に、飛びながら少しだけ振り向いたハルユキは、それを見た。

前のめりになったテスカトリポカが、両手を体の左右で握《にぎ》り、頭を思い切り突き出すというある種の獣《けもの》のような体勢で吼《ほ》えている。

顔面の同心円が不定形に歪《ゆが》み、周縁部《しゅうえんぶ》へと圧縮されつつ広がる。中央にぼこっと音を立てて穴が開き、その上下から黒い板のようなものが無数に突き出す。あれは……歯だ。鋭《するど》い牙《きば》ではなく、薄《うす》くて平らな、人間の歯。それが、底知れぬ憤怒《ふんぬ》と渇望《かつぼう》を示して歪《ゆが》み、いっぱいに開かれ――。

漆黒《しっこく》の破壊的衝撃波《ブラストウェーブ》が、テスカトリポカの口を中心に、全ての方向へと放たれた。

刹那《せつな》、ハルユキは悟《さと》った。

白の王は、ザ・ルミナリーの荊冠《けいかん》で、テスカトリポカを支配していたのではない。

もちろん制御《せいぎょ》はしていた。だが同時に、制限もしていたのだ。荒《あら》ぶる《終わりの神》の力を抑《おさ》え込み、超級エネミーの範囲に留めていた。

巨人《きょじん》の足許《あしもと》で、黒い衝撃波《しょうげきは》を浴びた白い石畳《いしだたみ》が放射状にひび割れる。傍《かたわ》らにそびえるハイムヴェルト城の壁《かべ》も粉々に砕《くだ》け散《ち》る。

一秒後、ブラストウェーブは全力で上昇《じょうしょう》するハルユキにも追いついた。

背中の翼《つばさ》を構成する金属フィンが引《ひ》き裂《さ》かれ、全身の装甲《そうこう》に亀裂《きれつ》が走った。何十トンもある鉄の塊《かたまり》で思い切り打擲《ちょうちゃく》されたかのような、過去感じたことのない衝撃《しょうげき》。視界左上の体力ゲージが、一気に八割近くも減少した。

翼《つばさ》を失ったハルユキは、姿勢の制御《せいぎょ》もままならずに錐揉《きりも》み状態で落下し、ハイムヴェルト城で最も高い尖塔《せんとう》の屋根に落下した。体力ゲージがさらに一割減り、黒ずんだ赤に変わる。

だがハルユキは、懸命《けんめい》に上体を持ち上げながら、自分のゲージではなくグランキャッスルの正門方向を凝視《ぎょうし》した。

まさにその瞬間《しゅんかん》、ブラストウェーブが攻撃《こうげき》チームの六人をも呑《の》み込んだ。

白く輝《かがや》くメタトロンの翼《つばさ》が、無数の羽根を散らして根元から引きちぎられる。墜落《ついらく》し、石畳《いしだたみ》を滑《すべ》っていく大天使の背中から、五人の剣士が落下して地面や神殿《しんでん》の壁《かべ》に叩《たた》きつけられる。

「あ……あぁっ……」

悲鳴のような声を漏《も》らしながら、ハルユキは起き上がろうとした。だがアバターが屋根の構造材に深く埋《う》まってしまい、身動きが取れない。ブラストウェーブのダメージがアバター素体にまで及《およ》んだのか、体の動きもぎこちない。

それでもハルユキは、どうにか右腕《みぎうで》を瓦礫《がれき》から引き抜くと、テスカトリポカの頭に向けた。

「こっちだ、化け物！」

掠《かす》れ声《ごえ》で叫《さけ》び、なけなしの心意《しんい》エネルギーを指先に集中させる。不規則に明滅《めいめつ》する過剰光《オーバーレイ》を、残された最後のイメージに乗せて撃《う》ち出す。

「——《光線槍《レーザー・ランス》》!!」

放たれた光の槍《やり》は、テスカトリポカの頭部に命中し、深さ五センチほどの凹《へこ》みを作った。

それだけだった。巨人《きょじん》の頭上に表示されている十段ゲージは、減ったのかどうかさえ判別できない。いや、ダメージはほとんど与えられなかったのだろう。ステージ特性により反射してくるはずの威力を感じない。

テスカトリポカは、ハルユキをあざ笑うかの如《ごと》く、顔の中央にある口を歪《ゆが》め――体の向きを変えた。倒《たお》れたままの六人のバーストリンカーに、まだ無傷の左手を向ける。ハルユキからは見えないが、掌《てのひら》に赤い同心円が刻まれていく様子がありありと想像できる。

「ゴアアッ‼」

短い咆哮《ほうこう》とともに発射されたのは、螺旋状《らせんじょう》に渦巻《うずま》く炎《ほのお》だった。四神スザクのファイアブレスと同等、あるいはそれ以上の威力《いりょく》とも思える紅蓮《ぐれん》の火線が、剣士たちに迫《せま》る。

「逃げて――――ッ‼」

ハルユキの絶叫《ぜっきょう》に呼応したかのように、一人が起き上がった。グラファイト・エッジ。黒い装甲《そうこう》は無残にひび割れているが、ダイヤモンドの双剣《そうけん》は無傷だ。逃げるのではなく、螺旋《らせん》の炎《ほのお》に向けて数歩飛び出し、両手の剣を前に突き出して――。

「《スピニング・シールド》‼」

技名発声とともに、二本の剣が柄《つか》を中心に風車の如《ごと》く高速回転した。それはたちまち、白く輝《かがや》く光の盾《たて》となる。

渦巻《うずま》く火線は、光の盾《たて》に接触《せっしょく》すると、ドバアッ！　と鈍《にぶ》い音を立てて広範囲《こうはんい》に飛び散った。ハルユキからはグラフの姿が完全に見えなくなるが、炎《ほのお》に呑《の》まれることなく耐《た》えているらしい。

グラファイト・エッジは完全攻撃《こうげき》特化型のデュエルアバターだと思っていたが、拘束《こうそく》から解き放たれたテスカトリポカの攻撃《こうげき》を単身で防ぐとは、空恐《そらおそ》ろしいほどの防御力《ぼうぎょりょく》だ。いまのうちに他の五人が体勢を立て直し、火線が途切《とぎ》れると同時に走れば、まだ脱出《だっしゅつ》の可能性はある。

ならば、ハルユキもただ戦況《せんきょう》を見ている場合ではない。仲間たちの奮闘《ふんとう》を無駄《むだ》にしないためにも、もう一度飛ばなくては。幸い、ハルユキにはもう一つの翼《つばさ》がある。メタトロンが与《あた》えてくれた、天使の羽根が。

「着装……」

強化外装の召喚《しょうかん》コマンドを唱えかけた、その時。

どぷん、という粘液質《ねんえきしつ》の音が聞こえた。

テスカトリポカが、左手の火線はそのままに、腹からも漆黒《しっこく》の球体を発射したのだ。

エネルギー弾《だん》ではない。わずかに透《す》き通《とお》った球体は、比重の高い液体の如《ごと》くゆらゆらと不定形に揺《ゆ》れながら飛翔《ひしょう》する。滑《なめ》らかな表面には、紫色《むらさきいろ》のスパークがちりちりと這《は》い回《まわ》っている。

どこかで、まったく同じ攻撃《こうげき》を見たことがある。

あれは……帝城《ていじょう》の東門で、アクア・カレントを救出するために……。

ハルユキがそこまで考えた時。

グラファイト・エッジの剣が作り出す火炎《かえん》のカーテンを、誰《だれ》かが内側から突《つ》き破《やぶ》った。黒い粘液塊《ねんえきかい》に向けて突っ込んでいくのは——シアン・パイル。タクムだ。

「うおおおおっ！」

タクムが、両手で握《にぎ》った心意《しんい》の大剣《たいけん》を、凄《すさ》まじいスピードで振り下ろした。青い衝撃波《しょうげきは》の刃《やいば》が放たれ、球体を真っ二つに切《き》り裂《さ》いた。

だが。

球体は、何事もなかったかのように融合《ゆうごう》すると、再びどぷんと音を立ててシアン・パイルを呑《の》み込んだ。

停止した粘液球《ねんえききゅう》の表面を這《は》う紫色《むらさきいろ》のスパークが、生き物のように蠕動《ぜんどう》する。あれは……あの攻撃《こうげき》は。

レベル・ドレインだ。四神セイリュウだけが操《あやつ》ると思われていた、加速世界で最凶《さいきょう》の特殊攻《とくしゅこう》撃《げき》。いまタクムは、蓄積《ちくせき》したバーストポイントを球体に吸い取られている。

「うああ……あああああ！」

ハルユキは悲鳴を上げ、闇雲《やみくも》にもがいた。体力ゲージがさらに微減《びげん》するのも構わず、構造材に貫《つらぬ》かれた装甲《そうこう》を自ら引《ひ》き剝《は》がす。どうにか上半身の自由を取《と》り戻《もど》した時。

タクムを包む球体が、ひときわ激しくスパークした。

粘液《ねんえき》の中で、シアン・パイルががくりと膝《ひざ》をつく。いま、タクムのレベルが6から5に減少したのだ。

脳裏《のうり》に、かつてハルユキの家のリビングルームでタクムと交《か》わした言葉が甦《よみがえ》る。

――ハル、一つ約束しよう。いつか、僕らがお互《たが》いレベル7……ハイランカーの仲間入りをしたら、その時もういちど、遠慮《えんりょ》なしの全力で戦うって。君は沢山《たくさん》の試練を乗《の》り越《こ》えて、どんどん強くなってる。でも、ぼくはそんな君に、今度こそ自分だけの力で勝つために努力する。どうだい、ハル？

——解《わか》った。約束だ、タク。

ハルユキとタクムは、その約束を胸に、今日まで頑張《がんば》ってきたのだ。太陽神インティを撃破《げきは》したせいで、安全マージンを含《ふく》めた必要ポイント数までもう少しのところまで来ている。白のレギオンとの戦いが終わったら、ついに親友との約束を果たす時が来る——そう思っていたのに。

「やめろ……やめろ————————ッ！」

アイレンズから涙《なみだ》を溢《あふ》れさせながら、ハルユキは絶叫《ぜっきょう》した。

その声を、再度のスパークがかき消した。レベル5から……4へ。

テスカトリポカが、グラファイト・エッジの心意技《しんいわざ》に貫《つらぬ》かれた右手を持ち上げる。掌《てのひら》ではなく、五本の指にどす黒いエネルギーの塊《かたまり》を宿す。

とどめを刺すつもりだ。

そう感じたハルユキは、どうしても瓦礫《がれき》から抜けない左足を、手刀で膝下《ひざした》から断《た》ち切《き》った。

激痛。体力ゲージがあと一ドットにまで減る。

片脚《かたあし》でよろよろと立ち上がる。右手に再び心意《しんい》の光を集める。だが、過剰光《オーバーレイ》はまるで安定しない。もう一度攻撃《こうげき》できたところで、テスカトリポカにとっては針で引っかかれた程度のものだろう。それでも……それでも。

ふと。

ハルユキは、五感ではなく、魂《たましい》そのもので感じた。

見ている。見られている。何者かが、高次の空間から、この惨劇《さんげき》を眺《なが》めている。

そうと確信した瞬間《しゅんかん》、ハルユキは一切《いっさい》のアクションを伴《ともな》わない《再加速》によって、意識をハイエスト・レベルにシフトさせた。

14

霊域《れいいき》ステージのミルク色の空が、透《す》き通《とお》る闇《やみ》へと変じる。

あらゆる建築物が白い光点の集合体に置《お》き換《か》わる。

シアン・パイルが、グラファイト・エッジが、トリリード・テトラオキサイドとセントレア・セントリーとラベンダー・ダウナー、そしてメタトロンがそれぞれの色の星になって輝《かがや》く。

そして視界中央には、かつてハイエスト・レベルで見たことのない、恐《おそ》ろしく巨大《きょだい》なエネルギーが渦《うず》巻《ま》いていた。これと比べれば、災禍《さいか》の鎧《よろい》マークⅡですら星屑《ほしくず》の一つでしかない。

いわば、全てを呑《の》み込むブラックホール——。


「ね？　こんなもの、どうにもできないでしょう？」


背後からそんな声が聞こえ、ハルユキは振り向いた。

そこに立っていたのは、白い光で描画《びょうが》された白の王ホワイト・コスモスだった。もともとの装甲色《そうこうしょく》、いや雰囲気《ふんいき》が同じだからか、ハイエスト・レベルでもあまり印象に違《ちが》いはない。

「……あなたは……こうなると、解《わか》っていたんですか」

ハルユキがぽつりと問いかけると、コスモスはそっと首を横に振った。

「いいえ。クロウの奪還《だっかん》に挑《いど》むとは思っていたけど、物理無効、炎熱《えんねつ》無効、腐《ふ》食《しょく》無効の荊冠《けいかん》を六個同時に破壊《はかい》できるとは思っていなかったわ。テスカトリポカは私のプログラムどおりに反応し、あなたと救出チームを重力の頸木《くびき》に捕《と》らえて、私が行くまで地面に貼《は》り付《つ》けておくはずだった。だからあなたたちは、ついに私の想定を超《こ》えたわ……そこは誇《ほこ》っていい」

まるで慰《なぐさ》めるような白の王の言葉に。

ハルユキは、両拳を握《にぎ》り締《し》め、叫《さけ》び返した。

「――誇《ほこ》るだって⁉　僕が……僕が愚《おろ》かだったせいで、大切な仲間を最悪の状況《じょうきょう》に突き落としてしまったのに⁉」

不可視の地面に、がしゃりと膝《ひざ》を突く。無制限中立フィールドでは満身創痍《そうい》のシルバー・クロウは、この世界では無傷のままだが、それを意識することもなく言葉を絞《しぼ》り出す。

「せめて……せめて一度でも、ハイエスト・レベルからテスカトリポカを見ておけば……この姿を確認《かくにん》していれば、脱出《だつしゅつ》できるなんて思わなかったのに……」

「同じことよ。ロータスやあなたの仲間たちは、あなたが何を言おうと救出作戦を決行したでしょう。それがネガ・ネビュラスの強さ。そして弱さ」

「………………」

反論しようとしたが、もうその気力もなかった。

代わりにハルユキは、地面に膝《ひざ》を突いたまま再び巨大《きょだい》なブラックホールを見た。

「……もう、終わりなんですか。あれはみんなを叩《たた》き潰《つぶ》して、そのあとも無制限中立フィールドを破壊《はかい》し続けるんですか。僕が……終わりのスイッチを押してしまった。そうなんですか？」

呟《つぶや》くような、ハルユキの問いかけに。

白の王は、優《やさ》しくすらある声音《こわね》で応じた。

「私があれをテイムできたのは、インティから出現した直後の起動シークエンス中を……最初で最後の隙《すき》を突いたから。もう、同じチャンスは二度と訪《おとず》れない。…………でも」

「でも……？」

「でも、可能性はある。全バーストリンカーの中で、私だけはあいつをもう一度停止させられる……かもしれない」

「どうして……あなただけなんですか？」

「私はずっと昔、あいつに喰《く》われたから」

平板な声で発せられた、謎《なぞ》めいた言葉の意味を、ハルユキは理解できなかった。どういうことなのか訊《き》こうとしたが、いまはもっと大切な役目があると思い直す。もはや、ハルユキにできるのはこれだけだ。

「……お願いします、白の王。あいつを止めて下さい。あいつが、みんなを消してしまう前に」

正座し、地面に両手を突いて、ハルユキはホワイト・コスモスにそう懇願《こんがん》した。

白の王は、少しだけ首を傾《かたむ》け、問い返した。

「それをして、私に何のメリットがあるの？　オシラトリ・ユニヴァースを加速世界から消し去ろうとしている彼らを、私が助けるどんな理由があるのかしら？」

「…………………」

両手をしっかりと握《にぎ》り、二回深呼吸を繰《く》り返《かえ》してから、ハルユキは言った。

「僕が……」

詰《つ》まりそうになる喉《のど》から、懸命《けんめい》に言葉を送り出す。

「僕が、オシラトリ・ユニヴァースに移籍《いせき》します。あなたのために、一生懸命《いっしょうけんめい》働きます。だから…………、だから」

そこまで言うのが限界だった。

白の王は、ハルユキの申し出を聞いても、優美なフェイスマスクにいかなる表情を浮《う》かべることもなくさらに訊《き》いてきた。

「あなたが？　まだまだひよっこのあなた一人を手に入れるために、王より強いかもしれない《矛盾存在《アノマリー》》を含《ふく》むハイランカーたちを消し去るチャンスを捨てろというの？」

「……そうです。僕があなたに差し出せるものはこれだけ……僕の命と忠誠だけですから」

「ん、んー……」

首を反対側に傾《かし》げ、考え込む様子のホワイト・コスモスの前で、ハルユキは頭を地面に押しつけようとした。

だがその直前、冷たい宇宙に新たな声が響《ひび》いた。

「私もクロウと一緒《いっしょ》に、白のレギオンに移ります」

さっと振り向いたハルユキが見たのは。

背中の翼《つばさ》をいっぱいに広げ、いつも閉じている瞼《まぶた》を見開いた、大天使メタトロンだった。

「…………!?」

ハルユキは反射的に立ち上がり、メタトロンに向けて両手を突き出した。

「だ、だめだ、メタトロン！　きみはネガ・ネビュラスにいないと！　僕の代わりに、みんなを……先輩《せんぱい》を守ってくれないと……！」

「この……愚《おろ》か者《もの》!!」

叫《さけ》んだ大天使の両目から、光の粒《つぶ》が——涙《なみだ》がきらきらと零《こぼ》れた。

駆《か》け寄《よ》ってきたメタトロンは、ハルユキの左肩《ひだりかた》を拳《こぶし》で一度叩《たた》いてから、その手を背中に回し、強く引き寄せた。右手は頭をしっかりと押さえ、悲痛な声を響《ひび》かせる。

「私が……この身を修復していた十年のあいだ、私がどれほど寂《さび》しく感じていたか、解《わか》らないのですか！　私はもう、お前と離《はな》れるのは嫌《いや》です！　お前が白のレギオンに行くというのなら、私も行く！」

「…………メタトロン……」

ハルユキは、大天使の名前を呼ぶのが精いっぱいだった。

胸から溢《あふ》れ出そうとするものを懸命《けんめい》に堪《こら》えながら、ハルユキは顔を左に回し、白の王を見た。

するとコスモスは、フェイスマスクに謎《なぞ》めいた微笑《びしょう》を浮かべ、二人を見ていた。しばらく続いた沈黙《ちんもく》を、穏《おだ》やかな声が破る。

「……いいでしょう」

ゆっくりと頷《うなず》き、やや語調を変えて――。

「シルバー・クロウ。ビーイング・メタトロン。お前たちの我《わ》がレギオンへの移籍《いせき》をもって、他の五名の命と引《ひ》き替《か》えましょう。クロウ、忠誠の誓《ちか》いを」

言われるまま、ハルユキはメタトロンから離《はな》れて白の王に一歩近づいた。

――ごめんなさい、先輩。

目を伏せ、心の奥で黒雪姫《クロユキヒメ》に謝罪し、ひざまずく。

左腰《ひだりこし》に手をやると、そこにルシード・ブレードが出現する。左手で鍔《つば》部分を持って鞘《さや》から抜き、柄《つか》を新たな王へと差し出す。

ホワイト・コスモスは、剣を受け取ると、切っ先でシルバー・クロウの左肩《ひだりかた》を軽く叩《たた》いた。

「これより、お前は我《わ》が騎士《きし》。我《わ》が命にのみ従い、我《わ》がために命を捨てなさい」

「はい」

深く頭を下げたハルユキの隣《となり》に、メタトロンもひざまずいた。

二人の眼前に、剣が甲高《かんだか》い音を立てて突き立てられた。虚空《こくう》に直立するルシード・ブレードの向こうで、ほっそりした爪先が少し向きを変える。

ハルユキが視線を上げると、白の王ホワイト・コスモスは感情を読み取れない表情で、渦巻くブラックホールをじっと見据えていた。

（続く）

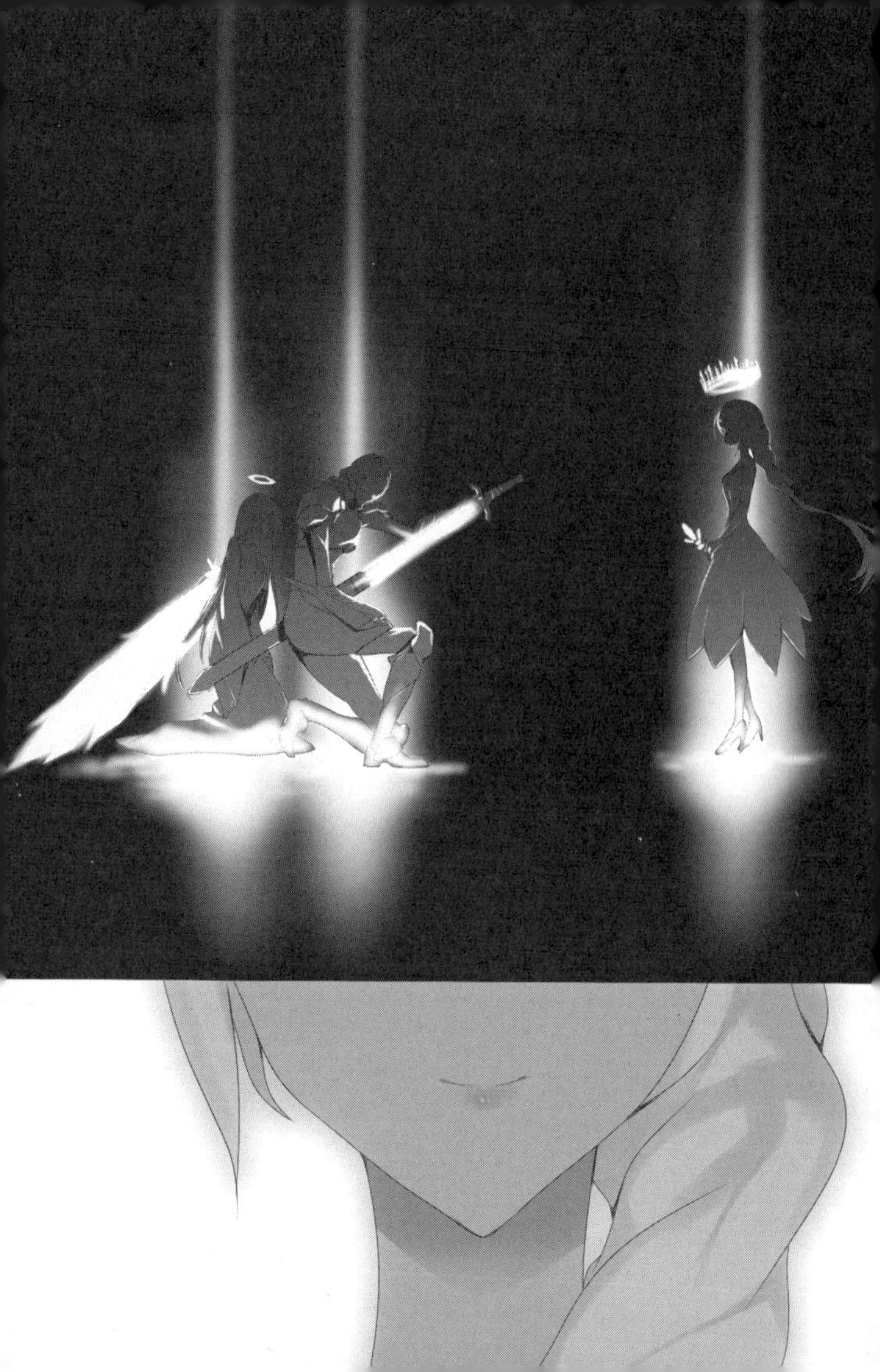

あとがき

アクセル・ワールド第25巻、『終焉《しゅうえん》の巨神《きょしん》』をお読み下さってありがとうございます。

前巻からまたしても一年お待たせしてしまいました……。それでもこのお話を追いかけて下さっている皆様《みなさま》には、どれほど感謝してもしきれません。重ねがさね、本当にありがとうございます！

（以下、本編の内容に深く触《ふ》れておりますので未読の方はご注意下さい！）

この巻をもちまして、長く続いた《白のレギオン編》がひとまずの終了《しゅうりょう》となり、次巻からは《第七の神器編》が開始される予定です。えーっと、《ISSキット編》が16巻で終わって、白レギ編が始まったのが17巻ですから、なんと九冊もやってたわけですね。ハルユキたちはめっちゃ頑張《がんば》ったと思います！　頑張《がんば》ったんですが、最後の最後でお姉さんが一枚上手だったということで、こういう結末に……。ただ、コスモスはん、そいつレギオンに入れてほんとに大丈夫《だいじょうぶ》なのか～？　とは思いますね！　ハルユキはどこに行ってもハルユキでしょうから。

この25巻を書いていたのは二〇二〇年の春なんですが、執筆環境《しっぴつかんきょう》が……というか社会環境《かんきょう》が激変してしまいまして、かなり大変な思いをしました。まず、なんといっても私のメイン仕事場だったファミレスに行けない！　当然自宅で仕事してたんですが、二十年もファミレスで書き続けてきたので、執筆《しっぴつ》のギアが五速まであるとすると自宅だと入って三速なんですよね。しかもちょいちょいエンストしてしまう。やむなく自宅の他に仕事場を設けてみたんですが、結局《適度なアウェー感》がないと同じ！　という結論でしたね……。現在は、マネジメントして頂いているストレートエッジさんのオフィスでデスクを間借りすることを目論《もくろ》んでおりますが、果たして担当編集者さんが視界内におられる状況《じょうきょう》で原稿《げんこう》が書けるのかどうか……（汗《あせ》）。

まあ、このコロナ禍《か》の前では私の執筆環境《しっぴつかんきょう》など小さな問題で、エンタメ業界が、ひいては社会全体がどうなっていくのかという話ですからね。恐《おそ》らく、生活が完全にコロナ前に戻《もど》ることは当分、へたすると永遠にないんじゃないかと思うんですよね……。感染《かんせん》対策という意味では、フルダイブ技術はかなりの福音《ふくいん》になるはずなので、早く開発されないかな！　と祈《いの》るばかりです。皆様《みなさま》も様々なストレスに耐《た》えて暮らしておられると思いますので、この本がひとときの癒《いや》しとなってくれれば幸いです。

そんな事情もあって、今巻もテスカトリポカ級に大変な進行となってしまいました。担当の三木《みき》さん、安達《あだち》さん、そして年一冊ペースにもかかわらず心意《しんい》全開なイラストを描《えが》き続けて下さるHIMAさん、本当にありがとうございます！　それでは次巻でお会いしましょう！

二〇二〇年七月某日《ぼうじつ》　川原《かわはら》　礫《れき》

◉川原　礫著作リスト

「アクセル・ワールド1〜25」（電撃文庫）
「ソードアート・オンライン1〜24」（同）
「ソードアート・オンライン　プログレッシブ1〜6」（同）
「絶対ナル孤独者《アイソレータ》1〜5」（同）

本書に対するご意見、ご感想をお寄せください。

ファンレターあて先
〒102-8177　東京都千代田区富士見2-13-3
電撃文庫編集部
「川原 礫先生」係
「HIMA先生」係

本書は書き下ろしです。

電撃文庫

アクセル・ワールド25
―終焉《しゅうえん》の巨神《きょしん》―

川原《かわはら》 礫《れき》

◇◇◇

2020年9月10日　初版発行

発行者　青柳昌行
発行　株式会社KADOKAWA
〒102-8177　東京都千代田区富士見2-13-3
0570-002-301（ナビダイヤル）
装丁者　荻窪裕司（META＋MANIERA）
印刷　株式会社暁印刷
製本　株式会社暁印刷

ISBN978-4-04-913440-7　C0193　Printed in Japan

電撃文庫　https://dengekibunko.jp/

電撃文庫創刊に際して

文庫は、我が国にとどまらず、世界の書籍の流れのなかで〝小さな巨人〟としての地位を築いてきた。古今東西の名著を、廉価で手に入りやすい形で提供してきたからこそ、人は文庫を自分の師として、また青春の想い出として、語りついできたのである。

その源を、文化的にはドイツのレクラム文庫に求めるにせよ、規模の上でイギリスのペンギンブックスに求めるにせよ、いま文庫は知識人の層の多様化に従って、ますますその意義を大きくしていると言ってよい。

文庫出版の意味するものは、激動の現代のみならず将来にわたって、大きくなることはあっても、小さくなることはないだろう。

「電撃文庫」は、そのように多様化した対象に応え、歴史に耐えうる作品を収録するのはもちろん、新しい世紀を迎えるにあたって、既成の枠をこえる新鮮で強烈なアイ・オープナーたりたい。

その特異さ故に、この存在は、かつて文庫がはじめて出版世界に登場したときと、同じ戸惑いを読書人に与えるかもしれない。

しかし、〈Changing Times,Changing Publishing〉時代は変わって、出版も変わる。時を重ねるなかで、精神の糧として、心の一隅を占めるものとして、次なる文化の担い手の若者たちに確かな評価を得られると信じて、ここに「電撃文庫」を出版する。

1993年6月10日
角川歴彦

電撃文庫DIGEST　9月の新刊　発売日2020年9月10日

新作 **ドラキュラやきん!**

【著】和ヶ原聡司　【イラスト】有坂あこ

俺は現代に生きる吸血鬼。池袋のコンビニで夜勤をし、日当たり激悪の半地下アパートで暮らしながら人間に戻る方法を探している。そんな俺の部屋に、天敵である吸血鬼退治のシスター・アイリスが転がり込んできて!?

魔法科高校の劣等生㉜
サクリファイス編／卒業編

【著】佐島 勤　【イラスト】石田可奈

達也に届いた光宣からの挑戦状。恐るべき宿敵が、ついに日本へ戻ってくる。光宣の狙いは『水波の救済』ただ一つ。ふたりの魔法師の激突は避けられない。人外と亡霊を身に宿した『最強の敵』光宣が、達也に挑む!

アクセル・ワールド25
―終焉の巨神―

【著】川原 礫　【イラスト】HIMA

太陽神インティを撃破したハルユキを待っていたのは、さらなる絶望だった。加速世界に終わりを告げる最強の敵、終焉神テスカトリポカを前に、ハルユキの新たな心意技が覚醒する!　《白のレギオン》編、衝撃の完結!

俺の妹がこんなに可愛いわけがない⑮
黒猫if　上

【著】伏見つかさ　【イラスト】かんざきひろ

高校3年の夏。俺は黒猫とゲーム研究会の合宿に参加する。自然溢れる離島で過ごす黒猫との日々。俺たちは"槇島悠"と名乗る不思議な少女と出会い――。

ヘヴィーオブジェクト
天を貫く欲望の槍

【著】鎌池和馬　【イラスト】凪良

アフリカの大地にそびえ立った軌道エレベーター。大地と宇宙をつなぎ、世界の在り方を一変させる技術に、クウェンサーたちはどう立ち向かうのか。宇宙へ飛び立て、近未来アクション!

娘じゃなくて私《ママ》が好きなの!?③

【著】望 公太　【イラスト】ぎうにう

私、歌枕綾子、3ピー歳。娘の参戦で母娘の三角関係!?家族旅行にプールと混浴、夏の行事が盛りだくさんで、恋の駆け引きはさらに盛り上がっていく――

新作 **世界征服系妹**

【著】上月 司　【イラスト】あゆま紗由

妹は異世界の姫だったらしく、封印されていた力が目覚めたんだそうだ。無敵の力を手に入れた檸檬は、あっという間に世界の頂点に君臨。そして兄である俺は、政府から妹の制御(ご機嫌取り)を頼まれた……。

新作 **反撃のアントワネット!**
「パンがないなら、もう店を襲うしかないじゃない……っ!」「やめろ!」

【著】高樹 凛　【イラスト】竹花ノート

「パンがなければケーキを……えっ、パンの耳すらないの!?」汚名返上に燃えるマリー・アントワネットと出会った雪城千隼は、突然その手伝いを命じられる。しかし汚名の返上どころか極貧生活で餓死寸前!?

新作 **わたし以外とのラブコメは許さないんだからね**

【著】羽場楽人　【イラスト】イコモチ

冷たい態度に負けずアプローチを続けて一年、晴れて想い人に振り向いてもらえた俺。強気なくせに恋愛防御力0な彼女にイチャコラ欲求はもう限界!　秘密の両想いなのに恋敵まで現れて……?　恋人から始まるラブコメ爆誕!

新作 **ラブコメは異世界を救ったあとで!**
～帰ってきたら、逆に魔王の娘がやってきた～

【著】末羽 瑛　【イラスト】日向あずり

異世界で魔王を倒したあと、現代日本に戻って穏やかに暮らしていた俺。そんなある日、魔王の一人娘、フランチェスカが向こうの世界からやってくる。まさか、コイツと同棲するハメになるとは……なんてこった!

豚になった俺が、異世界で美少女といちゃラブ(!?)するファンタジー

逆井卓馬
Author: TAKUMA SAKAI

［イラスト］遠坂あさぎ
illustrator: ASAGI TOHSAKA

豚のレバーは加熱しろ

Heat the pig liver

the story of a man turned into a pig.

　純真な美少女にお世話される生活。う～ん豚でいるのも悪くないな。だがどうやら彼女は常に命を狙われる危険な宿命を負っているらしい。
　よろしい、魔法もスキルもないけれど、俺がジェスを救ってやる。運命を共にする俺たちのブヒブヒな大冒険が始まる！

電撃文庫